KB006525

내 속에는 나무가 자란다

내 속에는 나무가 자란다

수마나 로이 지음　남길영·황정하 옮김

바다출판사

일러두기

— 본문은 국립국어원 한국어 어문 규범과 외래어 표기법을 따랐다. 단, 이미 익숙한 인명 및 기관명은 관례에 따랐다.
— 본문에서 단행본과 정기간행물은 겹화살괄호(《 》)로, 논문, 기사, 영화 등의 제목은 홑화살괄호(〈 〉)로 표기했다.
— 본문에 소개된 단행본, 논문, 영화 등의 제목은 국내에서 출판된 경우 국내 판본을 따라 표기하였고, 그 외는 옮긴이의 번역을 따랐다.
— 본문의 식물명칭은 국명과 학명으로 옮겨 적었고, 그 외 맥락에 따라 벵골어 혹은 힌디어 표기로 읽어야 할 곳은 옮긴이의 번역을 따랐다.
— 본문의 고딕체는 원서에서 이탤릭체로 강조된 것이다.
— 참고문헌은 저자가 표기한 것으로, 인용된 단행본과 논문 등이다.

목차

1

2

3

4

5

6

7

8

9

1

내 머릿속에는 나무가 자란다.

〈내 안의 나무〉, 옥타비오 파스

나무의 시간으로 살기

발단은 속옷이었다. 나는 브래지어를 입지 않는 나무가 부러웠다.

그다음은 폭력의 그림자였다. 통행금지 시간에 얽매여 있던 나와 달리 밤의 어둠과 외로움을 감당하는 나무의 방식을 사랑했다. 물과 공기, 햇빛과 땅 같은 무한하고 너그러운 존재만으로 끝없이 번성하는 풍족함이 좋았다.

나무에 대해 품어온 막연한 환상은 중년에 접어들어 프리랜서와 월급쟁이의 삶 중 어느 것이 더 좋을지 저울질하면서 구체화하였다. 깨달음이 나를 덩굴손처럼 감쌌다. 나무는 프리랜서인가, 월급쟁이인가? 그들은 분명 해가 뜨면 일하고 해가 지면 쉰다. 공휴일, 휴가, 주말, 월급날, 연금, 대출 등은 모두 사람이 만들어낸 개념이며 나 같은 월급쟁이에게 던져주는 작은 당근일 뿐이다.

사람이 아닌 나무가 되고 싶었던 소망을 돌이켜보면 그 뿌리에는 시간의 무자비한 흐름에 깔려버리는 공포감이 존재한다. 손목시계와 벽시계를 모두 없애버리자 내 모든 허물이 사실은 시간의 쓸모 있는 노예가 되지 못했기 때문임이 드러났다. 많은 사람이 비슷한 문제로 고민한다. 나는 인간의 시간에 굴복하지 않는 나무가 부러웠다. 내 주위에는 온통 노동자들을 투입해서 촉박한 일정으로 고층 건물을 올리는 부동산 개발업자들뿐이었다. 마음 급한 이들에게는 단지 내에 심어둔 나무가 항상 문제였다. 사람이 아무리 안달해도 나무는 자신들의 자연스러운 속도로 자랄 뿐이었다. 누구도 나무를 보챌 수 없었고 "서둘러!"라고 말할 수 없었다. 나는 부러움과 감탄, 닮고 싶은 열망을 담아 이것을 "나무의 속도"라고 부르기 시작했다. (살바도르 달리가 녹아 흘러내리는 시계를 나무에 그토록 많이 그려 넣은 것도 이런 이유였을까?)[1]

나는 속도에 질려버렸다. 나무의 시간을 살고 싶었다. 서로 다른 여러 시간과 장소에서 박박 긁어낸 배움을 종이 위에 구겨 넣으며 1년을 몇 시간에 압축해야 하는 시험장에서 학생들의 지친 표정을 감독할 때마다 더욱 간절해졌다. 우리는 시험을 통과하고 학위와 직업을 구하고 성공 여부를 따질 때마다 이런 고행을 거쳐야 한다. 하지만 나무는 다음날 시험을 잘 보겠다고 밤새 안달하는 법이 없다. 사계절 돌아가며 끝없이 온갖 꽃과 과일을 만들어내지만 식물의 삶은 사람의 것과 다르다. 하품을 마음대로 조절할 수 없듯 나무의 시간도 마음대로 주무를 수 없다.

먼저 신문을 버리고 TV나 여러 매체에서 쏟아져 나오는 뉴스를 외면했다. 짜릿한 순간을 응축해 놓은 뉴스라는 시간 캡슐은 우리의 주의를 분산시키고 삶을 파편으로 찢어 버리는 총알이다. 쿠데타도 전쟁도 일으킬 수 없는 식물은 호들갑스러운 뉴스의 주목을 받지 못한다. 정권이 바뀌어도 크리켓 경기에서 누가 이겨도 식물의 삶에는 변화가 없어서 뉴스를 찾아볼 필요도 없다. 식물의 관심은 날씨뿐이다. TV 코미디쇼에 불과한 일기예보가 아닌 진짜 날씨 말이다. 그 외에는 사람의 일도 자연의 손길도 자신의 영역을 벗어난 곳의 모든 사건에 무심하다. 매일의 업무가 나를 마비시켜 사람도 사람의 명령도 감당하지 못하게 만든다. 언제나 필연적으로 사람의 것일 수밖에 없는, 끊임없이 이어지는 단어의 행렬인 말이 땅과 하늘과 바닷속까지 가득 차서 설명하기 힘든 폐소공포증을 일으킨다. 아버지는 뉴스 중독자다. 국가 후원 방송국 〈도어다르샨〉에서 같은 뉴스를 벵골어, 힌디어, 심지어 우르두어로 반복해서 본다. 어느새 우리는 텔레그램 같은 뉴스 더미 세상에서 허우적댄다. 중요한 뉴스일수록 대부분 나쁜 뉴스다. 세상을 종말 영화로 바꿔버리는 부정적 에너지가 뉴스 편집실을 가득 채우고, 우리는 모두 뉴스의 일부가 되어 비참한 최후를 맞이할 운명이다. 우리 앞에는 공포스러운 종말만이 기다린다.

신문은 새로운 경전이 되어 독자를 사제로 끌어들였다. 뉴스의 비정상적인 호흡과 몰아치는 속도가 내 숨통을 조여왔다. 벗어나고 싶었다. 뉴스의 홍수 한복판에서도 그 최면에 완벽하게 무관심한 나무를 동경했다.

먼 옛날에는 분명 사람도 나무와 같은 리듬으로 움직이며 나무와 같은 시간을 살았을 것이다. 상상 속에서나 존재할 이 개념을 이해하기 위해 누군가 태어나고 무언가 시작할 때마다 나무를 심었다. 5년 전 조카가 태어났을 때 뒷마당에 님나무를 심었다. 아직 아이의 키가 1미터도 채 안 되지만 나무는 183센티미터인 남편보다 더 높게 자랐다. 우리의 결혼 생활과 나이가 같은 나무도 있다. 시청에서 도시 녹화 사업의 하나로 선물한 것이다. 결혼식 며칠 전 방 바로 맞은편에 심은 봉황목은 노란 꽃을 화사하게 피워 행복한 신혼의 단꿈을 지켜주었고, 지금은 3층짜리 집보다 더 높게 자라서 나무처럼 굳건하고 영원한 결혼 생활을 축복한다.

*

사람의 시간에는 노인에 대한 경멸이 만연하다. 나는 나이에 비해 젊어 보인다는 말을 많이 듣지만 "동안"이 칭찬이라는 생각은 전혀 들지 않는다. 이런 단어는 불쾌한 편견이다. 노인이나 중년같이 나이를 표현하는 수많은 접두사와 단어들이 정녕 아름다운가? 이런 "칭찬"을 들어야 했던 어느 아침에는 나무가 이 같은 "칭찬"을 들으면 어떻게 반응할지 궁금했다. 40년 된 나무에게 스무 살밖에 안 되어 보인다고 말하면 모욕감을 느끼지 않을까? 나무에게는 연륜이 중요하기 때문이다. 문명사회에서 얼굴이나 목의 주름과 엉덩이와 허벅지의 구김살은 지우고 싶은 부끄러운 흔적이다. 나무에 해마다 생기는 둥글고 울퉁불퉁한 나이테도 살아온 세월을 짐작하게 하지만 굴곡마다 배어드는 것은 잔잔한 위엄이다. 나무에는 생명체를 풍요롭게 가꾸는 시간의 손길이 가득하다. 굴곡진 역사가 짙은 선으로 나타나든 주름이나 벗겨진 껍질과 옹이, 바래고 변한 색으로 드러나든 한없이 아름답고 아름답다. 하지만 사람은 기괴한 산업화 시대에 살아가기에 녹슬어 버려지고 낡아가다가 결국 망가지는 기계처럼 우리의 삶도 나이를 먹을수록 점점 못쓰게 된다고 믿고 있다.

*

끝없이 마감에 쫓기는 세상에서 어떻게 나무의 시간을 살 수 있을까? 먼저 머릿속에 뿌리 박힌 시간 단위 개념에서 벗어나야 한다. 일부러 벗어나려 발버둥 친다고 해결될 문제는 아니다. 나무에게 입사 지원서를 내민다면 양식에 무엇을 기재하고 어떤 것에 관해 이야기할까? "생일이 언제입니까?" 내 페이스북에는 생일이 입력되어 있지 않다. 사람들이 내게 언제 태어났는지 물을 때마다 기분이 이상하다. 이 세상에 처음 고개를 들이민 날이 수많은 사회적 관계와

행정 절차에 왜 그렇게 중요한지 이해할 수 없다. 나무의 생일 축하 카드를 본 적 있는가? 물론 나무의 장례식도 본 적 없다. 나무가 평생 "결혼"을 몇 번이나 하는지 생각해 보면 결혼기념일도 우스운 단어다. 그렇다면 "나무의 시간"이란 정확하게 무엇인가? 목적 없는 철학적 논쟁으로 시간을 흘려보내고 잠을 이루지 못하며 뒤척이던 어느 날 밤 깨달음이 불쑥 찾아왔다. 현재를 즐겨라, 순간을 움켜쥐어라, 지금을 살아라. 나무의 시간은 미래를 걱정하지 않으며 과거를 후회하지 않는다. 햇볕이 내리쬐면 꿀꺽 삼키고 먹는다. 밤이 오면 쉰다. 나도 나무의 시간에 글을 쓰기 시작했다. 생각이 떠오를 때 생각하고, 사건이 발생하면 행동하며, 불면증으로 지새는 밤이면 건강한 나무들이 하는 것처럼 시를 노래했다.

언제나 꽃이었던 여자들

문학과 예술이 경직된 틀에서 벗어나 자유로워진 최근 수세기 동안 여성과 꽃은 떼려야 뗄 수 없는 관계였고 꽃의 이름을 따서 여자아이의 이름을 짓는 것이 “자연스러워” 보였다. 누구나 아는 고대 및 중세 인도어인 프라크리트어에서 자연은 여성이다. 이것은 처음 할머니가 들려주던 옛날이야기에서 유래되었다. 방글라데시의 전래 동화 《할머니의 이야기 가방》의 두 번째 이야기 〈잠자는 도시〉에서 젊은 왕자가 데쉬-브라만 왕국으로 여행을 떠난다.[2] 왕자는 왕국 곳곳을 다니며 자연의 아름다움과 백성의 삶을 살폈고 동행이나 호위병 없이 칼 한 자루만 든 채 산을 넘고 강을 건넜다. 그러다가 이상한 숲에 다다랐다. 이곳에는 어떤 새소리나 동물 울음소리도 들리지 않았다. 한참 깊이 들어가니 한 왕국이 나타났다. 하늘로 치솟은 집들과 궁전, 군인들과 넘쳐나는 무기, 아름다운 사람들이 있었고 왕관을 쓴 왕과 궁전의 신하들 그리고 금고마다 금은보화가 가득했다. 하지만 이 모든 것이 조각상처럼 얼어붙어 있었고, 나무의 나뭇잎 하나도 떨어지지 않았다.

아무것도 움직이지 않는 숲의 무거운 공기 속에서 왕자는 문득 꽃향기를 맡았다. 이곳에서 움직이는 것은 오로지 수천 송이 꽃에서 퍼지는 향기뿐이었다. 이를 따라 화원으로 들어서니 다이아몬드가 박힌 금 침대가 수많은 꽃에 둘러싸여 있었고 화원에 가득한 황금 연꽃 사이에 아름다운 공주가 잠들어 있었다. 왕자는 사랑에 빠져 몇 년이나 공주 옆을 떠나지 않았다. 그러던 어느 날 황금봉을 발견한 왕자가 그것을 휘두르자 공주가 잠에서 깨어났다. 공주가 눈을 뜨자마자 왕국의 모든 조각상이 생명을 얻어 다시 남자와 여자, 나무와 과일과 꽃이 되었다.

나는 이 이야기에서 두 가지에 주목했다. 아무것도 움직이지 않아서 죽은 것같이 고요한 세상과 숨 막히도록 수동적인 여성의 역할이다. 움직여야 살아있는 것이라는 관점은 대단히 배타적이다. 노약자에게 "맥 빠진"이라는 잔인한 형용사를 쉽게 붙이는 이유이기도 하다. 식물의 생명력도 같은 방식으로 평가절하된다. 식물학자와 철학자 들은 몇백 년 동안 식물이 동물보다 열등하다고 생각했다. 단지 식물이 "움직이지" 않는다는 이유였다. 동물이라는 단어 자체도 움직임을 의미한다. 하지만 식물도 분명 움직인다. 또한 열등하다고 생각하는 지렁이도 언제나 사람보다 더 지혜롭고 현명하다.

아이러니하게도 이야기 속 죽음의 세상을 행복한 결말로 이끌기 위해 움직이는 유일한 것은 식물에서 나온다. 바로 꽃향기다. 잠든 생명체는 사실상 죽음과 가장 가깝다. 왕자는 왜 죽은 것이나 다름없는 잠자는 공주와 사랑에 빠졌을까? 밤새 우는 아기의 엄마라면 아기의 잠든 모습이 세상에서 제일 예쁠 것이다. 하지만 잠자는 공주를 아름답게 만든 것은 무엇일까?

향기로운 꽃에 뒤덮여 안전하게 보호되고 양육되는 공주는 그 자체로 훌륭한 꽃**이다**. 아름답고 향기로우며 화려하고 부드럽다. 쉽게 꺾어서 꽃병에 꽂아 방을 꾸밀 수 있다. 이 모든 것이 남자가 여성을 꽃으로 바라보게 만든다. 하지만 무엇보다 남자가 제일 열광하는 것은 꽃의 수동적 나약함이다. 메리 비어드는 그녀의 멋진 에세이 〈여성의 목소리〉에서 작가나 철학가가 사려 깊고 말 잘하는 여성보다 침묵하는 여성을 더 좋아한다고 일갈한다. 비교 대상은 언제나 남성이다. 즉 남자보다 말수가 적고 남자보다 지능이 떨어지는 여자를 더 선호한다. 그러다 보니 많은 여성이 수동적 태도로 남성을 유혹한다. 나무나 식물에도 같은 편견이 존재한다. 햇볕을 긁어모아 온종일 일하는 잎사귀는 남성이고 편안히 꽃받침에 누워 그 노동의 단물만 빨아먹는 꽃은 여성이라고. 양쪽이 동맹을 맺어 얻어지는 결과는 물론 열매다.

방글라데시에서는 여자아이 이름이 꽃 이름인 경우가 많

다. 내 이웃에도 꽃의 친척인 여자아이들이 넘친다. 장미라는 뜻의 골랩이나 골래피, 재스민이라는 뜻의 주이, 연꽃인 파드마, 봉선화인 도파티, 붉은 재스민과 밤에 피는 재스민을 의미하는 실리와 셰팔리, 헤나꽃을 의미하는 매드호빌라타와 파리야트, 찬드라말리카라고 불리는 국화, 향기로운 아라비아재스민과 튜베로즈 즉 벨리와 라즈니간다, 영어 이름인 달리아, 지니아, 재스민, 심지어 장미 그 자체인 로즈도 있다. 하지만 나무라는 뜻의 "가흐"를 이름으로 쓰는 사람은 본 적이 없다. 꽃을 피우는 나무보다 피어난 꽃의 아름다움만 좋아하는 것은 불공평하다. 나는 당장이라도 법원에 달려가 성을 가흐로 바꾸고 싶은 충동에 휩싸이곤 했다.

아주 어릴 때부터 나는 꽃과 거리가 멀었다. 예쁘지도 연약하지도 않았다. 어머니의 아름다움은 형제들이 물려받았고 친척들은 나를 보며 안타까워했다. 끝말잇기 퍼즐을 즐길 만큼 자란 후 내가 어머니보다 아버지를 닮았다는 것을 알았다. 아버지는 사소한 것에 대해서도 지칠 줄 모르는 열의를 보였고, 알게 된 사실에는 새로운 의문을 품곤 했다. 하지만 아이의 이런 성격은 남을 성가시게 만든다. 초등학생 때는 학예회마다 해바라기의 노란 꽃잎 머리 장식을 하고 정성 들여 입술과 볼에 화장한 예쁜 아이들을 부러움이 가득한 눈으로 훔쳐봤다. 나는 걸레처럼 생긴 녹색 하드보드지를 머리에 쓴 채 나무를 연기했다. 어린 나이였음에도 무대의 화려한 스포트라이트가 화장도 하지 않은 나무가 아닌 예쁘고 화려한 꽃을 비출 거라는 사실을 알 수 있었다. 당시에는 내가 느낀 자기 연민을 분명하게 이해하지 못했다. 하지만 미술 시간에 꽃에 색칠만 했는데 어떤 꽃이냐고 물어왔을 때 깨달았다. 연필같이 날카로운 코코넛나무 가시나 계단을 깎아놓은 것 같은 소나무 껍질을 정성 들여 그려봐도 굳이 나무 이름을 묻는 사람은 없었기 때문이다.

이런 결핍의 기억이 사람이나 나무에 대한 내 생각을 만들어왔다. 10대가 되어 이런 박탈감을 털어놓자 아버지는 최선을 다해 내 편을 들었다. "너도 분명 꽃이야. 힌디어 교사에게 '수만'이 무엇인지 물어보렴." "수만"은 힌디어로 일반적인 의미의 "꽃"을 말한다. 힌디어로 소통하는 친구들은 항상 나를 "수마나"가 아닌 "수만"이라고 불렀다. 아버지의 말이 절반만 진실임을 깨닫는 데에는 그리 오랜 시간이 걸리지 않았다. "수마나"는 "좋은"이라는 뜻의 "su"와 "마음"을 의미하는 "mana"의 합성어다. 내 이름에 "좋은 마음"이 있어서 기뻤다. 하지만 꽃으로 비유되는 것은 분명 여성의 얼굴이었다. 총명함에 감탄하면서도 그걸 꽃이라 부르는 사람은 아무도 없었다.

그렇다면 왜 나는 나무가 되고 싶었을까? 이런 마음의 병이 내게만 국한된 것이었을까?

나이가 들면서 나도 조금씩 이런 사회적 인식을 받아들이기 시작했다. 정식으로 화장을 해본 적은 없다. 아이라인을 그리고 입술에 립밤을 바르는 게 전부였다. 그나마 아이라인이 내 영혼을 위한 최소한의 방어였다. 콜 펜슬로 선을 그려 그날 하루 동안 내 눈이 경계 밖으로 나오지 못하도록 하는 것이다. 이거라도 하지 않으면 금방이라도 눈동자가 얼굴 밖으로 튀어나올 것만 같았다.

하지만 세상의 모든 나무는 화장하지 않는다. 이런 생각으로 점차 자각의 순간이 늘어났다. 처음 내 모습을 자각했던 때가 기억난다. 수다스러운 미용사가 높은 의자에 앉은 나의 머리에 물을 뿌리고 다듬었다. 앞뒤 거울로 내 머리에 집중한 그녀의 시선을 바라보다가 문득 아무리 말려도 단호하게 관목과 식물 들을 가지치기하는 우리 집 정원사의 표정이 떠올랐다. 미용사와 정원사는 똑같은 표정으로 멋대로 자라난 내 머리카락과 엉뚱하게 뻗은 나뭇가지를 더 좋게 만들기 위해 불필요한 부분을 모두 가차 없이 잘라내 버릴 기세였다. 그날 이후 계절이 바뀔 때마다 식물과 나무의 가지를 자르고 쳐내는 행위가 폭력으로 **느껴지기** 시작했다. 나무가 살아가는 공원이 내 거실 같았고 정원은 내 미용실 같았다. 귀걸이도 할 수 없었다. 누군가 단단한 나무껍질에 못을 망치질해서 박아버리는 기분이었다. 미백 열풍에도 마찬가지였다. 인도에서는 화장품 대부분에 미백제가 들어있어서 햇빛을 차단한다고 광고한다. 선크림은 태양을 새하얀 캔버스에 어두운 황갈색을 끼얹는 고문 기술자로 둔갑시켜 버린다. 나는 평생 선크림을 바른 적이 없다. 내 피부는 태양에 시달려 인도 레슬링 선수처럼 번들번들하게 그을렸다.

하지만 창틀에 키우는 식물들은 햇빛을 간절히 원한다. 물을 주는 나를 뿌리치고 가느다란 줄기와 작은 잎사귀들을 쇠창살 밖으로 한껏 내민다. 햇빛은 그들의 양식이다. 노숙자가 손을 뻗어 자비를 구하듯 식물은 태양을 온몸으로 갈구한다. 그 모습을 보노라면 고대 문명이 왜 태양을 신으로 숭배했는지 알 것 같으면서 피부에 햇빛이 닿지 않게 하려는 현대인의 발버둥에 눈살이 찌푸려진다. 다른 금언도 떠오른다. 태양을 향한 가지와 잎의 열망만큼이나 반대쪽에서는 강한 호기심으로 뿌리가 물을 찾는다. 태양과 반대 방향에서 물을 찾는 모습은 심리학자가 언급하는 사람의 양극성 장애에 비견하는 자연의 양극성 아닐까?

이런 식의 생각에 빠지지 않으려 애썼지만 나무처럼 살고 싶다는 마음이 들 때마다 사람을 나무에 견주어 생각하곤 했다. 솔직히 말하면 풍요와 낭비가 전염병처럼 번지는 세상을 보며 이런 생각이 점점 굳어졌다. 오늘날은 과잉의 시대다. 먹고 입고 자는 모든 것이 넘쳐나고 필요 이상으로 감정을 과시하는 현대 사회는 실존적 내면의 삶과 괴리가 있다. 나는 언제나 엄격하게 절제하는 식물이 좋았다. 이것은 구속이 아닌 균형에 가까운 자연적 질서다. 폭식도 거식증도 없다. 식물은 언제나 필요한 만큼만 먹기 때문에 비만도 영양실조도 겪지 않는다. 식물의 경제학에서는 필요와 요구가 같은 개념이다. 그저 필요한 만큼 원할 뿐이다. 하지만 인간사회는 다르다. 인간사회에서의 요구는 불도저처럼 밀어붙이는 자본주의의 속성을 그대로 가지고 있으며 "욕망" 이라는 그럴듯한 단어로 정당화한다. 또한 식물은 내가 원하는 것과 남이 누리는 것 사이의 괴리가 아무리 커도 괴로워하거나 부러워하지 않는다. 주변 나무들을 둘러본다. 가지와 잎들이 치열하게 경쟁하며 뻗어가는 하늘을 올려다본다. 이들 사이에 탐욕과 질투로 인한 폭력의 흔적이 있는가? 사람에겐 놀이터의 아이들부터 경매장의 어른들까지 어디에서나 볼 수 있는 흔한 모습이지만 누구도 "이런 질투심에 불타는 나무 같으니!"라는 고함을 들은 적은 없을 것이다.

내게는 사람의 열등감이나 우월감을 완전히 벗어난 나무의 자존감이 너무나 필요하다. 누구도 열등감에 사로잡힌 풀포기를 상상할 수 없을 것이고 나도 마찬가지다.

현재 내가 필사적으로 허우적대는 또 하나의 스트레스는 "사회적 신분"을 드러내야 한다는 압박감이다. 솔직히 말하면 세상 모든 사람이 이것을 신경 쓰는 것 같다. 손가락에 반지가 있는지 훔쳐보는 시선, 힌두교 여성의 머리카락 사이에서 기혼자임을 표시하는 주황색을 찾는 사람들, 적어낸 이름 앞에 "미세스"를 붙이라고 요구하는 호텔 접수 직원은 물론 공문서마다 써넣어야 하는 결혼 여부. 인간관계 중 하나일 뿐인 결혼을 삶의 중심축으로 치부하는 이런 편견은 마치 전염병처럼 만연하다. 나는 끊임없이 남편의 존재 여부를 묻는 말들에 묵묵부답으로 일관한다. 심지어 자식이

나 형제의 표시도 전혀 하지 않는 내가 굳이 남편이 있다는 표시를 할 필요가 있는가? 나무는 그 어떤 관계도 표시하지 않으며 누구도 나무에게 결혼 생활이 행복한지 이혼 또는 사별을 했는지 미혼인지 묻지 않는다. 나도 나무처럼 각종 사회적 위치의 꼬리표에서 해방되고 싶었다.

이런 상황에서는 자연히 사랑에 대한 고민이 시작된다. 오늘날에는 다자간 연애 즉 낭만적 사랑이 드물지 않다. 하지만 대부분 국가에서 일부일처제를 채택하여 단 한 사람과만 결혼해야 한다. 식물이나 나무는 왜 많은 파트너와 사랑을 나누어도 전혀 문제가 되지 않을까? 여기에는 다른 측면이 있다. "진실" 또는 "신뢰"의 독일어 어원은 단단하고 확고한 나무를 의미한다. 글렌 에릭슨은 논문 〈산림 철학〉에 큰 나무의 그늘에서 결혼하는 이유를 다음과 같이 썼다. "스스로 헌신하는 자는 참나무나 물푸레나무, 자작나무나 너도밤나무만큼 곧고 강할 것이며 이를 기리는 마음으로 나무 앞에서 식을 거행한다."[3]

그렇다면 여러 나무를 사랑한 나는 간음한 것일까?

식물 앞에서는 모두가 평등하다

극심하게 추웠던 어느 겨울날, 닫힌 창문 너머로 오색 룽따가 바람에 펄럭이는 것을 멍하니 바라보았다. 차가운 바람이 조금만 스쳐도 몇 분씩 기침하는 통에 몇 주 동안 창문을 모두 닫은 답답한 방에 갇혀있었다. 침대 머리맡에 있던 많은 화분은 하나씩 발코니와 프랑스식 창문의 큼지막한 창틀로 겨우겨우 옮겼다. 약간의 환기만으로도 천식 발작이 시작돼 창문을 열 수 없다 보니 함께 있던 식물들이 질식할 것 같았기 때문이다. 이웃집 테라스에 높이 걸린 알록달록한 룽따만이 유일한 친구였다. 지치고 병약한 몸으로 침대에 누워 지내며 점차 세상과 내 삶을 다른 관점으로 바라보게 되었다. 일단 세상을 대하는 눈높이 즉 눈 맞춤이 달라졌다. 침대에서 보이는 것은 천장뿐이었다. 창문 밖 세상이 천장에 드리운 그림자 각도로 하루의 시간을 짐작했다. 대부분 이웃집 뒷마당에 있는 코코넛나무와 빈랑나무 그림자였다. 가끔 야자수 잎의 넓은 그림자가 숨어들어 왔다. 이

리저리 흔들리는 하얀 천장의 그림자를 바라보며 거센 바람을 상상할 수 있었다. 방글라데시의 환절기를 견디는 나무들의 면역력이 부러웠다. 날씨가 무슨 질병이라도 되는 것처럼. 항알레르기약을 먹고 열 시간씩 늘어져 자는 날들의 연속이었다. 당시 잠은 나를 질병과 죽음으로부터 보호하는 효과적인 방부제였다. 그렇다면 나무가 쉽게 병들지 않고 버틸 수 있게 하는 방부제는 자유로움 그 자체 아닐까? 나무가 되어 그 자유를 만끽하고 싶다.

*

나는 친구나 치료사에게 내가 너무 친절해서 오히려 문제라는 소리를 자주 듣는다. 식물은 친절한가? 초등학교 과학 선생님은 생물학을 지극히 도덕적인 관점에서 설명하여 식물이 아주 이타적인 생명체로 보이게 만들었다. 식물은 아무런 대가도 바라지 않고 우리에게 산소와 과일, 꽃과 채소를 제공한다. 시원한 그늘을 드리우는 가지에 줄을 매어 그네도 탈 수 있다. 하지만 다름 아닌 이런 면을 조심해야 한다. 내가 정말 나무가 되고 싶다면 먼저 나 자신을 더 많이 사랑해야 한다. 자기 자신을 소중히 하는 것은 복잡한 개념이다. 이것을 처음 주창한 프랑스 철학자 미셸 푸코가 나무까지 포함했는지는 알 수 없다. 가족에게 가장 많이 들었던 방글라데시 속담으로 “아우파트라이 단”이라는 말이 있다.

기부금을 모금함이 아닌 다른 그릇에 넣는다는 뜻이다. 아무에게나 너무 친절을 베풀지 말라는 소리다.

그런데 정말 나무는 친절한가? 도덕적 생태론자의 생각이 전적으로 틀렸고 나무는 절대 희생적으로 베풀지 않는다는 주장도 있다. 철저한 이기심으로 살아남았다는 논리다. 하지만 생물학이 어떻게 말하든 사람들은 나무를 이타주의의 상징으로 바꿔놓았다. 어느 주장이 맞는지는 관심이 없다. 단지 나무도 나처럼 아무에게나 지나치게 친절한지 궁금했다. 나무는 자신을 돕는 정원사와 자신에게 해를 끼치는 나무꾼을 구별할 수 없어서 누구에게나 산소와 꽃, 과일과 꽃향기를 베푼다. 그러므로 차별하지 않는 나무도 나처럼 자신을 해치게 될 것이다. 그렇다고 나무가 악한 사람에게 산소를 주지 않는 식으로 행동할 수는 없다. 나라고 뭐가 다르다는 말인가?

나처럼 어느 정도 교육받은 사회 계층은 자신이 무한히 너그럽고 관대하다는 착각에 빠지곤 한다. 나도 인간관계를 파괴하는 폭력적 편견을 여러 번 겪었고, 나라 전체와 사회에 영향을 미치는 사건이 신문 1면에 대서특필되는 경우도 많았다. 이런 인간의 편협함이나 그 편견을 바라보는 나 자신의 편협함에 환멸을 느낀 나머지 내게 너무나 부족한 관용이라는 개념이 식물의 세계에서 넉넉하게 적용되는지 궁금해졌다. 식물에게 관용이 없다면 굳이 나무의 삶으로 도피할 필요가 없었다. 나는 인류 역사가 기록되는 방식에 거부감을 느끼고 있었다. 별일 없이 무난해서 아마도 만족스러운 나날은 "특이할 것 없는 삶" 같은 표현으로 무시당했기 때문이다. 문학도 마찬가지다. 특히 실제 삶을 모방하는 소설은 시간을 왜곡하고 부산하게 구는 것을 무슨 특권처럼 생각하는 것 같다. 작가이자 뮤지션 아밋 차우드후리에 대한 박사 학위 논문에 매달리면서 절실하게 느꼈다. 차우드후리는 사무엘 베케트가 반쯤 농담 삼아 말했던 "아무 일도 일어나지 않음" 그 자체에서 미학적으로 아름다운 문장을 이끌어냈다. 우리가 식물의 삶을 자꾸 무시하는 것은 헤라클레이토스의 말처럼 "자연은 숨기를 좋아하기" 때문이다. 아무 일도 일어나지 않으면 관심을 끌지 못한다.

20세기에 들어서자 역사가들은 그동안 사람이 역사에서 "소외되었다"라고 주장하며 소외된 그들을 역사의 틀 안에 끌어들이려 했다. 하지만 이들도 역사를 "사건" 중심으로 바라보는 편견은 극복하지 못했다. 그 시대의 특정 사건에 이정표를 세운 사람들만 역사책에 기록되었고, 극적이지도, 역사의 흐름을 바꾸지도, 삶을 크게 변화시키지도 않는 식물이나 나무는 주목받지 못했다. 그렇다면 이들은 역사에서 완전히 버려졌을까? 식물의 다양한 삶을 포착하기 위해 새로운 과학 용어가 사용되기 시작했다. 바로 "생애 주기"다. 하지만 이것은 사람에게 사용되는 모든 다채롭고 현란한 용어들에 비해 너무 단조로워서 식물과 나무의 역사를 **일구지** 못했다. 그 결과 딱딱한 식물학 저서 외엔 식물의 생태에 대해 남겨진 기록이 거의 없다.

이런 편애는 눈이 있는 생명체의 특권과도 관련 있다. 먹고, 입고, 말하고, 재채기하고, 기침하고, 걷고, 달리고, 웃고, 우는 우리 삶의 방식은 짜증스러울 정도로 시각적인 면에 집착한다. 사실상 볼 수 있는 것만 역사가 된다. 역사책에는 선명하게 묘사할 수 있는 전쟁 이야기로 가득하다. 우리의 일상도 마찬가지다. 다리가 부러지면 병가를 낼 수 있지만 보이지 않는 마음은 아무리 다쳐도 알아주지 않는다. 이런 편향적 태도로 인해 우리는 식물의 보이지 않는 삶의 방식에 무관심하다. 새로 나는 잎이나 꽃, 열매를 보며 나무의 건강을 진단할 뿐 다른 모든 것에 관심을 두지 않는다. 그래서 식물 생태의 비밀, 씨앗의 비밀같이 식물의 내면적 삶을 기술한 책도 잘 안 팔린다. 이런 보이지 않는 비밀은 어떤 역사책에도 기록되거나 심지어 각주로도 표기된 적이 없다. 그래서 식물의 생태는 여전히 역사의 사각지대에 방치되어 있다.

물론 시각적 요소만 문제는 아니다. 움직임도 관련이 있다. 온갖 동물과 곡예사가 뛰고 구르는 서커스를 생각해 보라. 움직일 수 있는 능력이 살아있다는 가장 큰 증거다. 식물이나 나무가 공연하는 서커스를 본 적 있는가? 식물을 본뜬 아이들 장난감이 왜 없는지도 같은 이유로 이해할 수 있다. 비단 아이들만일까? 어른도 식물을 가지고 "노는" 경우는 거의 없다. 나는 가끔 커다란 나무에 기대어 피사의 사탑을 생각한다. 사람들은 살짝 기울어진 건축물에 왜 그리 감탄할까? 가로 세로는 물론 온갖 이상한 각도와 형태로 자라나는 나무의 뛰어난 능력에 놀라는 사람은 없지 않은가?

사람들은 나무에 대한 내 사랑을 광기라며 걱정한다. 나무처럼 살고자 하는 내 욕망이 잔인한 인간 사회의 혈투로부터 도피하려는 마음이라고 설득한다. "숲에 경찰이 들어차면 나무에 대한 시를 쓸 수 없다."[4] 베르톨트 브레히트의 글이다.

하지만 나는 동요하지 않았다. 인간 세상에서 성공에 필요한 모든 속임수와 협잡에 지쳤다. 나무에겐 정치적인 옳고 그름이 없다. 벌과 나비를 유혹하기 위한 속임수 외에는 그 무엇으로도 위장하지 않는다. 나무는 현재의 모습과 기대하는 자신의 모습이 다르지 않다.

좌충우돌 실수하는 삶에 지쳐 식물의 지혜를 배운다. 나무도 부정적 감정에 사로잡히는 때가 있을까? "모든 나무는 장애인이다. 땅에 뿌리내려 움직이지 못하는 운명을 한탄한다면 말이다. 하지만 내게는 전혀 그렇게 보이지 않는다. 자신의 처지를 불평하는 나무를 어디에서도 본 적이 없다."[5] 1890년대 자연주의 작가 존 뮤어의 말이다. 이것이 바로 내가 되고 싶은 모습이다.

나무로 변신한 여자들

다행히 이전에도 여자를 나무 같다고 생각한 사람이 있었다. 나는 로렌스의 도움으로 내 몸을 나무라고 생각할 수 있었다. 그의 시 〈무화과〉를 읽으며 내 가슴과 성기를 여성성이라는 굴레에서 해방시켰다.

무화과는 비밀스럽지
자라는 모습을 지켜보면 누구나 느낄 수 있거든
그것이 남자라는 것을
하지만 조금만 더 들여다보면 로마인들의 생각에 동의하게 돼
그것이 여자라는 것에
이탈리아인은 음탕하게 중얼거리지, 그것이 여자의 거기라고
갈라진 틈, 요니라고
가운데로 스며드는 끝내주는 촉촉함…[6]

모든 열매는 그 나름의 비밀을 간직한다.

여성은 언제나 은밀해야 한다는 말과 같은 방식이다.

나무를 여성으로 묘사하는 그림이 너무 많아져서 이제는 진부할 정도지만 그래도 몇몇은 아직 내 기억 속에 남아 있다. 1990년대 배고픈 세대의 예술가 아닐 카란자이가 그린 숲에는 여성의 질과 닮은 공터가 있다. 살바도르 달리의 〈나무 여자〉는 나무처럼 몸을 활짝 벌린 여성을 묘사한다. 〈장미 머리를 가진 여자〉라는 작품도 있다. "내가 그린 꽃들은 죽지 않는다"라는 말을 남긴 프리다 칼로는 작품에서 자기 자신을 나무처럼 그렸다. 〈해바라기 속 자화상〉에서 그녀의 얼굴에는 해바라기 꽃잎이 둘러 있다.

벵골어 작가 발라이 찬드 무코파디야이의 필명 바나풀은 "숲속의 꽃"이라는 뜻으로 나무가 되고 싶은 나와 비슷한 열망이 드러난다. 그가 쓴 멋진 소설 《나무》는 나무를 여자로 의인화한 평범한 이야기들과 완전히 다르다. 나무로 변하는 상상에 흔히 따라오는 속 시원한 해방의 꿈이 없기 때문이다. 소설 속 사람들은 나무의 껍질을 벗겨 삶고 잎을 갈아 반죽을 만들거나 튀기거나 우적우적 먹었으며 얇은 가지를 씹어 이를 닦았다. 이 모든 것이 의학적 목적이었다. 나무는 모든 사람을 만족시켰지만 나무를 걱정하고 신경 쓰는 사람은 없었다.

어느 날 갑자기 색다른 남자가 나타났다.

그는 나무를 황홀한 눈으로 바라보았다. 껍질을 벗기지 않고, 잎을 뜯지 않고, 가지를 꺾지 않았다. 그저 바라보고 경탄할 뿐이었다.

"세상에, 이 나뭇잎을 봐. 얼마나 아름다운지!" 그가 말했다. "우아한 곡선이 너무나 사랑스럽구나. 무리 지어 피어난 꽃들은 또 어떻고! 짙푸른 하늘의 별자리에서 반짝이는 별들이 이 푸르른 숲에 내려앉은 것만 같구나. 정말 멋있다." 그렇게 한참 바라만 보던 남자는 이윽고 그 자리에서 떠났다.

그는 몸을 치료할 약이 아니라 마음을 어루만질 아름다움을 찾는 사람이었다.

님나무는 그와 함께 도망치고 싶었다. 하지만 그럴 수 없었다. 나무는 집 뒤 쓰레기장에 뿌리를 너무 깊이 내려 한 치도 움직일 수 없었다.

그 집에서 집안일에 매인 채 살고 있는 여자도 같은 처지였다.[7]

내가 되고 싶은 것은 누군가의 영혼의 단짝도 영험한 약재도 아니다. 그렇다면 나는 왜 나무가 되고 싶을까?

*

다행히 이런 생각은 나만의 것이 아니다. 아네트 기세케는 그녀의 저서 《식물의 신화》에서 오비디우스의 《변신 이야기》를 언급했다. "이 신화 전설집은 변신이라는 소재를 중심으로 방대한 그리스 로마 신화를 모아놓았다. 변신 중에는 다른 사람으로 변하는 내용이 있고 동물이나 식물로 모습을 변신하는 경우도 있다."[8] 마치 할아버지, 할머니가 들려주던 옛날이야기 같다.

일례로 "다프네 이야기"를 보자. 아폴론은 페네이오스의 딸 다프네와 사랑에 빠졌다. 아폴로가 활과 화살을 가지고 노는 에로스를 놀리자 화가 난 큐피드가 화살집에서 화살 두 개를 꺼내 두 사람에게 하나씩 쏘았다. "하나는 사랑에 빠지는 화살이었고 또 하나는 사랑을 피하는 화살이었다."[9] "곧 아폴론은 사랑으로 충만하게 되었으나 다프네는 사랑에 질색하며 숲으로 도망쳤다. 많은 남자가 구애했지만 모두 뿌리치고 결혼도 사랑도 남편의 구속도 없는 삶을 찾아 험한 산길을 헤매 다녔다."[10] 아폴론이 온갖 감언이설로 그녀를 유혹해도 넘어오지 않자 아버지 제우스와 자신이 발명한 명약을 자랑하고 과거, 현재, 미래가 자신을 통해 전개된다고 자랑스럽게 떠벌렸다. 다프네는 그저 공포에 질려 도망칠 뿐이었고 아폴론의 눈에는 도망치는 모습이 더욱 아름답게 보였다. 그녀는 달리고 아폴론은 그 뒤를 쫓았다.

더는 달릴 수 없게 되자 다프네가 울부짖었다. "대지의 신이여, 제가 더 이상 상처 입지 않도록 입을 벌려 나를 삼켜주소서." 기세케는 이 장면을 다음과 같이 묘사한다.

> 기도가 채 끝나기도 전에 그녀의 팔다리가 무거워지고 부드러운 가슴은 나무껍질로 뒤덮였다. 머리카락은 잎사귀로 변하고 팔은 나뭇가지가 되어 하늘로 뻗어나갔다. 급하게 달리던 다리는 대지에 단단히 뿌리내리고 얼굴도 나무꼭대기로 사라져 버렸다. 그녀를 휘감았던 아름다운 빛만이 그대로 남아 나무를 둘러쌌다. 하지만 태양의 신 아폴론은 그녀를 향한 사랑을 멈출 수 없었다. 나무줄기에 손을 대니 방금 자라난 나무껍질 아래에서 그녀의 심장이 떨리는 것이 여전히 느껴졌다. "이제 그대는 내 아내가 될 수 없겠구나." 태양의 신 아폴론이 한탄했다. "그대는 나의 신성한 나무가 될 것이다. 내 머리는 물론 나의 악기 키타라와 화살집도 언제나 그대의 아름다운 월계수 잎사귀로 장식될 것이다."

가엾은 다프네는 결국 성폭행에 대한 공포 때문에 사력을 다해 나무가 되려 했다. 다른 나무로 변하는 여성의 이야기들도 비슷했다. 크로노스의 아들 하데스가 지하 왕국으로 데려간 아름답고 순수한 페르세포네도 나무가 되고 싶어 했다. 슬픔에 빠진 그녀는 반년에 한 번 지구에 봄이 올

때만 어머니에게 갈 수 있었는데 그 이유는 하데스의 루비 열매 즉 석류를 먹었기 때문이다. 나는 조금씩 불안해졌다. 물론 잘생긴 스파르타 청년 히아킨토스도 아폴론의 사랑을 받았고 죽은 후 떨어진 핏방울에서 히아신스가 피어났다. 하지만 여자만 폭력을 피해 식물로 변하는 게 아니라는 사실이 그다지 위안이 되지는 않았다. 아프로디테가 그 아름다움에 반해 하늘에서 내려오기까지 했던 아도니스가 크게 다치고 죽자 "그 자리에 불타오르는 핏빛의 커다란 꽃, 아네모네가 피었다. 아네모네는 거친 껍질 안에 씨앗이 숨은 석류에서 태어난 것 같았다."[11] 바람을 맞으며 꽃을 피우기 때문에 그리스어로 바람꽃이라고도 부른다.

책과 그림을 보며 이런 신화를 다시 생각하던 그날 아침에도 조간신문에는 죽어간 여인들의 기사가 수도 없이 실렸다. 사람들은 여자를 강간하고 살해했으며 아무런 구호조치 없이 죽어가도록 내버려뒀다. 짐승이 토막 낸 시체를 물어뜯었고 참수된 머리는 강에 던져졌다. "명예 살인"이라는 이름으로 아버지나 오빠나 삼촌이 여자를 살해한 뒤 땅에 묻거나 나무에 매달았다. 이런 세상을 있는 그대로 받아들이지 못한 채 소심하게 회피하며 두려움에 떨던 나였기에 신화의 속뜻이 새롭고도 낯선 의미로 다가왔다. 궁지에 몰린 여성이 성폭행을 피하려고 식물로 변하거나 변하기를 간청하는 이야기를 하나씩 찾아 읽을 때마다 인도 언론이 끊임없이 떠들어대는 "니르바야(남성 여섯 명에게 집단 성폭행을 당한 피해자의 이름—옮긴이) 사건"이 반복해서 떠올랐다.

가엾은 여성 에코가 자신의 목소리를 빼앗기고 상대의 말만 따라 하게 된 것이 우연일까? 헛된 자기애에 빠진 나르키소스가 소년인 것도 그저 우연일까? 잘생긴 나르키소스와 사랑에 빠진 에코는 부끄러운 줄도 모르고 소년을 뒤쫓지만 "거기 누구 있소?"라는 소년의 말에 그저 "거기 누구 있소"라고 답할 뿐이었다. 자신의 간절한 사랑을 표현할 길이 없던 가엾은 에코는 얼굴을 나뭇잎으로 가린 채 동굴에 틀어박혀 시름시름 앓다가 죽어버렸다. 남은 것은 다른 사람의 외침을 따라 하는 메아리뿐이었다. 하지만 나르키소스는 에코는 물론 자신을 흠모하는 누구에게도 관심이 없었고, 사랑 고백을 거절당한 한 남자는 심한 모욕감을 참지 못해 네메시스에게 빌었다. "그가 나와 같은 사랑을 하게 해주소서. 간절히 원하는 사람을 영원히 갖지 못하게 하소서!"[12] 그 결과 나르키소스는 연못에 비친 자기 자신을 사랑하게 되었다. 당연히 물에 비친 그림자는 영혼이 없었고 그저 무의미하게 소년의 행동을 따라 할 뿐이었다. 가장 잔인한 방법으로 짝사랑을 하게 된 나르키소스는 에코처럼 슬픔에 빠져 말라 죽었고 지하 세계에 가서도 스틱스강에 비친 자신의 모습만 들여다보았다. 그의 자매와 동료들이 슬피 울자 에코도 뒤따라 울었다. 장례를 위해 시신을 두었던 장작더미를 찾았으나 나르키소스는 온데간데없고 대신 "그 자리에 꽃 한 송이가 피어났다. 꽃 중앙은 샛노랗고 흰색 꽃잎이 달린 아름다운 수선화였다."[13]

미용 성형과 시술이 넘쳐나는 시대에 이런 다른 존재로의 변신 이야기는 무엇을 의미하는가? 왜 신화 속 주인공은 자신이 원한 것도 아닌데 나무나 심지어 수선화 같은 꽃으로 변해버릴까? 오비디우스 신화와 게임 시리즈 〈라라 크로프트와 빛의 수호자〉 사이에는 무슨 일이 있었길래 식물이 되고 싶은 욕구가 기계처럼 보이고 싶은 욕구로 바뀌게 되었을까? 어느 문화에서나 소녀가 희롱당하고 목숨을 잃거나 나무로 변하는 이야기를 쉽게 찾을 수 있다. 금단의 열매에 손을 댄 여인의 이야기는 어느 신화에나 존재한다. 시인이자 번역가 A. K. 라마누잔의 책에는 어린 딸이 고집스럽게 결혼을 거부한다는 이유로 화가 치밀어 딸을 죽여버리는 아버지가 나온다.[14] 딸의 시체를 토막 내 묻은 정원에는 아름다운 석류나무가 자라났고, 그 나무로 만든 비나의 음악은 숨 막히게 감미로웠다. 천상의 음악에 매료된 신들의 왕 인드라는 그녀를 아내로 맞는다. 물론 나무로 변한 여자들이 모두 이렇게 대체된 행복으로 끝을 맺는 것은 아니다.

*

나무가 되고 싶은 간절한 열망은 사실 내 신체적 취약함 때문이다. 누가 이유를 물으면 예를 들어 대답하곤 했다. 20

세기 초 인도 북부 사와르 왕국을 다스리던 반시 프라탑 싱은 신하들에게 "나무를 베지 마라. 가장 작은 가지만 꺾어도 내 손가락을 꺾는 것과 같다"[15]라고 경고했다. 저서 《식물의 삶》에서 나무를 사람에 비유한 엘리슨 뱅크스 핀들리는 힌두교 우파니샤드 경전의 한 문구를 인용했다. "그러므로 정말 위대한 나무는 사람이다."[16] 사람의 머리카락은 나무 잎사귀고, 피부는 나무껍질이다. 피부에 흘러내린 피는 나무껍질에 솟은 수액과 같다. "다친 사람이 피를 흘리는 모습이 공격당한 나무 둥치에서 수액이 흘러나와 굳는 것과 비슷하기 때문이다." 마찬가지로 사람의 살은 나무 속껍질과 같고 신경은 나무의 섬유질처럼 질기며 뼈는 나무 속, 골수는 속껍질이다. A. K. 라마누잔의 《시바 신에 관하여》도 이를 일부 인용했다.

나무에게 입은 뿌리다.
보라, 저 낮은 곳에서
물을 빨아올려
저 높은 곳으로
싹을 틔우는구나.[17]

*

왜 나뭇잎에는 하트 모양이 이리 많을까? 시 구절은 물론 시처럼 짧은 글에서 심장이 움직이고 걷다가 존재 전체가 생명을 통제하는 이 기관으로 변해가는 과정을 여러 번 지켜보았다. 빈랑나무 잎부터 라즈베리에 이르는 수많은 하트 모양 잎사귀를 볼 때마다 마치 내 가슴속에 있는 심장을 보는 것 같다. 호두가 왜 인간의 두뇌와 닮았는지, 콩은 신장, 오크라가 왜 손가락 모양으로 생겼는지 알 방법은 없다. 증명할 수는 없어도 분명 관계는 있다. 그렇게 믿고 싶다. 독일 기독교 신비주의자 야코프 뵈메는 이런 모양과 형태의 유사성에서 신의 손길을 느꼈다. 하지만 나는 다르게 생각한다. 내 심장과 뇌와 신장이 이미 식물과 비슷하게 생겼으니 얼마나 멋진 일인가?

나무의 목소리를 듣다

다시 한번 강조하고 싶다. 나무가 되고 싶을 정도로 나를 궁지에 몰아붙인 것은 다름 아닌 소음이었다. 사람은 소음을 내고, 나무는 역동적으로 살아가면서도 침묵으로 속삭인다. 둘 사이의 차이는 너무나 극명하다. 사람들이 부지런히 일하면서도 직장에서 쏟아내는 끔찍한 불평들은 끝까지 침묵하는 나무와 선명하게 대비된다. 나는 시끄러운 사람이 아닌 조용한 나무가 되고 싶었다. 음악이 식물의 생장에 영향을 준다는 연구 결과를 읽은 적이 있다. 내가 너무나도 싫어하는 헤비메탈이 "최고의 꽃"을 피워 올리는 동안 나도 식물에게 클리프 리처드의 음악을 들려줘 봤는데 곧 죽어버렸다. 식물의 바이오리듬을 교란하는 음악 장르도 있었다. 하지만 더 이상은 이런 실험에 관심이 없다. 대신 일상에 새로운 습관이 생겼다. 바람이 날카롭게 불 때마다 휴대폰을 꺼내 들었다.

바람이 불 때 식물은 어떻게 반응하지? 궁금증은 어느 날 갑자기 찾아왔다. 가족과 함께 히말라야 남쪽 벵골 마을 외곽을 여행할 때였다. 나는 왁자지껄한 사람들 목소리에서 벗어나 고즈넉한 시골 풍경을 지칠 때까지 걸었고, 아무도 내 생각을 방해하지 않는 그곳에서 스스로를 발견할 수 있어서 기뻤다. 이른 봄이었다. 한낮의 눈이 부신 태양과 부드럽게 불어오는 봄바람이 완벽하게 어울리는 날이었다. 사람도 동물도 새도, 자동차도 휴대폰도 존재감을 드러낼 수 없는 이 무음의 공간에 매료되었다. 기도실이나 진료실의 긴장된 침묵과 달랐다. 조용하지만 적막하지 않았다. 앉아 쉬던 대나무숲으로 감미로운 바람이 불어오며 우수수 소리를 냈다. 많이 듣던 소리였지만 낯설었다. 마치 사랑처럼 익숙하면서도 이상하고 또 새로웠다. 그것은 대나무의 목소리였다. 약하게 시작하지만 점점 위압적으로 강해지다가 갑자기 힘을 잃고 사라진다. 음악가가 온 힘을 다해 악기에서 쥐어짜 내는 소리와는 전혀 다른 기묘한 음악이다.

최고의 악기가 대부분 나무 재질인 것은 우연이 아니다. 바람을 머금었다가 조금씩 내쉬는 대나무는 마치 거대한 피리 같다. 하지만 당시에는 미처 그런 생각을 하지 못했다. 소리를 내는 것이 큰 대나무 몸통이 아니라 잎사귀였기 때문이다. 수많은 잎이 바람에 부대끼고 불평하고 익숙해지다가 무심해진다. 잎사귀들의 이런 불평은 힌두교 결혼식에 사용하는 악기 셰나이처럼 사랑의 규칙도 모르고 습관도 계획도 없이 어느 날 왔다가 홀연히 가버리는 연인의 노래

같기도 하다.

상상이 좀 지나쳤을지도 모르겠다. 하지만 이것이 습관의 시작이었다. 먼저 대나무 이파리가 바람에 흔들리는 소리를 녹음했다. 기분 좋게 관능적이며 섹시한, 그러면서도 길들지 않는 어떤 것이 있었고, 바람이 홀연히 대나무 숲을 버리고 멀리 가버리는 움직임에 진한 슬픔도 느꼈다. 대나무 잎이 바람에 쓸리며 사랑을 나누는 장면을 촬영한 후 집에 돌아와 어둠이 한낮의 소음을 삼키며 조용해지면 다시 틀었다. 눈을 감고 소리를 들었다. 스튜디오의 마스터 사운드 아티스트 정도가 아니면 누구도 알아채지 못하겠지만 1분짜리 짧은 비디오에서 두 번이나 숨이 막힐 듯한 격정을 느꼈다. 슬프고 부럽기까지 했다. 왜 나는 바람에 대나무 이파리처럼 반응하지 못할까?

이후 수많은 소리 탐험을 이어갔다. 음악 선생이 사람이 내는 소리를 여러 '음계'로 분류하듯 나도 바람에 흔들리는 나뭇잎의 반응을 서로 구분하기 시작했다. 사라수의 마른 잎이 가장 높은 음을 낸다. 끝이 마르고 긴 줄기를 가진 풀일수록 날카롭게 비명 지른다. 하지만 음악 선생처럼 도, 레, 미와 같은 알파벳을 따서 이 소리를 규정짓지는 않았다.

사실 그 반대의 일을 했다. 나는 바람에 우는 나뭇잎 소리를 기준으로 사람들의 목소리를 분류하기 시작했다. 아버지의 바리톤 음색은 사라수 잎, 어머니의 목소리는 자바사과나무의 잎, 어린 조카의 사랑스러운 옹알이는 발목까지 올라오는 풀이다. 남편은 내 이상한 명명법을 듣고 킬킬 웃더니 내 목소리에도 "대너 케티 도"라는 이름을 붙여주었다. 너른 논에 부는 바람이라는 뜻이다.

포기할 때도 있었다. 실망해서가 아니라 녹음하느라 너무나 아름다운 순간을 깨고 싶지 않았기 때문이다. 숲에 홀로 남겨졌던 삼 월의 어느 날을 기억한다. 숲속으로 깊이 들어가지는 않았지만 벗어나지도 않은 상태였다. 갑자기 북서쪽에서 칼바이사키 폭풍이 몰려오기 시작했다. 오전 내내 마른 나뭇잎이 바람에 부대끼는 소리를 녹음하는 중이었다. 머리카락은 중력이 당기는 끝부분으로 갈수록 가늘어지지만 나무는 중력에서 벗어나는 가지 끝으로 갈수록 가늘어진다. 그래서 나무 꼭대기로 갈수록 바람이 부딪히는 떨림과 흔들림이 더 커진다. 어떻게 해서라도 중력을 거슬러 떨리는 그 소리를 녹음하고 싶었다. 근처 나무 위로 올라가려 했으나 쉽지 않았다. 겨우 몇 미터 올라가 갈라진 가지 사이에 단단히 매달려도 성난 바람에 몸이 거세게 흔들렸다. 나무도 현기증을 느낄까? 바람 한 점 없는 날에는 최면과도 같은 무아지경에 빠질까? 나뭇잎 소리에 귀를 기울이면서 내 삶은 완전히 달라졌다.

지금까지는 시끄러운 산업 사회의 소음과 끝없이 늘어놓는 사람들의 수다 소리에 지친 채 나무가 고요한 생명체라고 생각했다. 하지만 소리를 녹음하면서부터 나무도 소리를 낸다는 것을 깨닫게 되었다. 그것은 저항의 소리다. 시위자가 '목소리를 높이는' 것처럼 나무는 비나 바람에 찢기거나 잘리거나 부러지지 않으려 맞서 싸우고 소리를 지른다. 언제나 그렇듯 나무는 소리에 대해서도 간결하다. 혁명. 반란. 저항. 나무 외의 모든 소리는 그저 소음이다.

*

스스로 묻고 또 물었다. 나는 어떤 나무가 되고 싶은가? 아직도 답을 찾지 못했다. 가지를 높이 뻗은 큰 나무든 보통 크기의 관목이든 또는 그냥 풀이나 정원의 잡초여도 아무런 문제가 되지 않는다. 식물에게는 어떤 개체가 더 좋고 더 나쁘다는 평가가 없기 때문이다. 질 들뢰즈와 펠릭스 가타리는 서구 문명을 하나로 묶어버리는 나무형 모델의 계급과 권력 구조에 반대하면서 생강이나 울금 같은 뿌리줄기에 대한 시적이고 열정적인 글을 썼다. 뿌리줄기는 시작과 끝이 다르지 않고 위와 아래도 없으며 뻗어 나온 어떤 "곁가지"도 다른 것보다 우월하지 않다. 위계질서를 기본으로 하는 기존 방식을 뒤엎어 버리는 새로운 모델이다. 하지만 나는 어느 쪽도 상관없다. 나무가 몇백 년을 살아가듯 사람이 몇백 년 동안 만들어온 모델일 뿐이다. 누군가 하늘 높이 자라난 거목과 낮게 깔린 풀 중 어느 것이 좋은지 물으면 자연주의자 할 볼랜드의 말로 둘러대곤 한다. "나무를 보며 인내의 의미를 이해했고 풀을 보며 끈기가 무엇인지 깨달았다."[18]

나무로 변해가는 과정과 영적, 정서적 변화에 대해 글을 쓰기로 처음 결심했을 때는 이 글이 '문학'의 범주에 들 수나 있을지 자신이 없었다. 소리나 구조는 물론 문학 장르의 모든 것이 너무 인위적인 것 같았다. "장르라는 개념은 무덤처럼 냉정하다."[19] 러시아 영화감독 안드레이 타르코프스키의 말이다. 내 눈에는 이것이 문학과 예술에 만연한 인종차별주의의 한 단면인 것 같다. 글의 길이, 의도, 목소리는 물론 내포된 야망까지도 기준 삼아 서로 구분하려 든다. 당연하게도 이런 기준으로는 장르를 자연스럽게 나눌 수 없다. 풀은 시, 반얀트리는 서사시, 생강은 철학 소책자, 장미는 청소년 소설로 나누는 것은 어떤가? 아니면 9시의 꽃은 낮의 장르, 밤의 여왕 꽃은 밤의 장르로 나눌 수도 있지 않을까? 요즘 출판되는 책에는 본문 앞이나 뒤에 "감사의 글"이 꼭 들어간다. 나무가 감사의 글을 쓴다면 누구를 목록에 올릴까? 태양과 비, 정원사, 벌, 새, 사람이나 바람이 아닐까? 아마도 모든 나무의 감사의 글이 다 똑같을 것이다. 이런 재미있는 상상은 곧 견고한 현실의 벽에 부딪혀 중단되었다. 감사의 글이라는 장르 자체가 식물에겐 존재할 수 없다. 또한 식물은 편집 과정을 거칠 수 없다. 나무가 산소와 이산화탄소 비율을 바꾸거나 바람에 나뭇잎이 흔들리는 비율을 조절한다고 상상해 보라. "그건 좀 너무하지?" 나도 모르게 중얼거린다.

*

현대에는 손으로 살짝 누르는 '터치'가 일종의 식별 표지다. 연인에게도 경찰관에게도 똑같이 적용된다. 어머니와 할머니는 우리를 손으로 직접 어르고 달래 낮잠 재웠지만 지금은 스마트폰을 손으로 터치하여 원하는 일을 해낸다. 이런 전자장치는 다른 무엇보다 사람과의 접촉을 우선시한다. 5월 중순의 어느 여름날이었다. 나는 수양버들 아래 서 있었다. 직장에서 힘든 일이 있었던 터라 우울했고 사람 사이의 보이지 않는 폭력에서 벗어나 당장 나무가 되고 싶었다. 스마트폰에 눈물이 뚝뚝 떨어졌다. 그런데 놀랍게도 눈물이 아무리 두드려도 스마트폰은 묵묵부답이었다.

나무로 변해도 핸드폰을 사용할 수 있을까? 터치만으로 마치 전염되듯 사람을 나무로 바꿀 수 있을까? 마거릿 애트우드는 저서《표면》에 이렇게 썼다. "내가 나무에 기대면 나무는 나에게 기대온다."[20] 가르왈 히말라야에서 200년 넘게 이어오는 수백 명의 "나무를 껴안는 사람"(급진적 환경보호론자를 지칭하는 말—옮긴이), 그중에서도 특히 여성들을 떠올렸다. 수양버들의 축 늘어진 가지를 잡아당겨 핸드폰에 대보았다. 아무 일도 일어나지 않았다. 핸드폰은 묵묵히 내 손가락만을 기다렸다. 갑자기 핸드폰에서 삑 소리가 났다. 친구가 보낸 문자였다. 링크를 눌러 멜버른의 나무에게 이메일을 보내는 수천 명의 사람 이야기를 읽었다. 멜버른 시청은 도시의 나무마다 이메일 주소를 부여했다. "가지가 위태롭게 늘어졌다"라는 식의 제보를 받을 목적이었다. 하지만 사람들은 자기가 좋아하는 나무에게 다른 목적으로 편지를 쓰기 시작했다. 비밀을 털어놓고 조언을 구하며 위로를 받았다. 나무는 편지함인 동시에 마음을 달래주는 상담사였다. 그들은 사람이 되었다.

2

그림 속 꽃은 죽지 않는다.

프리다 칼로

나무 그리는 방법

나는 알 수 없는 충동에 이끌려 사람을 촬영하는 것 같은 열정으로 나무 사진을 찍어왔다. 컴퓨터에서 사진을 오른쪽 화살표 키를 눌러 빠르게 돌려볼 때마다 마치 디자인의 일부인 것처럼 무의식 속에 자리 잡았다. 나무가 움직이는 장면은 본 적이 없다. 기억하는 한 10년 이상을 죽은 고목만 찍었기 때문이다. 왜 그랬을까? 부러지고 잎도 다 떨어진 헐벗은 나무가 왜 내 눈을 사로잡았을까? 나는 동물이나 사물이 인간과 같은 감정을 지닌 것으로 여기는 감정적 허위에 시달리고 있었는데, 죽은 나무에게 시각적인 매력을 느끼는 이유가 우울증의 재발과 관련이 있는지 알아보려 했다.

죽었지만 여전히 존엄을 지키고 서 있는 대부분의 고목은 사람으로 치면 해골에 가깝다. 보통 방글라데시 이민자였던 가사도우미들은 내게 그들 모국의 귀신 이야기를 해주곤 했는데 대부분 너무 무서워서 타고난 소심함에 더해 귀신을 병적으로 두려워하게 되었다. 그저 살과 피부가 없을 뿐인 귀신이 왜 그토록 무서웠는지 도저히 이해가 안 된다. 이런 내가 귀신이나 사체의 사진을 찍는 것은 상상조차 하기 어려운 일이다. 하지만 몇 시간, 나아가 몇 달, 몇 년씩 죽은 나무들 사이를 돌아다니며 아름다운 사진을 찍었다. 사실상 사체의 기하학적 아름다움에 매료된 것이나 다름없었다. 모든 것을 벗어버린 날것에 불모의 아름다움, 사막의 아름다움이 스며들어 있었다. 고목은 꽃과 잎이 떨어지면서 드디어 번식의 부담에서 벗어난다. 생명을 다한 나무는 점차 위대한 예술 작품으로 변해간다. 새로운 의문이 생겼다. 왜 나무를 묘사한 조각상을 찾아보기 힘들까?

길모퉁이나 박물관, 사원, 심지어 작은 거실에도 남자나 여자, 아이 들을 묘사한 조각상이 넘치고 사람을 위한 꽃병과 악기와 온갖 물건 들이 가득하다. 하지만 나무를 형상화한 작품을 본 적 있는가? 같은 자연인데 왜 유독 나무에 대해서만은 사람의 문화로 승화시키려 들지 않을까?

*

처음 나무를 그렸던 날을 선명하게 기억한다. 어머니가 나의 첫 미술 선생님이었다. 어른이 아이보다 잘 그린다는 편견이 만들어낸 광경이었다. 그저 평범한 어른이었던 어머니의 세상에는 딱 세 종류의 나무밖에 없었다. 하나는 여자의 허리를 닮은 갈색 나무줄기에 무거운 녹색 곱슬머리 같은 나뭇잎을 치렁치렁 늘어뜨린 나무다. 두 번째는 단순하게 그린 야자수다. 그림책의 코코넛나무처럼 생겼지만 더 가느다란 선으로 대충 그린 다음 여기저기 잎사귀 덩어리를 만들고 중력 따위는 무시한 채 둥근 코코넛 열매를 잔뜩 달아 놓았다. 그림의 각 부분은 그저 무성의한 선 하나로 연결되어 있을 뿐이다. 세 번째는 유치하게 그린 침엽수다. 키 작은 나무 양쪽에 그린 계단 모양이 천사가 있는 꼭대기로 이어진다. 크리스마스트리다. 세 가지 종류 모두 근처에서 자주 보는 나무들이다. 이곳은 다양한 식물이 넘쳐나는 비옥한 히말라야 산기슭이기 때문이다. 하지만 어머니는 아랑곳하지 않았다. 진짜 나무를 자세히 관찰하여 그리지 않고 그저 어린이용 그림책만 베낄 뿐이었다. 물론 당시에는 너무 어려 이런 생각을 하지 못했다. 하지만 세 살짜리 조카가 엉터리 선을 그어 나뭇잎을 그리는 것을 볼 때마다 이 아이가 실제 나무를 제대로 '본' 적이 있는지 의심스러웠다.

3학년 때 미술 선생님은 내게 나무를 제대로 그리지 않으면 혼내주겠다고 위협했다. 그녀가 쏟아내던 험한 말들이 지금도 기억난다. 그중 하나가 "춤추는 나뭇잎"이다. 내가 그린 나뭇잎은 얌전히 정지해 있는 법이 없었다. 물론 나는 나뭇잎이란 언제나 움직이는 존재라고 믿지만 당시 너무 어렸으므로 그런 믿음보다는 그저 연필을 제대로 잡지 못했기 때문일 것이다.

“나무를 그릴 때마다 잎이 흔들리는걸.” 친구에게 투덜대던 것이 생각난다.

“나뭇잎이 없는 나무를 그리자. 그러면 야단맞지 않을 거야.” 친구가 속삭였다.

그러고는 나무 밑에 삼각형을 몇 개 그려 넣었다. 땅에 떨어진 낙엽이었다.

학창 시절 미술 대회에서 좋은 성적을 받은 적이 없다. 매일같이 나뭇잎만 그렸기 때문이다. 넓은 몸통 부분에 팽팽하게 당겨진 잎맥을 가득 그려 넣고 꿈틀대는 야망의 가장자리를 둘러 막아주면 어지럽게 그어진 선들이 갑자기 나뭇잎으로 바뀐다. 나뭇잎 모양도 잎맥도 전부 잘못 그렸다는 지적을 받을 때가 많았다. 잎은 이렇게 그려야 한다고 항변하고 싶었지만 그때마다 참았다. 지금도 이유를 모르겠다. 다들 폐소공포증이라도 걸려 나뭇잎 그리는 것을 그렇게도 말렸을까? 무슨 이유에서 그랬든 나는 아랑곳하지 않고 계속 나뭇잎을 그렸다.

사실 그림보다 더 매달린 것은 나뭇잎 수집이었다. 각양각색의 모양과 나이, 부모 잎과 거기에서 갈라져 나온 자식 잎들을 모아들였고 지금도 간직하고 있다. 세월이 흐르면서 잎사귀는 모두 말라 부서지고 생명을 지탱하던 잎맥만 남았다. 오래된 연하장에 붙였던 나뭇잎은 마치 자랑스러운 군인을 기리는 동상 같다. 그림을 잘 그리지 못했기에 대신 ‘원본’으로 작품을 만든 것이다. 시간이 지난 후 나뭇잎을 좋아한다는 명목으로 오히려 그들을 뜯어 죽였다는 사실을 깨닫고 죄의식을 느꼈다.

얌전하고 착하다는 무성의한 칭찬을 듣던 유년 시절을 떠올릴 때마다 나뭇잎을 말려 죽일 때 사용했던 오래된 사전과 백과사전도 함께 생각난다. 초록 잎을 책에 끼워 말리는 것이 왜 재미있었을까? 결혼 생활 내내 남편이 쓰던 가게 장부에 빨간 히비스커스를 끼워 말리던 외할머니를 흉내 냈을 뿐일까? 어른이 된 지금은 책 사이에서 앙상한 잎맥만 남은 나뭇잎을 발견하고 왜 신났는지 기억도 나지 않는다. 친구들 사이에서 그 순간 대단한 사람으로 우쭐할 수 있었을지도 모른다. 하지만 사실 친구 중 누구도 이렇게 찾아낸 나뭇잎 시체에 그다지 관심이 없었다. 내가 보여준 보물이 어떤 동물이거나 바퀴벌레, 하다못해 개미 같은 종류였으면 친구들이 놀라 입을 딱 벌렸을지도 모른다. 누가 나뭇잎 해골에 흥미를 보일까? 이런 물건은 어디에도 쓸모없고 누구도 두려워하지 않는다.

그러다가 어른이 되어 사랑에 눈뜨자 세월이 박제된 나뭇잎의 가치가 이해되기 시작했다. 낭만적 사랑에는 알싸한 우울감도 중요한 요소기에 볼품없는 나뭇잎 시체가 갑자기 아름다워 보였다. 한술 더 떠 연인들이 서로에게 왜 꽃을 선물하는지 의아했다. 너무 빨리 피고 빨리 지는 꽃은 오래 지켜갈 믿음의 관계와 어울리지 않는다. 오히려 오래되면 부스러지는 나뭇잎, 연인의 함께하지 못했던 유년 시절의 흔적이 더 훌륭한 선물이 되지 않을까? 그러나 내가 사귄 남자 중 누구도 나뭇잎, 그것도 오래 말린 나뭇잎을 낭만적인 선물이라 생각하지 않았다.

나는 계속해서 내 옷과 어머니의 사리는 물론 형제와 아버지의 셔츠에 나뭇잎을 그렸다. 쿠르타는 남성복이라는 개념이 있어서 나뭇잎을 그려도 여성스럽다고 생각하지 않았다. (이상하게도 애당초 나뭇잎에는 성적인 의도나 목적이 전혀 없기 때문이다.)

무엇보다 몇 년이나 깨닫지 못했던 것은 나무의 가장 중요한 기관이라 할 수 있는 뿌리의 존재였다. 어떤 미술 선생님도 식물 뿌리를 그리게 하지 않았다. 식물의 각 기관에서 뿌리는 글자 그대로 가장 낮은 곳에 위치한다. 화가가 숨어있거나 보이지 않는 것에 눈길을 주었던 적이 있던가? 보이지 않으면 그릴 필요도 없다. 하지만 그게 전부는 아니다. 어떤 선이든 마구잡이로 그려도 모두 뿌리라 주장할 수 있어서 따로 공부할 필요가 없다. 뿌리의 자유분방하고 종잡을 수 없는 모양이 그리는 사람에겐 장점이면서도 동시에 단점으로 작용한다. 보름달 아래 행운의 여신 락슈미의 발자국을 그리듯 사람의 발자국을 그리면 어떨까? 보기엔 아름답겠지만 두 발의 자국이 언제나 함께 찍힐 테니 단조롭고 지루할 것이다. 하지만 뿌리는 함께 붙어있으면서 고독한 탐험가처럼 각기 다른 방향으로 자유롭게 뻗어간다.

그래서 가사도우미의 손녀 푸자의 이야기를 듣고 놀라지

않을 수 없었다. 아홉 살인 그 애의 첫사랑 남자애가 나무뿌리를 그렸다는 이유로 야단을 맞았다는 것이다. 대체 왜? "나무뿌리를 그린 후 그 밑에 자기 이름을 썼거든요." 푸자의 설명을 들어도 이해할 수 없었다. 이 귀엽기까지 한 예비 화가의 행동에 무슨 문제가 있을까?

"아니, 아니에요. 이해를 못 하시네요." 아홉 살짜리 소녀는 열심히 설명했다. "그 애 이름이 쉬카와르(뿌리라는 뜻의 벵골어—옮긴이)거든요. 선생님은 그 애가 똑똑하게 그림을 설명하려고 자신의 이름을 남기는 줄 알았거든요."

"무슨 그림을 그렸는데?" 나는 정말 궁금했다.

"뭐였을 거 같아요? 당연히 못생기고 어두운 갈색 덩어리였죠. 뿌리가 어떻게 아름답겠어요?"

이 이야기는 두 가지 점에서 매우 인상적이었다. 나무뿌리에 아름다운 페디큐어를 바를 수는 없다는 당연한 사실과 함께, 여자아이 이름에는 꽃 이름을 쓰면서 남자아이 이름에는 "어두운 갈색의 못생긴 덩어리" 이름을 붙였다는 점이다. 가엾은 "첫사랑" 남자아이는 단지 자기 이름과 같은 나무뿌리를 보여주고 싶었을 것이다.

"선생님이 그 애를 다른 이름으로 불렀어요."

"다른 이름?"

"네." 아이가 말했다. "오, 우리 난달랄 보스(인도 현대주의 미술의 선구자—옮긴이)."

아직 어린 푸자는 난달랄 보스가 누군지 알지 못했기에

선생님이 바보 같은 남자를 빗대어 아이를 야단친다고 생각했던 것 같다.

난달랄 보스는 누구이고 푸자의 미술 선생님이 이 이름을 언급한 이유는 무엇일까?

나의 어머니는 고향이 샨티니케톤이어서 라빈드라나트 타고르가 설립한 비스바-바라티대학교 출신 화가나 조각가 이름을 줄줄 꿰고 있었다. 하지만 오빠와 나는 미술사를 배운 적이 없어 우리에겐 람킨카(인도의 대표적인 조각가—옮긴이)나 난달랄도 그저 평범한 이름일 뿐이었고, 부모님은 우리의 커리어에 집중하느라 이런 부족함을 미처 깨닫지 못한 채 살아왔다.

콜카타에 사는 동물학자였던 아빠의 절친 캄레쉬 제수 삼촌은 우리 집에 올 때마다 선물을 가져왔다. 무엇보다 좋아했던 것은 그의 여행 이야기였는데 매번 그림을 그려가며 이야기를 술술 풀어놓곤 했다. 풍경이나 사람 그림도 그리고 영상을 보여줄 때도 있었다. 한 번은 두 그루의 나무를 그렸다. 하나는 엄청나게 크고 다른 나무는 아주 작았다. 큰 나무는 작은 나뭇잎을 달고 있었다. 사하라사막에서 온 나무라고 했다. 작은 나무는 "아프리카에서 온" 나무에 비해 난쟁이 같고 "미니어처"라 불리는 중국 나무였다. 1980년대에는 만년필이나 비단 같은 중국산 물건이 신기하던 때다. 우리는 금방 중국 나무에 매료되었다. 해석에 능한 오빠는 나무의 작은 잎이 마치 몽골인의 눈 같다고 말했다.

아프리카 나무와 중국 나무의 싸움 이야기도 흥미진진했지만(누가 이겼는지는 기억나지 않는다) 삼촌이 가르쳐준 나무 그리는 법이 머릿속에 인상 깊게 남아있다. 영화 제작자 사티야지트 레이에게서 배웠다는 이 방법은 비스바-바라티 대학교에 다닐 때 난달랄 보스 교수가 그에게 전수한 것이라고 한다. "위에서 아래로 그리지 마라. 나무는 위에서 아래가 아니라 아래에서 위로 자란다. 붓을 아래에서부터 위쪽으로 쳐올려야 한다."[21] 나중에 이 문구를 레이의 저서 《우리 영화, 그들의 영화》에서 찾아냈다. 하지만 기억 속 삼촌의 오른손은 작은 모종이 묘목으로, 커다란 나무로 자라나는 움직임을 흉내 내며 위에서 아래로 선을 그리고 있다.

여러 해가 지난 후 샨티니케톤에 체류할 때 《샨티니케톤의 나무》를 읽었고 고목을 새로운 방식으로 바라보기 시작했다. 항상 자문하곤 했다. 난달랄 보스라면 이들을 어떻게 볼까?

난달랄 보스에 대해 몇 가지 언급해야 할 것이 있다. 19세기 후반 바하르에서 태어난 보스는 라빈드라나트 타고르의 조카인 아바닌드라나트 타고르의 제자였고, 그의 추천으로 샨티니케톤의 대학에서 학생들을 가르쳤다. 난달랄의 전원생활 묘사는 인도에서 가장 뛰어난 현대 미술 작품으로 알려져 있다.

나무를 그리는 방법이 나오는 난달랄의 에세이를 발견한 것은 우연히 찾아온 행운이었다. 예술가이자 비평가인 K.

G. 수브라마냔이 난달랄 보스의 에세이를 영어로 번역했고 비스바-바라티대학교 출판부에서 출판했다. 이 책을 찾기 위해 여러 도서관을 뒤졌으나 소용없었다. 그러던 중 어느 날 드디어 라빈드라 기념관 근처 서점 〈수바르나레카〉에서 발견됐다. 정전되어 캄캄했던 3월 어느 어두운 저녁에 서점주인에게 책을 받으며 잃어버린 친척이라도 찾은 것처럼 떨 듯이 기뻐했다.

당연하게도 그날은 책을 읽느라 밤을 꼬박 새웠다. 난달랄이 여러 식물 "재료"로 작품을 만드는, 마법과도 같은 신비한 방법들을 아는 것은 나중 일이었다. 그전에 우선 그가 나무에 대해 어떻게 생각하는지 알고 싶었다. 나는 사랑에 빠진 사람처럼 우리가 같은 부류이기를 간절히 바랐다. 사랑이란 결국 서로의 우주를 공유하는 것이다. 그가 나와 같은 이유로 나무를 사랑한다면 나는 말할 수 없이 기쁘고 안도감이 들 것이다.

"나무는 위로 자랍니다. 줄기와 가지와 잎 모두 하늘을 향해 뻗어나가려는 충동 하나로 움직입니다." 〈식물과 나무의 구조와 특징〉이라는 장의 여는 글이다. 바로 이것이다. 간절히 원하던 공감과 일치감이 여기 있었다. 글에는 중력을 벗어나 "위로 자라는" 나무의 열망이 담겨있었고 이 글을 쓰던 그 순간 난달랄은 이미 나무로 변한 것이다. 나무와 화가는 모두 빛의 고객이기 때문이다. 녹색식물의 엽록소와 화가의 캔버스는 모두 빛을 이용하여 결과물을 만든다. 빛은 나무의 소중한 양식이며 화가의 부엌과도 같다. 그렇다 보니 난달랄도 눈에 보이는 나무 부분에만 관심이 있을 뿐 보이지 않는 뿌리는 신경 쓰지 않았다.

이후에도 빛을 탐하는 증거가 수없이 이어진다. 줄기와 곁가지에 달린 잔가지와 나뭇잎과 꽃은 조금이라도 더 많은 햇볕을 받을 수 있는 방식으로 자라난다. 가지와 잔가지, 꽃과 열매가 부모 가지와 잔가지, 나무 몸통에서 나선형으로 뻗어 나오는 이유기도 하다. 본능적으로 생명을 불어넣는 태양 빛을 온몸으로 최대한 빨아들여 더 크게 자라고 더 많이 열매 맺으려 애쓴다. 난달랄은 분명 자신이 나무가 된 것처럼 말한다. 같은 사랑에 빠진 내게는 확실하게 보였다. 낮잠 자는 어린 조카를 위해 커튼을 닫아 뜨거운 햇볕을 가려줄 때와 전혀 다르지 않은 마음으로 빛에 목마른 관엽 식물을 위해 커튼을 열어젖히는 수많은 순간을 어떻게 잊을 수 있을까?

난달랄이 정말 나무가 되었는지, 아니면 나무가 난달랄 자신이 되도록 만들었는지 확실치는 않다. 다음 문장 때문이다. "줄기는 나무의 등뼈와 같습니다. 그래서 먼저 그 특유의 굴곡을 그려내야 합니다."[22] 포유류인 나무, 사람인 나무. 어린 시절 나는 나무를 의인화하여 생각하는 데에 익숙했고 나무는 "등"이 가렵지는 않은지, 가려울 때 긁어줄 사람이 있는지 궁금해하고 심지어 걱정했다. 어머니는 아직도 노란색 약을 덕지덕지 바른 히비스커스 잎을 발견한 사건을 기억한다. 피부 화상을 치료하는 버놀 크림이었다. 당시 어렸던 나는 나이 든 가사도우미였던 마야마시가 정원의 히비스커스에 더운물을 부어버렸다고 하소연했다. 내가 달리 어떻게 할 수 있었겠는가? 이 밖에도 어머니가 풀어놓은 내 엉뚱한 행동은 수없이 많다. 하지만 내게는 그것이 단순한 일탈이 아니다. 시어머니가 우리의 결혼에 대해 의논하고자 부모님을 처음 방문한 날, 어머니는 예상대로 나를 칭찬하는 대신 내가 식물에 얼마나 집착하는지 털어놓았다. 마치 딸의 불륜이라도 고백하는 것 같았다. 여신 라다의 어머니가 자기 딸이 크리슈나에 너무 몰두한다며 불평하는 꼴이다.

난달랄의 다양한 나무 그리기 책은 마치 선생이 학생에게 올림픽경기장의 체조선수와 곡예사를 그리는 방법을 알려주는 것 같다. "줄기가 비비 꼬이면서 자라는 나무도 있고 나뭇결이 울퉁불퉁한 때도 있습니다. 텐트의 중앙 폴대가 땅에 단단히 뿌리내리는 것 같이 (마치 시물나무처럼) 곧게 자라기도 합니다." 나무는 개성이 강한 사람들이다. 난달랄의 이 구문을 읽을 때마다 허리를 깃대처럼 똑바로 세워 고쳐 앉으면서 우리의 걸어가는 뒷모습과 등뼈 모습만 봐도 누구인지 구별해 낼 수 있다고 장담하던 학창시절 체육 선생님을 떠올린다. "대나무, 님나무, 다라수 같은 종류도 있습니다. 쇠막대보다 속이 빈 쇠파이프가 더 강하다는 것은 잘 알려진 사실입니다. 그래서 속이 빈 줄기의 대나무나 야자수가 비슷한 크기의 사라수보다 더 단단합니다." 난달랄의 이 구절을 읽을 때마다 학교에서 제일 키가 컸던 체조 선수가 떠오른다. 또한 반얀트리의 "수많은 입"을 묘사한 부분에서는 콧줄을 끼고 병상에 누운 조부모를, "무너지지 않도록 지탱합니다"라는 표현에서는 목발을 짚은 친척 할머니 할아버지를 연상한다. "반얀트리의 가지는 사방으로 넓게 뻗어 나가지만 물질과 세월의 무게에 무너지지 않도록 일정한 간격을 두고 뿌리를 내려 지탱합니다. 그렇게 시간이 지나면 이런 뿌리들이 점점 커져서 기둥처럼 변해 무겁고 오래된 가지를 받치고 수많은 입으로 땅에서 먹을 것을 빨아들입니다."

난달랄의 설명과 함께 연습할 수 있는 나무 그림은 더 이상 단순한 나무가 아니다. 마치 사람이나 동물처럼 생겼다. 티크나무, 실크나무, 코튼나무, 반얀트리의 줄기를 그린 선은 뒤에 나무꾼을 그린 선과 다를 바 없다. 사람을 그리는 것처럼 나무의 팔다리를 그리고, 형제자매를 그리는 것처럼 비슷비슷한 다른 나무들을 연이어 그린다. 작은 나뭇가지를 그리는 법에 해당하는 삽화에는 나뭇가지 옆에 뱀이 그려져 있는데, 어느 쪽이 나무이고 어느 쪽이 뱀인지 구분하기 어렵다. 삽화 옆에는 함께 그려 넣은 나무 부분과 동물의 이름이 적혀 있다. 가지도 뱀처럼 등과 배 부분을 나누어 위쪽은 햇볕을 받지만 아래쪽은 그늘지게 그린다.

이런 유사성을 나타내는 산스크리트 단어 "사리다야"는

코소울이나 소울메이트 즉 함께하는 영혼이라는 뜻이다. 난달랄에게서 사리다야를 발견한 사건은 내게 깊은 안도감과 기쁨을 안겨주었다. 나만 나무를 사람으로, 사람을 나무로 생각한 게 아니었다. 페이지를 넘기면 나무 마디 그리는 법이 나오고 "인간"을 언급한 지시사항에서 다시 한번 공감의 미소를 짓는다. "나무의 관절들이 특수하게 배치되어 가지를 더 튼튼히 버텨줍니다. 인간 목수는 나무에서 많은 것을 배울 수 있습니다."[23] 다음 페이지도 나무가 된 사람이 나온다. 읽다 보면 무의식중에 어릴 때 놀다가 넘어져 생긴 무릎의 흉터들을 긁게 된다. "줄기에서 껍질이 벗겨져 생긴 흉터는 가장자리부터 점점 아물어 치유됩니다." 흥분했던 마음이 좀 진정되자 나무가 줄기를 쓰다듬듯 나도 내 무릎을 어루만진다. 다음 페이지는 그야말로 귀를 사로잡았다. "나무의 옹이"를 그리는 페이지였는데 말로 설명이 어려운 부분이라 옹이 부분을 크게 확대해서 보여준다.

난달랄은 강사 메모에 "올바른 예"와 "틀린 예"를 모두 제공한다. 예를 들어 나뭇가지의 관절 부분은 Y자나 반으로 잘린 H자의 모양처럼 단순한 직선이 아니다. "옳은" 선과 "잘못된" 선의 차이는 패션 디자이너가 초안에 그린 거칠고 강렬한 선과 모델에게 입혀놓은 옷의 아름다운 곡선의 차이를 떠올리게 한다. 또 하나 중요한 것은 살아있는 것과 생명이 없는 것의 차이다. 여기에서도 그가 식물과 사람을 다르게 생각하지 않는다는 것이 드러난다. 살아있는 나무는 우아하게 휘고 구부러지며 꽃이 무리 지어 피어난다. 반면 죽음은 뻣뻣한 직선이며 생명을 바닥에 때려눕히고 휘청거리게 만든다.

"전통 미술에서 나무의 형태"라는 설명 부분에는 다양한 문화에서 나무가 어떻게 그려졌는지 보여준다. 기원전 1000년경 이집트에서 분리된 하라파유적의 야자나무처럼 길게 갈라진 잎, 기원전 200년경 산치 스투파(사리를 봉안하기 위한 돔형 건축물—옮긴이)의 나뭇잎 무더기, 플로렌스의 키 큰 지도자가 통치하던 나무 식민지, "단순한 장식이 아닌 상징적 의미"로 빙 둘러 꾸며놓은 자이나교의 예술품, 여러 개의 화려한 잎을 표현한 라자스탄의 유물들, 페르시아풍으로 그린 근엄한 나무 스케치, 캉그라 지역에서 단풍잎을 모으는 방법, 무굴 미술에 나오는 "멀리 있는 나무", 페르시아 후기 미술에 등장하는 지나치게 화려한 잎 모양 장식 등이 소개된다. 이것은 단순히 식물학적 묘사도 아니고 미술사를 설명한 것도 아니다. 다름 아닌 나무로서 살아간 사람들의 박물관이다.

난달랄에게 느끼는 강한 동질감은 식물과 동물을 동등하게 바라보는 시각 때문만은 아니다. 더 중요한 것은 그가 세상을 바라보는 방법이다. 그의 글이나 지침에서 나무, 잎, 꽃, 식물과 다른 모든 것을 대하는 태도가 어쩌면 이토록 나와 비슷한지. 〈즉흥적 규칙〉이라는 장에서 그는 "환경과 인류 역사의 거대한 흐름 아래 서로 다른 시간과 장소, 다양한 사람들 사이에서 자연이 자신의 리듬을 어떻게 발전시켜 왔는지" 배우자고 주장한다. 그리고는 그 주장을 그림으로 표현했다. 그림을 본 순간 숨이 멎는 것 같았다. 보통 크기의 "칼카" 즉 페이즐리 문양 안에 여성이 그려져 있었다. 진짜 사람 말이다. 여성 옆으로 꽃무늬를 둘러 "연꽃 모양의 종"으로 형상화한 부처가 있다. 세 번째 그림은 유명한 문화유산 엘로라 석굴에서 마주칠 법한 작은 신의 모습이다. 어찌 보면 왕인 것도 같다. 신은 넓은 나뭇잎 모양의 조각에 둘러싸여 있다. 난달랄의 의도가 명백하게 드러난다. 그림 아래에는 "마나사 또는 카트마리카 잎"이라고 쓰여있다. 다음 페이지에는 꽃과 꽃잎의 콜라주처럼 보이는 여성이 있다. 쪼그려 앉은 여자의 허벅지 근처 사리 주름은 잎맥이 두드러진 나뭇잎 두 장과 비슷하고 머리를 가린 베일의 늘어진 끝부분은 페이즐리 문양이다. 아래에는 이렇게 쓰여있다. "이 (여성) 그림은 꽃잎이나 꽃처럼 주름이 많다." "한때 나무뿌리의 역동성에 매료되었던 그는 이후 그 능력을 살려 주름진 여인의 얼굴을 훌륭하게 그려냈다." K. G. 수브라마냔이 난달랄의 전기에 쓴 글이다. 그렇다. 그 여자는 식물 그 자체였다. 난달랄은 내가 나를 깨닫기 한참 전부터 이미 내 정체성을 알고 있었다.

힌디어 시인 미라 바이가 자기만의 여신을 세상 모든 것에서 볼 수 있었던 것처럼 난달랄도 나와 마찬가지로 세상의 모든 것에서 나무 형태를 찾아냈다. 산을 볼 때면 그 속의 나무를 먼저 보았다. 산을 그리는 현명한 방법이기도 하다. 여러 식물을 능숙하게 그릴 수 있으면 산도 능숙하게 그릴 수 있다. 산을 닮은 거꾸로 선 나무와 연꽃 봉오리를 닮은 산봉우리 삽화는 설명이 필요 없을 정도로 아름다웠다. 삽화 아래에는 설명글이 따로 적혀있었다.

- 산기슭의 그늘진 계곡을 그리고 싶을 땐 나무를 뒤집어 그리면 된다.
- 계곡에서 개울이 흐르는 부분에는 나무와 덤불이 모여 있다.
- 산등성이에 내리쬐는 햇볕은 똑바로 쭉 뻗은 나무에 부딪혀 부서진다. 나무가 뒤집혀 보이는 계곡의 경우와 다르다.
- 인도의 산은 연꽃 봉오리 모양이다. 사원의 첨탑도 인도의 산꼭대기를 본 따 만든 것이다.

마지막 몇 쪽에는 연꽃의 봉오리와 꽃잎, 활짝 핀 꽃을 그리는 방법과 함께 힌두교와 불교 예술의 중요한 부분을 몇 가지 언급한다. 사실 너무나 감명 깊게 읽었음에도 정작 식물 그리는 방법은 거의 배우지 못했다. 하지만 나와 마찬가지로 녹색 조상을 섬기는 사람과 농밀한 감정을 주고받은 후 세상이 달라 보였다. 마주치는 담벼락에도 하늘을 수놓는 구름에도 나무가 보이던 나였지만 난달랄은 나보다 더

했다. "원뿔 모양은 불의 상징이다. 불이 활활 타오르면 새싹이나 바나나 꽃을 거꾸로 한 모양이 된다."

K. G. 수브라마냔은 난달랄의 일대기에 이렇게 썼다. "그는 친구들에게 나무에서 시바 신이 보이기 시작했다고 털어놓았다." 놀랄 일도 아니었다. 〈돌란참파꽃〉 〈과일 모으기〉 같은 식물 그림이 있고, 그의 가장 유명한 작품인 스리니케톤에 있는 대형 벽화에도 식물이 그려져 있다. 이 대형 벽화는 농업 학교에서 있었던 최초의 "하라카르사나 웃사브" 즉 쟁기질 의식을 기념한 것이다. K. G. 수브라마냔이 전통에 대해 난달랄의 글을 인용할 때 다음과 같은 비유로 뿌리를 내렸다. "전통은 새로 자라날 배아가 잉태된 씨앗의 겉껍질이기 때문에…." 난달랄은 그의 친구 카나이 사만타에게 보낸 편지에서 그의 스승 아바닌드라나트를 묘사할 때 "새벽빛처럼, 아직 벌어지지 않은 꽃봉오리처럼, 아직 움트지 않은 씨앗처럼 고요하다"라고 썼다. 라빈드라나트 타고르가 비스바-바라티대학교에 대한 난달랄의 헌신을 치하할 때에도 같은 비유법을 사용한다. "이런 분위기에서 내 말라붙은 가지 중 하나가 느닷없이 탐스러운 열매를 맺었다. 오랜 세월을 살아가다가 갑자기 꽃을 피운 후 생을 마감하는 대나무 같았다." 이젠 이런 비유가 난달랄에 대한 고유의 수식어처럼 보인다.

나무와 사람을 동일시하는 난달랄의 생각은 수브라마냔이 소개하는 다음 일화에서도 여실히 드러난다.

그는 나무를 공부하는 학생에게 다음과 같이 말하곤 했다. "시간을 들여 나무를 관찰하라. 나무 밑에 앉아 아침과 점심, 저녁 시간을 보내라. 밤의 어두움도 지켜보아라. 쉽지 않을 것이다. 잠시만 앉아있어도 지루해질 것이다. 나무가 당신에게 짜증을 부릴 수도 있다. '여기서 뭐 해? 가버려! 가버리라고!' 그러면 나무를 잘 달래야 한다. '선생님이 이렇게 하래. 그의 말을 따라야 해. 나랑 좀 참아보자. 진정하고 나에게 너를 좀 보여줘.' 이렇게 며칠이 지나면 나무가 보이기 시작할 것이다. 그러면 일어나 집으로 돌아와서 나무를 그려라."

나도 언젠가는 나무를 그리게 될 것을 분명히 알 수 있었다.

잎사귀의 매력적인 이야기

오늘날 외모지상주의를 조장하는 가해자는 당연히 사진이다. 특히 소셜미디어를 통해 공유되는 사진이 제일 큰 역할을 한다. 이들은 그냥 예쁜 사진이 아니라 행복을 과시하는 수단이다. 가장 흔한 주제는 가족이나 친구와 함께 찍은 "단체 사진"이다. 하지만 가족에는 사람만 있는 것이 아니다. 화분이나 나무도 가족이다. 이들과 찍은 사진도 "가족사진"이라 생각할까? 이런 사진 속에서는 누구나 의무적으로 웃고 있다. 평소에는 거의 웃지 않으면서 왜 미소를 지으며 카메라를 쳐다봐야 할까? 내 식물들은 "치즈" 따위를 절대 외치지 않는다. 나도 화분 몇 개와 함께 찍은 사진을 올렸지만 "싱싱해 보이네요"나 "색이 아름다워요" 같은 댓글만 달리고 아무도 이것이 행복한 가족사진임을 알아보지 못했다.

이런 종류의 집착을 보여주는 다른 사례도 있다. 바로 '유명인'과 함께 찍는 사진이다. 우리는 앞다투어 유명인사, 남자, 여자, 아이 또는 동상 옆에 붙어 서서 카메라 셔터를 누른다. 유명인이 아닌 유명나무와 사진 찍는 사람을 본 적 있는가? 나는 부다가야의 마하보디 사원에 있는 나무와 찍은 사진이 있다. 유명인과 함께 찍은 사진을 부러워해 본 적은 없다. 친분이 없는 사람과는 어느 정도 거리를 두는 것이 좋다. 부다가야에 방문했던 그날 오후에 낯선 사람과 자세를 취해야 했는데 무척 당황스러운 경험이었다. 세상에는 나처럼 사진마다 설명을 달아야 하는 사람들이 많다. 유명인과의 사진이면 부연 설명을 할 필요가 없겠지. 설명하지 않아도 다들 외칠 것이기 때문이다. "스타 배우 아미타브 바찬과 사진을 찍다니 대단해!" 하지만 스타 나무라는 것은 없다. 내게는 다행스러운 일이다. 무엇보다 나무의 프라이버시를 지켜주고 싶기 때문이다. 그림이든 사진이든 마찬가지다.

*

엄마의 금귀걸이는 나뭇잎 모양이다. 오래전 첫 결혼기념일에 아빠가 선물한 것이다. 세 번째 잎에는 두 개의 작은 다이아몬드와 작은 루비가 박혀있다. 지금은 상상하기 어렵지만 한때 아빠는 대단히 낭만적인 연인이었다. 엄마는 아빠가 귀걸이를 주며 했던 장난꾸러기 같은 말을 아직도 기억하고 있다. 엄마는 너무 어이가 없어서 귀를 의심했던 것 같다. "그대의 귀에 이 나뭇잎 귀걸이를 해줘, 새의 노랫소리가 들릴 수 있게…" 세월이 흐른 지금은 로맨스란 원래 가짜라 믿는 노부인처럼 웃으면서 말할 수 있지만 당시에는 달랐다. 엄마의 관심은 장신구나 새소리보다도 남자의 무식함에 있었다. 업자가 만들어준 것은 사실 여신 두르가의 세 개의 눈을 나뭇잎으로 형상화한 귀걸이였다.

엄마의 귀걸이는 두 눈 사이에 있는 세 번째 눈 모양일까, 두 장의 나뭇잎 사이에 막 움트는 새순일까? 엄마와 아빠는 서로의 의견을 주장하며 다투었고 42년이 지난 지금까지도 합의에 이르지 못했다. 당시 엄마가 했던 말은 이후 결혼 생활 내내 되풀이하는 해묵은 논쟁이다. "여자는 나무 같아. 여자의 심장, 여자의 마음, 여자의 손, 여자의 발, 여자의 모든 것이 나무의 모든 것과 같지. 여자는 나무 그 자체야."

절대 논쟁에 지지 않으려는 아빠가 대꾸한다. "그럼 눈은? 귀는 나무의 어떤 부분인데?"

그러면 엄마는 첫 단어만 낚아채 쏘아붙인다. "여자는 눈이 세 개라니까. 이파리 두 개 사이에 움트는 새싹처럼."

이 정도로 포기할 아빠가 아니다. "나무가 그토록 쉽게 잎을 떨구어 버리지만 않는다면 당신 말이 맞겠지."

우리 형제는 이런 사소한 말다툼이 무엇을 의미하는지 알고 있다. 잠시 침묵이 흐른 후 아빠가 입을 뗀다. "우린 금세공사 집안이야. 그런데 내가 황금 잎사귀 만드는 법을 모른다고?"

다락방이 아닌 거실에서의 이뤄지는 엄마와 아빠의 앙심을 품은 듯한 도돌이표 논쟁은 결혼 생활을 유지해 주는 윤

활유다. 하지만 너무 어렸던 나는 왜 나뭇잎의 본래 역할이 아닌 단순한 모양만으로 그리 야단법석인지 이해할 수 없었다. 뭐니 뭐니 해도 나뭇잎의 가장 중요한 역할은 광합성이지 않은가!

언젠가 아빠가 작은 금세공사 작업장에 데려간 적이 있다. 한 남자가 아빠의 지시에 따라 은판에 불을 뿜어 여러 방향과 각도로 잡아 늘이고 두들기고 다듬은 다음 식혀서 은박으로 만들었다. 그리고는 깨끗하게 연마하고 지지대에 입혀서 귀걸이를 만들어 내게 주었다. 나는 한동안 귀에서 달랑거리는 이 나뭇잎의 존재에 대해 고민했다. 녹색 잎이 태양을 향해 움트듯 귀걸이의 은박도 불꽃으로부터 태어났다. 그리고 은박이 장신구나 조각품의 일부가 되어 예술로 승화할 때에는 그 고요한 위엄에도 불구하고 항상 별것 아닌 듯 소외된다. 문양을 넣은 은박이나 금박은 대부분 그림이나 조각 틀의 골격으로 쓸 뿐 다른 역할이 없다. 아니면 잎이라는 뜻이기도 한 단어를 쓰는데도 그저 장식용 페이즐리 문양으로 사용되어 잎도 꽃도 아닌 영혼 없는 혼합물로 변해버린다. 너무나 당연하게도 페이즐리 문양에는 영혼이 있을 수 없다.

나무의 존재 가치와 그 결과물은 꽃과 줄기에나 어울린다. 나뭇잎에게는 화려한 상징이 전혀 없으며 단순한 물자 생산 공장이자 작업장이다. 천편일률적인 녹색 제복은 상상력을 자극하지 못한다. 민속 예술 중 하나로 집 앞마당에 그리는 알파나와 랑골리의 경우 나뭇잎 줄기를 나타내는 선 몇 개가 마치 통로처럼 열매나 꽃같이 더 의미 있는 대상으로 이어져야 한다. 미술 학원의 초심자용 그림 연습장을 볼 때마다 당황스럽다. 조카만 봐도 먼저 사과를 그리고 '색칠'하는 법을 배우고 다음으로 꽃을 그린다. 연습장을 아무리 뒤져봐도 나뭇잎을 그리는 방법은 나오지 않는다.

콜카타의 한 횡단보도에서 만난 성전환자에게 나뭇잎 무늬의 녹색 사리가 참 아름답다고 말했더니 내게 이런 말을 들려주었다. "꽃은 여자랍니다. 상대를 유혹하죠. 나뭇잎은 남자예요. 잘 보이려고 열심히 일하니까요. 나는 둘 다 되어야 해요."

나는 그녀의 곱슬머리를 보며 아이들이 왜 사람 얼굴은 정성 들여 그리는데 머리카락은 대충 넘겨버리는지 모르겠다고 생각했다. 그때 내 마음을 알아채기라도 한 듯 그녀가 긴 머리 가발을 훌렁 벗어버리더니 사리의 소매 끝으로 면도한 머리의 땀을 닦았다.

머리카락과 발. 나뭇잎과 뿌리. 모두 초등학교 미술 선생님이 관심 기울일만한 가치가 없었다.

*

오 헨리의 〈마지막 잎새〉를 학예회 연극으로 올리기로 결정된 후 반 친구들과 함께 나뭇잎을 만들기로 했다. 어려울

것도 없어 보였다. 그냥 종이에 나뭇잎을 그리고 자르면 된다. 좀 많이 만들어야 하겠지만 별다를 것이 있겠는가? 나사와 나사못을 공장에서 대량으로 생산하는 것처럼 나뭇잎도 기계적으로 만들면 될 것 같았다. 그래서 우리는 앞다투어 아트지에 나뭇잎을 그리고 자르기 시작했다. 그런데 종이로 만든 나뭇잎은 모양을 지탱해 줄 잎맥이 없어 자꾸 가장자리가 돌돌 말렸다. 물론 실제 잎은 일부러 건조 과정을 거치지 않는 이상 그렇게 말리지 않는다.

하지만 잎사귀 하나는 특별했다.

바로 "마지막 잎새"였다.

오 헨리의 단편소설에 나오는 나뭇잎은 천천히 말라가다가 떨어지는 가을 낙엽이었는데, 종이 나뭇잎은 그것을 흉내 낼 수 없었다. 그제서야 우리는 따로 생물학 수업을 받지 않고도 잎맥의 중요성을 깨닫게 되었다. 나는 내 손을 내려다보았다. 아무리 생각해도 나뭇잎에 가장 가까운 것은 손이었다. 뼈가 없는 종이 손도 종이 나뭇잎처럼 모양을 제대로 유지할 수 없을 것이다. 할 수 없이 만들기 선생님에게 도움을 청했다. 선생님은 종이로는 나뭇잎을 만들 수 없다고 말한 뒤 새틴같이 부드러운 천의 질감이 나뭇잎에 가장 가깝다고 조언했다. 하지만 천을 사용하려면 틀에 천을 씌운 들것처럼 각 잎사귀 밑에 잎맥의 역할을 해줄 가는 철사 골격을 만들어 넣어야 했다. 아이들은 대부분 선생님의 조언대로 만들 수 없었다. 부모가 위험하다며 철사를 쓰지 못하게 해서 성냥개비로 만들어온 아이도 있었다. 사로즈의 나뭇잎이 가장 훌륭했다. 천 뒤에 마른 나뭇가지를 붙인 것이다. 결국 "마지막 잎새"는 사로즈에게 맡겨졌다. 당시에는 잘 몰랐지만 지금은 이해한다. 이 과정 자체가 생명을 모방하는 예술과 그 예술을 모방하는 예술의 환상적인 연극이었다.

오 헨리의 소설 줄거리는 간단하다. 수와 존시는 뉴욕 그리니치 빌리지에 사는 화가들이다. 수는 잡지에 삽화를 그리며 살고 싶었고 존시는 언젠가 이탈리아에 가서 나폴리 해변을 그리겠다는 꿈이 있었다. 1890년대의 어느 혹독한 겨울에 존시가 폐렴에 걸렸다. 의사는 그녀에게 낫고자 하는 의지가 없어 약도 소용없다고 말했다. 잠시 후 수는 존시가 중얼거리는 소리를 들었다. 그녀는 열둘, 열하나, 열 하며 숫자를 거꾸로 세고 있었다.

"이제 나뭇잎이 다섯 장 남았어." 존시가 말했다.
"무슨 말이야?" 수가 물었다.
"나뭇잎. 저기 담쟁이덩굴. 마지막 잎이 떨어지면 나도 같이 떨어지겠지. 3일간 지켜보았어. 마지막 잎이 곧 떨어질 거고 그러면 나도 죽을 거야. 의사에게 아무 말도 듣지 못했어?"[24]

존시는 자신의 삶과 죽음이 겨울바람에 흔들리는 나뭇잎

의 운명을 따라간다고 믿기 시작했다. 그녀 자신이 나무가 된 것이다. 수는 그렇지 않다고 애써 설득했지만 그녀의 마음을 돌릴 수 없었다. 수는 그날 저녁 늦게 아래층에 사는 늙은 화가 베르만을 찾아갔다. 베르만은 "실패한 화가"지만 언제나 대작을 그릴 "준비가 되어있는" 노인이었다. 수는 그에게 낙엽이 떨어질 때마다 상처받는 가엾은 존시의 마음에 대해 털어놓았다. 어떻게 그녀를 구할 수 있을까?

"뭐라고? 바보 같으니!" 베르만이 놀라 소리쳤다. "담쟁이 덩굴 따위가 사람을 죽일 수는 없어."
"그 애는 너무 많이 아파서 마음이 약해졌어요." 수가 말했다 "고열에 시달리다 보니 이상한 것에 병적으로 집착하게 된 것 같아요."

그날 밤 큰 폭풍우가 몰아쳤다. 잠에서 깬 존시는 마지막 잎새가 떨어졌을 거라 믿으며 죽음을 준비했다. 하지만 놀랍게도 나무의 잎 하나가 여전히 남아있었다. 다음날도 밤새 큰 비가 내렸지만 잎은 끝까지 떨어지지 않았다. 존시는 뭔가 잘못되었음을 깨닫기 시작했다. "수, 내가 바보였어."[25] 그녀가 말했다. "난 죽고 싶었지만 아무리 기다려도 마지막 잎새가 떨어지지 않아. 잘못 생각했나 봐. 내게 수프 좀 갖다 주겠니."

그때 슬픈 소식이 전해진다. 베르만이 죽은 것이다. 그의 마당에서 사다리가 발견되었고 램프와 붓, 녹색과 노란색 페인트도 함께 있었다. 그제서야 수는 일이 어떻게 된 것인지 깨달았다. "덩굴의 마지막 잎새를 봐. 아직도 거기에 있어. 바람에도 움직이지 않아. 이제 이해되니? 이건 베르만의 걸작이야. 그가 폭풍우가 치던 밤, 벽에 그린 거야."

연극의 등장인물은 다섯 명이 전부였다. 나는 수를 맡고 싶었다. 친구들이 나를 그 별명으로 불렀기 때문에 욕심이 났다. 하지만 배역은 반에서 가장 예쁜 아이에게 돌아갔다. 너무 예뻐서 신기할 정도였다. 선생님이 배역을 정하던 그 잔인한 순간이 우리에겐 이해할 수 없는 아름다움을 목격하고 민주주의가 파괴되는 순간이었다. 우리는 모두 꼬마 베르만이 되어 나뭇잎이나 잔뜩 만들어야 했다. 사로즈는 학예회가 며칠 남지 않았을 때 마지막 잎새를 만들어 왔다. 선생님은 우리가 잎을 만지지 못하도록 막았다. 유일하게 해외에서 살았던 적이 있는 산치타가 큰소리로 항의했다. "이건 가짜로 만든 나뭇잎일 뿐이에요. 그런데 왜 박물관 유물이라도 되는 것처럼 만지지도 못하게 해요?" 그녀가 어려운 단어를 써가며 항의해서가 아닌 의견을 말하는 그 용기에 많이 놀랐던 기억이 난다. 나는 조용히 마음속으로 수의 배역을 산치타에게 넘겨주었다.

나는 학예회의 마지막 공연을 생각하면 웃음을 참을 수 없다. 리허설마다 19세기 뉴욕의 12월 밤에 불어 닥친 폭풍우를 재현하기 위해 커다란 받침대가 달린 선풍기 두 대나 동원됐다. 살짝 붙여둔 우리의 나뭇잎은 선풍기 폭풍에 속절없이 우수수 떨어졌지만 사로즈의 마지막 잎새는 연극 내내 헤라클레스처럼 단단히 붙어 절대 떨어지지 않았다. 모든 리허설이 끝나자 사로즈의 얼굴이 자랑스럽게 빛났다. 그 순간 그녀는 나뭇잎 그 자체였다. 겨울방학 시작일이기도 했던 12월의 마지막 날, 드디어 학예회가 열렸다. 우리는 맡은 배역이 없었기 때문에 얇은 스웨터만 입은 채 선풍기 바람이 몰아치는 무대에서 덜덜 떨 필요도 없이 그냥 "자연스럽게" 앉아있었다. 우리와 마찬가지로 우리가 만든 나뭇잎도 폭풍을 맞아 "자연스럽게" 떨어졌다. 사로즈가 만든 베르만의 잎새는 바람에 시달리며 겨우 버텼는데 수가 화가의 "걸작"에 대해 말하는 도중 그만 떨어져 버렸다. 오 헨리의 원작 내용을 모르던 관객들은 집에 돌아가서야 연극 내용이 엉뚱하게 바뀌어 버렸다는 것을 알아차렸다. 마지막 잎새는 자기 역할을 해내지 못했다. 아마 다음 공연 때에는 다른 잎으로 교체되었을 거다.

최초의 책은 나무다

나무는 얼굴이 없다. 아마 얼굴을 빤히 쳐다보는 사람들로부터 피하고 싶었던 내가 나무에 마음을 빼앗긴 이유일 것이다. 숙제로 식물의 사진을 찍거나 그림을 그리곤 했다. 사람 얼굴보다 꽃 사진을 더 많이 찍었을 것이다. 하지만 나무를 찍었던 적이 있던가? 어떤 '풍경'이든 나무가 있어야 한다. 이것은 어른들의 세상으로 가도 마찬가지다. 부모와 선생은 아이들에게 계속해서 나무를 그리라고 한다. 아마 유년의 몇 년간 그리는 나무가 평생 그릴 사람 얼굴보다 많을 것이다.

《크리에이티비티 매거진》의 설문 조사 "2009년의 가장 창의적이고 영향력 있는 50인"에 선정된 마누엘 리마는 그의 역작《나무에 대한 책》에서 트리 다이어그램의 800년이 넘는 역사를 연구한다. 리마에 의하면 트리형은 "가장 인기 있고 매혹적이며 널리 사용하는 시각화 유형 중 하나"로, 구상형, 수직형, 수평형, 다방향형, 방사형, 쌍곡선형 트리는 물론 사각형, 보로노이형, 원형 트리맵, 썬버스트형, 고드름형 트리 등 다양한 유형이 여기에 속한다.[26] 벤 슈나이더만은 리마의 책 서문에서 컴퓨터를 활용한 그의 혁신적인 작업과 트리형 자료 구조 사용 방법을 설명한다.

> 컴퓨터 하드 드라이브 폴더의 중첩 구조를 표현하는 수단으로 사각형 트리맵을 개발하던 당시 나는 지식의 체계적 관리에 필요한 강력한 개념인 트리의 재귀적 분기 구조를 최우선으로 고려했다. 단순히 삼차원 트리를 중첩된 평면 다이어그램으로 변환하는 데에서 그치지 않고 각 분기의 리프를 표시해서 그것의 규모를 통해 상대적 크기를 나타내려 했다. 또한 모든 영역을 사각형으로 채워 밖으로 넘치지 않게 하고 싶었다. 이런 제약 조건 아래 트리 구조의 깊이를 바꿔가며 몇 달이나 애쓰던 어느 날, 메릴랜드대학교 컴퓨터공학부의 탕비실에서 커피를 마시다 갑자기 "아하!" 하는 깨달음이 왔다.[27]

컴퓨터와 휴대폰과 태블릿 모두 나무 형태, 즉 "지식의 분지"로 구조화되어 있음을 깨달은 순간이었다. 파일은 잎이고 폴더는 가지며 다 같이 어울려 컴퓨터를 만들어낸다. 컴퓨터 앞에서 보내는 시간에 대해 느끼는 죄책감이 덜해질 것 같다. 결국 나무에 기어 올라가 시간을 보내는 것이니까.

리마의 책 페이지를 넘기며 서구 문명이 사회적, 생물학적, 종교적, 정치적, 과학적, 기술적 구조를 어떻게 바라보았는지 트리 다이어그램의 관점에서 살펴보았다. 우리는 나무에 대해 항상 무엇인가를 억압하고 거부해 왔다. 나무에겐 예측 불가능성이 존재한다. 더 정확하게 말하면 예측할 수 없는 기하학이다. 사람들은 나무가 언제나 일정한 간격으로 가지를 뻗고 오른쪽, 왼쪽 번갈아 항상 선형으로 자라며 자의적으로 구부러지거나 성장이 지체되지는 않는다고 믿었다. 트리 다이어그램은 이런 선형적 순응성을 요구했다. 환상적인 자료 구조였다. 하지만 이 점에서 오히려 의구심이 자라났다. 이것은 내가 원하는 종류의 나무가 아니었다. 질 들뢰즈와 펠릭스 가타리는 철학을 시의 격행 대화 형식으로 저술한 독특한 철학자들이다. 이들은 역저《천 개의 고원》에서 트리 모델을 비판하고 서구 문화의 수많은 어리석음을 성토했다. 20대 초반에 들뢰즈와 가타리의 책을 읽었던 나는 그 전부터 트리 다이어그램이 불편하다는 것을 알고 있었다. 고등학교 때 벵골 문학 수업 중 떠오른 생각이었다. 타고르와 그의 벵골 문화에 대한 공헌을 소개하는 과도하게 빡빡한 수업이었고 가끔 졸리기는 했지만 그 외에는 아주 훌륭한 방글라데시 선생님이 가르쳤다. 선생님은 칠판에 타고르 "족보"를 그리고는 우리에게도 자신의 족보를 그리도록 했다. 내 부모는 우리 남매를 키우면서 다른 가족에 대해 거의 말해주지 않았고 딱히 유명하거나 악명 높은 조상도 없었다. 나는 그저 한 세대 위의 할머니와 할

아버지 이름만 쓸 수 있었고 그분들의 형제자매도 알지 못했다. 평소 큰 관심도 없었다. 그러다 보니 내 "족보"는 나무 모양이 아니라 신문의 네 컷 만화에 나오는 선인장에 더 가까웠다.

《천 개의 고원》에는 나를 위해 특별히 쓴 것 같은 구절이 있다. "만일 문학적이지 않은 어떤 것이 문학 작품을 **통해** 동물이나 식물이 된다면 어떨까?"[28] 나는 이런 모순적인 작업을 몇 년이나 해왔다. 문학이라는 이름의 빈백beanbag에 딱 맞는 트리 모양의 구조를 찾아다닌 것이다. 리마의 생각은 단순하다. "복잡하게 뻗어가는 가지와 계절에 따라 시들었다 다시 살아나는 잎들을 보면서 나무를 성장과 쇠퇴, 부활의 상징으로 생각하는 것은 아주 자연스러운 일이다. 덴돌라트리라고 하는 나무 숭배는 다산, 불멸, 부활의 개념을 내포하여 엑시스 문디(세계의 중심축 혹은 중심에 있는 나무를 뜻하는 라틴어—옮긴이)나 세계수, 또는 생명수를 향한 것으로 표현된다."[29] 리마는 독자에게 쿠란의 신성한 투바나무, 지구와 지옥과 천국을 하나로 묶는 거대한 물푸레나무 위그드라실을 보여주고, 인간의 타락(아담과 이브의 범죄—옮긴이), 십자가 석판 등 매혹적인 목록, 시바와 파르바티가 결혼한 성스러운 나무 보리수, 총카파의 피난처 나무, 반 고흐의 뽕나무, 동물과 새와 과일의 생태계가 복잡하게 얽혀있는 구스타프 클림트의 〈생명나무〉 등 다양한 그림과 프레스코, 조각품을 소개한다. 더 흥미로운 것은 마음의 나무다. "트리 구조는 족보에서 추기경 덕목까지, 사법체계에서 과학 분야까지, 생물협회에서 데이터베이스 시스템까지 인류 역사 전체를 통틀어 삶의 다양한 측면을 모두 설명해왔다. 이 구조는 다중성을 실질적으로 형상화하기 때문에 상호 연관성을 표현하는 성공적인 그래픽 모델이었다."

들뢰즈와 가타리의 글에는 다음과 같이 쓰여있다. "최초의 책은 나무의 뿌리 자체일 것이다. 나무는 이미 세계 그 자체이거나 세계수의 상징적 이미지며 고귀하고도 실질적인 의미로 전형적인 책이다. … 예술은 자연을 모방하고 책은 세계를 모방한다. 자연은 그런 식으로 작동하지 않는다. 자연에서 뿌리와 원뿌리는 명확하게 구분되기보다는 더 다양하면서도 측면적, 순환적인 시스템이다."[30] 내가 원하는 것은 이런 종류의 나무가 아니다. 무엇이든 "세계"라는 단어가 함께 쓰이면 공포스럽다. "세계수"는 내게 괴물을 연상시킨다. 글은 여기서 끝나지 않고 거침없이 이어진다. "많은 사람의 머릿속에는 나무가 자란다. 하지만 뇌 자체는 나무보다는 잔디밭에 가깝다." 나는 무의식적으로 손을 올려 내 머리를 어루만져 그 안의 뇌를 느껴보려 했다. 어릴 때 내가 너무 심한 공상에 빠지거나 실수로 오렌지 씨를 삼켜버리면 엄마는 소리를 지르곤 했다. "네 머리에 나무가 자라고 있어!"

나무가 어떻게 서구 문명의 현재는 물론 식물학에서 생물학, 해부학은 물론 인식론, 신학, 존재론, 모든 부류의 철학까지… 모든 서구 사상을 지배하게 되었는지는 불가사의한 일이다. 한편 서구 문명은 삼림 파괴의 역사라고도 할 수 있다. 숲을 깎아낸 들판에는 사람이 직접 키워 생산한 수목형 종자식물로 가득했다. … 동양은 상황이 좀 다르다. 숲이나 들판보다는 초원과 텃밭, 경우에 따라 사막과 오아시스가 존재한다. 각 개인 개별적으로 고구마나 감자 같은 덩이줄기나 뿌리식물을 경작했다. … 서양은 수많은 사람이 한데 모여 특정 작물을 대규모로 재배한다. 반면 동쪽은 일종의 "클론"에서 적은 수의 작물을 키우는 원예 방식이다. 동쪽이 아닌 곳에서도 오세아니아 같은 특별한 경우에는 나무에 대한 서구식 모델과 완전히 반대되는 뿌리줄기 방식을 택한다. 프랑스의 인류학자이자 식물학에서 업적을 남긴 앙드레 오드리쿠스는 서구 문명이 신봉하는 초월의 도덕성 또는 철학과 동양 문명에 뿌리 깊게 잠재된 사상 사이의 격차가 바로 여기에서 시작된다고 말한다. 서양의 신은 씨를 뿌린 다음 수확하고 동양의 신은 작물을 옮겨 심은 다음 캐낸다. 즉 파종과 뿌리 심기의 차이다. 뿌리줄기는 시작과 끝이 없다. … 언제나 사물의 한가운데에서 서로 의존하고 서로를 연결한다. 나무는 부모에서 자식으로 혈연관계를 이어가지만 뿌리줄기는 특별한 동맹 관계다. 나무는 과거에서 미래로 향하는 동사 "to be" 방식이지만 뿌리줄기의 구조는 접속사 "and" 방식이며, 접속사 "and"에는 동사 "to be"를 뒤흔들고 뿌리 뽑을 만큼 거대한 위력이 숨어있다.

삶을 관조하고 살아가는 새로운 방법을 제안하는 명문이다. 하지만 여러 번 읽을수록 가슴속에 묵직한 의문이 쌓여갔다. 왜 생강 초상화나 조각품은 없을까? 다른 의문도 있다. 우리의 모든 사고방식을 트리형 분지 시스템으로 아웃소싱해 왔으면서 왜 우리에겐 아직도 우리 스스로가 **나무라는** 자각이 없을까? 휴대폰이나 전자장치의 이모티콘은 모두 사람 얼굴 모양이다. 세미콜론 다음에 닫는 괄호를 붙여 만든 사람의 웃는 얼굴을 올리기만 해도 많은 문제가 부드럽게 풀린다. 지금까지 삶의 모든 상황이나 사건 사고 체계화에 트리 모델을 사용해 왔음에도 불구하고 나무를 형상화한 이모티콘은 찾아볼 수 없다.

강철 나무의 심장

어린 시절 "얼음 땡" 놀이를 할 때 나는 왜 나무 자세를 취하지 않았을까? 얼음 땡은 술래가 숫자를 거꾸로 세다가 멈추는 순간 나머지 사람들 모두 동작을 멈추고 얼음이 되어야 하는 놀이다. 우리에게 익숙한 마하트마 간디와 수바스 찬드라 보스, 세 명의 의용군 베네이, 바달, 디네시 동상처럼 자세를 취하는 경우가 많았다. 때로는 부모님이나 선생님의 독특한 버릇이나 누구인지 알아볼 만한 특징 있는 사람들을 흉내 내기도 했다. 무거운 쇼핑백을 들고 시장에서 돌아오는 아빠, 커리를 젓는 엄마, 학교 종을 치는 직원, 칠판에 글씨를 쓰는 선생님, 눈을 꼭 감고 애국가를 부르는 학생 같은 동작이 동원되었다.

왜 아무도 나무 모양을 흉내 내지 않았을까? 한 가지 이유는 이 놀이가 힘없는 아이들에게 일종의 권력을 맛볼 수 있게 하기 때문이다. 부모나 선생님이 장난친 아이들을 혼낼 때처럼 사람을 움직이지 못하게 명령하는 힘이다. 그렇다 보니 아이 역할에서 어른 역할로 넘어가자마자 책임감이 요구되는 어른의 모습으로 얼어붙는 것이다. 이런 관점에서 보면 나무가 되고 싶은 아이는 있을 수 없다. 나무는 이미 움직이지 않기 때문에 그 자체가 얼음과 같다. 나무 동상이란 얼어붙은 부동성과 같이 동어 반복의 모순일 수 있다.

집을 다 지은 남편과 나는 우리의 보금자리에 나무 모양의 조각상을 들이기로 했었는데, 크기나 재료도 다양하게 알아보았다. 하지만 며칠이 지나도 찾을 수 없었다. 석재도 놋쇠도 없었고 심지어 목각 제품도 없었다. 그래서 방법을 바꾸었다. 길가에 쓰러져 있는 커다란 고목을 찾아 자전거 인력거나 자동차에 실어 집으로 운반했다. 지배자나 피지배자나 사람을 묘사한 조각상은 이제 신물이 났다. 사람이 거의 또는 전혀 손대지 않은 자연 그대로의 작품을 원했다. 결국 이런 작품들을 수공예품 박람회에서 발견했다. 사람이나 동물과 비슷한 모양으로 못을 박은 나무토막이었다. 그 형태와 작품에서 느껴지는 작가의 본능이 내게 그가 나뭇가지를 다듬으며 무엇을 만들어내려 했는지 깨닫게 해주었다. 못을 박고 접착제로 붙이면서 단순한 나뭇가지가 아닌 그들 마음속 팔다리에 생명을 불어넣고 싶었던 것이다.

몇 년 후 인도에서 유명한 다다이즘 조각가 수보드 굽타가 강철 잎과 나뭇가지로 만들어낸 반얀트리 설치미술을 선보였다. 양동이, 냄비, 프라이팬, 큰 그릇, 컵, 항아리를 비롯한 현대식 주방에서 사용하는 수많은 물건으로 반얀트리

잎을 만들었다. 음식을 담는 그릇을 세계 최대의 식품 창고인 잎으로 표현한 것이다. 사진 속에서 거대한 강철 나무의 매끄러운 표면이 햇빛에 번쩍거렸다. 아무도 본 적 없는 신비로운 나무였다.

하지만 수보드 굽타 이전에도 강철 나무를 상상했던 사람이 있다.

비에 젖은 아몬드나무
땅에 박힌 음산한 쇠막대 같은,
비에 젖은 검은 나무줄기
땅에서 솟구친 흉측한 강철 형틀 같은,
시칠리아의 깊고 부드러운 땅을 뚫고 나온 윈터그린
뜯어먹을 수도 없는 잔디밭
검은 철사처럼 휘어진 아몬드 덩굴이 비탈을 기어오른다
테라스 울타리 아래 아몬드나무
검고 녹슨 쇠막대
가느다란 줄기를 섬세하게 용접했지
강철처럼, 바람에 몸을 떠는 가느다란 강철처럼,
회색의 라벤더, 섬세한 강철, 가느다랗게 휘어져 부러지기
쉬운 포물선
비 오는 12월에는 무엇을 하는가?
강철 끝에 예민한 정전기라도 생길까?
이상한 자기 장치라도 만진 것처럼

축축한 공기에서 전기를 느끼는가?
에트나산을 끊임없이 맴도는 늑대 울음 같은 전기 신호로
부터
이상한 암호로 된 문자를 받았는가?
공기에 가득한 유황 가스의 휘파람 소리를 들었나?
태양의 화학적 말투가 들리는가?
대지에 넘치는 물의 포효 속에서 전화해 보았나? 이 모든
것을 계산한 적 있는가?
시칠리아, 폭우에 잠긴 12월의 시칠리아
낡고 뒤틀린 도구처럼 녹슬어 검게 갈라진 쇠붙이
그리고 굳은 땅을 뚫고 솟아난 겨울 새싹 위로 휘둘리고
휘어지는
먹을 수 없는 부드러운 녹색의 그것![31]

한때 나는 이 시를 암송하면서 D. H. 로렌스가 살아있는 나무를 보고 강철로 만들어졌다고 상상한 이유를 알아내려 애썼다. "순수한 아몬드나무" 자체가 아닌 로렌스로 하여금 쇠를 연상시키게 만든 다른 무엇인가 있을 것 같았다. 시 〈아몬드 블라썸〉에서도 마찬가지였다. "아몬드나무 / 대지를 뚫고 나온 헐벗은 12월의 강철 갈고리." 다른 어디에서도 볼 수 없는 강렬한 묘사다. 반복하여 읽을수록 나무에 가해지는 폭력을 걱정하는 안타까운 마음이 절실하게 느껴졌다. 그런 마음으로 나무가 쇠와 강철로 만들어졌기를 바라는

것 아닐까? 그것이 아니라면 왜 "포근했던 칼집에서 뽑혀 나온 칼처럼, 거칠어지고 검게 변한, 낯선 땅에 자라난 낯선 나무"라고 표현했겠는가? 로렌스의 나무는 유사시 적에게 반격할 수 있는 강인한 가지를 뻗어간다. 또한 "철기 시대"의 강철 나무로 단단하게 벼리고도 나무의 "살아있는 강철"은 "꽃의 마음, / 채울 길 없는 꽃의 마음"을 간직한다.

> 오, 강철에서 나온 벌꿀처럼
> 아름다운 몸,
> 붉어라 그대의 심장이여[32]

로렌스가 나무를 강철 작품으로 상상한 것은 그저 자기방어 본능에 의한 것인가? 아니면 나무의 불안한 운명에 비해 만들어진 창조물이 더 영구적이고 지속적이기 때문일까?

집에 장식해 놓은 죽은 나무 조각품은 그 속에 흐르던 수액은 멈추었으나 다른 의미에서 새 생명을 허락받았다고 할 수 있다. 하지만 죽었다고 해서 꼭 마음까지 사라져야 할까? 내게 막 보이기 시작한 마음이라는 존재는 조각품 안에 실존하는 것이 아니다. 혈관에 흐르는 피는 보이지 않고 조각품에는 심장이 뛰지 않는다. 나무 조각품에 마음 또는 심장이 없다는 것은 지루한 동어 반복일 뿐이다. 그럼에도 불구하고 로렌스는 그것을 주목했고 또 알아보았다. 얼마나 많은 사람이 생명이 없는 조각에 깃든 따뜻한 마음을 느껴보았을까?

로렌스의 시를 읽고 나서 우뚝 솟은 나무만 보면 그 안에 철판이 있는 것 같은 느낌이 들었다. 또한 발굴된 죽은 동물의 뼈가 살아있을 때와 비슷하게 배열된 사진을 볼 때면 고고학자는 물론 식물학자조차 왜 나뭇가지들을 나무와 비슷하게 배열하지 않는지 궁금했다. 물론 동물과 식물이 전혀 다른 취급을 받는다는 사실을 이미 알고 있다. 발굴된 동물 뼈는 과학적 가치를 인정받는 반면 식물은 살아있을 때와 비슷한 형태로 발굴된다 해도 괴상한 연금술을 거쳐 예술 작품이 될 뿐이다. 드러난 외부와 은밀한 내부의 모습이 그다지 다르지 않은 나무의 "뼈"는 경외심도 두려움도 불러일으키지 않는다.

조금 엉뚱한 궁금증도 생긴다. 누드 나무라는 것이 존재할까? 식물의 경우 완전한 벌거벗음은 존재하지 않는다. 죽음은 식물과 우리 모두 피할 수 없는 벌거벗음이다. 이런 관점에서 보면 모든 나무 조각은 유쾌하고 순수하게 아름다운 "누드"다.

사실 나는 "살아있는" 나무 조각을 좋아하지 않는다. 악셀 얼랜슨의 "버드나무 프로젝트"는 말 그대로 살아 꿈틀대는 나무 작품을 선보인다. 콩 농부였던 얼랜슨은 다양한 방법으로 플라타너스를 접목하여 기발한 모양의 "서커스 나무"들을 키워냈다. 하지만 서커스나 육상 경기에서 보여주는 인체의 극단적인 퍼포먼스처럼 그의 나무들도 나를 불편하게 만들었다. 같은 이유로 인간이 억지로 만든 난쟁이나무 분재도 좋아해 본 적이 없다. 인간이 극단적으로 억압한 곳에는 아름다움이 들어설 틈이 없다. 자연스럽게 커가는 나무는 토양이나 기후에 의해 다양한 모습으로 자라난다. 일본 사상가 와츠지 데츠로에게는 "서양의 나무"가 땅에 수직으로 곧게 서 있는 모습이 낯설었다. 그는 로렌스의 강철나무 시가 탄생한 이탈리아의 나무에 대해 이렇게 말한다. "마치 인위적으로 만든 모조품 같았다. 내가 사는 일본에서는 나무가 매우 다양한 모양으로 자라며 이런 식의 정교함은 직접 만든 수제품에서나 볼 수 있다. 하지만 유럽에서 자연물은 규칙적인 모습을 띠고 부정형이 오히려 자연스럽지 못하다. 일본에서는 규격에 맞추어 인공물을 만들지만 유럽에서는 자연물이 규격에 맞추어 자라난다."[33] 형태와 균형의 아름다운 조화로 대표되는 유럽 르네상스 심장부 이탈리아의 예술적 삶은 그곳의 나무가 보여주는 규격화된 모습에 힘입어 화려하게 꽃피웠는지도 모른다.

나무 사진 찍는 방법

내가 생각하는 가족이란 끊임없이 커가는 것이다. 인터넷에서 발견한 베스 문이라는 사진가는 14년 동안 수많은 "고목" 사진을 찍었다. 그녀의 저서 《고대의 나무》에는 1000년 넘게 살아온 나무도 여럿 있었고 심지어 한 나무는 4000살이 넘었다. 문은 이런 나무를 "기념비"라 부른다. 스스로 역사가 되는 식물의 능력에 대한 증언이기 때문이다. 또한 이 나무 사진들을 사람에게만 허용되는 장르인 "증명사진"이라 부른다. 19세기 기술을 사용한 사진은 고색창연한 고목에 어울리는 회색과 검은색, 적갈색으로 인화해서 서두르지도, 재촉하지도 않는 시간의 흐름을 표현한다. 살아있는 기념비인 대륙 곳곳의 고목 사진을 통해 지구의 역사를 엿보고, 저속 촬영 사진을 통해서는 짧은 인간의 시간 개념으로 도저히 인지할 수 없는 나무의 유구한 시간을 느낄 수 있다.

내게도 식물에 대해 글을 쓰기 시작한 초기에는 미처 깨닫지 못했던 변화가 느껴지기 시작했다. 숨을 들이쉬고 내

쉬는 호흡의 리듬이 갑작스럽게 바뀌던 순간을 기억한다. 속도에 숨 막히고 멍들어 지친 내 몸과 마음은 더 이상 기계의 시간을 뒤쫓을 수 없었다. 얼기설기 얽힌 마감 시간은 더 이상 중요하지 않았다. 달력에 표시해 둔 날짜를 곁눈질로 훔쳐보며 초조하게 살아가던 마음가짐이나 태도, 트라우마도 함께 사라졌다. 대신 자리에 앉아 조용히 나무를 생각했고 이윽고 펜을 들어 나무에 대해 글을 썼다. 점점 집필 과정은 단순히 책을 쓰거나 프로젝트를 끝내는 업무 수행 방식이 아니라 영원히 끝내고 싶지 않은 치유의 시간이 되었다.

앞에서 언급한 것처럼 나무가 되고 싶었던 나는 어느새 "나무의 시간"을 살기 시작했다. 빡빡한 직장 생활 때문에 매일 한두 시간뿐이었지만 무엇과도 비교할 수 없는 강렬한 마약이었다. 나는 점점 잠깐 누리는 느린 시간에 중독되었다. 그 영향은 글에도 나타나기 시작해서 문장에서 구두점은 물론 단락 같은 단위도 점점 줄어들었다. 이런 것들은 느린 나무의 언어에 비해 너무 주제넘고 인위적인 것 같았다. 나무처럼 글을 쓰는 것이 가능할까? 매일 나무 시간을 즐기다가 해이해져서 시간을 통제하는 언어적 지휘봉인 문법적 감각을 잃을까 봐 걱정되었다. 통 큰 휴식기가 있는 나무의 시간은 산업화 이후 인간에게 너무 여유롭게 느껴진다. 베스 문은 작업하는 과정을 과감히 압축하여 강렬한 사진을 만들어낸다. 나무가 실제로 원하는 "효과가 있는지" 확실치 않아서 이 단어를 쓰는 것이 조심스럽다.

베스 문의 사진에서 가장 매력적인 부분은 문이 나무의 시간으로 일했다는 사실이다. 느리게 작업한다 해서 게으르다는 의미는 아니다. 식물을 게으르다고 말하는 바보 같은 사람이 누가 있겠는가? 나무도 인간과 마찬가지로 일하는 시간과 활동 없이 쉬는 시간을 번갈아 갖지만 인간의 시간이 너무 빨라지면서 그 차이가 커지기 시작한 것이다.

나무가 되고 싶은 나의 마음은 곧 느린 시간으로 돌아가고자 하는 갈망이었던 셈이다.

3

나무에 드리워진 긴 그림자가 보이나요?

〈믿음〉, 체스와프 미워시

나무의 초상화

많은 사람이 그러하듯 나도 화가와 사귀고 싶었다. 사랑의 연금술(사춘기에는 사랑을 화학적 과정으로 간주하곤 한다)로 내 불완전함을 지워주고 그와 나 자신 앞에 나를 아름답게 그려줄 것 같았다. 나뭇잎을 그리기 시작하면서 이런 충동이 사랑으로 인한 것이라는 생각이 들었다. 내가 나무라면, 나무로 변하고 싶고 또 정말로 변하고 있다면 화가 애인이 나를 다른 누군가 또는 다른 무엇으로 바꾸고 싶을까? 꼭 바꿔야 한다고 생각할까? 나무를 아름답고 완벽하게 만드는 것은 무엇일까? 나와 결혼한 남자를 바라본다. 한때 아마추어 화가였던 그가 평생 그린 그림은 단 세 점뿐이다. 두 점은 벵골 집에 흔히 굴러다니던 잡지 《소비에트 여성》에서 베낀 여자들 그림이었다. 남성 호르몬이 들끓는 10대 시절에 두 여성의 아름다움에 푹 빠진 햇병아리 청년이 그들과 관계를 맺을 수 있는 유일한 방법이었을 것이다. 나머지 그림 한 점은 아직도 우리 집 거실에 걸려있다. 화폭 한

가운데 그려진 나무줄기에서는 가지가 많이도 뻗어 나갔다. 20여 년 전 어느 겨울 오후 이 집을 처음 방문해서 그 그림을 보고는 수많은 손을 가진 여신 같다고 생각했다. 직사각형 캔버스에는 나무보다 그 나무가 드리우는 그림자가 더 많았고 땅에 흩어진 그림자 모양을 통해 위에 드리운 나뭇가지의 생김새를 짐작할 수 있었다. 마치 그림자놀이를 하는 것 같았다. 당시에는 아직 결혼 전이었지만 우리는 둘이 함께하는 미래를 꿈꾸고 있었다. 나는 그에게 그림에 관해 물어보았다. 특별한 의미가 있다고 생각하지 않았지만 내가 사랑하는 나무라는 대상이 그의 눈에는 어떻게 비치는지 알고 싶었다. 그는 이 "초상화"가 가장 그리기 어려운 그림이었다고 말했다. 이유를 묻는 내게 그가 해준 답변은 그림을 완전히 다른 관점에서 보게 했다. 나뭇가지들이 만들어 내는 그림자의 정확한 비율을 잡아내는 데에 며칠이나 걸렸고 그림자를 통해 시간이나 계절을 짐작할 수 있다는 답변이었다. 하지만 중요한 것은 그 대답 자체가 아니었다. 내 미래의 남편이 나무를 바라보는 관점에서 그가 세상을 바라보는 방식을 엿보고 싶었다. 아마 여성도 동일한 방식으로 대할 것이고 이를 통해 그의 세계관을 짐작해 볼 수 있었다. 알고 싶었던 것은 그가 나무를 우리와 동등한 대상으로 생각하는지였다. 그래서 그가 나무 그림에 "초상화"라는 단어를 쓰는 것이 놀랍고 기뻤다. 누가 나무의 초상화를 그린다는 말인가? 초상화는 사람에게만 쓰는 말이 아닌가?

열매 그림자 줍기

인류에게 음지의 역사가 남아있지 않다는 것은 참으로 슬픈 일이다. 그림자의 게으른 느긋함은 잠시의 '불륜'을 넘어서는 로맨틱한 '영구적 관계'의 오래된 특권을 조금도 인정하지 않기 때문이다. 그늘은 짧게 지나가는 근시안적 일탈이다. 숨 막히는 열기와 태양에 지쳐버릴 때면 잠시 지나가는 그림자조차 불법인 나라가 저절로 떠오른다. 그런 국가는 아마 하나밖에 없을 것이다. 그곳에서는 사람이 어떻게 살아갈까? 어두운 존재들이 가위를 휘두르며 사방에서 덤벼들어 당신의 그림자를 자르려 한다고 상상해 보라. 실제로 오래전 어렸을 때 그림자를 낯선 침입자로 여겨 공포감에 휩싸였던 적이 있다.

벵골의 유명한 과일 산지 말다에 할아버지 소유의 망고 과수원이 있다. 아빠와 삼촌이 우리를 데리고 놀러 가서 망고 모으기 시합을 제안했다. 많이 가져온 사람에게 '상'을 주겠다는 것이다. 단, 나무에서 따면 안 되고 땅에 떨어진 망고만 주워 모아야 했다. 사촌동생 하나는 몰래 늙은 망고나무에 올라갔다가 발각되기도 했다. 오후가 될 때까지 열한 명의 아이들 모두 크기와 익은 정도가 제각각인 망고들을 주워 모았다. 몇 명은 유혹을 참지 못하고 몰래 먹어 치워서 입 주변이 끈적끈적했다. 우리는 칭찬을 기대하며 얌전히 줄을 섰다. 아홉 살이었던 나는 나이가 가장 많았고 키도 컸기 때문에 학교에서 배운 규칙에 따라 맨 뒤에 섰고 손에 든 바구니를 수줍게, 심지어 교활하게 손수건으로 덮어 가렸다. 모두는 입에 침을 튀기며 늘어놓는 어른들의 칭찬 세례를 받았다. 드디어 내 바구니를 열어 볼 차례가 되었다.

내 바구니는 텅 비어있었다.

순간 삼촌들의 눈은 자신들의 똑똑한 형의 멍청한 첫째 아이에게 일제히 집중되었다. 나는 오른쪽에 서 있는 아빠의 콧수염을 곁눈질했다. 화난 것 같았다. 집에 가면 어떤 불호령이 떨어질지 눈에 선했다.

내가 제일 좋아하는 삼촌은 재빨리 내 편을 들었다. "정말 착한 누나네! 아마 동생들에게 자기 망고를 다 나누어 주었을 거야."

내가 고개를 저었다. "나는 망고의 그림자를 주워 모았어요." 내가 말했다. "열심히 모았는데 다 없어졌어요."

모두가 폭소를 터트렸다. 하지만 누구도 내가 왜 그림자를 모으려 했는지는 이해하지 못했다. 대신 그들은 내 실험을 동화처럼 재미있게 생각하며 웃어댔다. "그림자도 과일처럼 달콤했니?"

거의 30년이 지난 지금은 어린 시절 내가 망고 대신 망고 그림자를 주워 모으려 했던 이유가 무엇인지 기억도, 짐작도 하기 어렵다. 단지 과수원을 걷다가 갑자기 머리 위로 떨어진 나무 그림자의 무게에 짓눌렸던 것이 기억난다. 열매의 그림자를 모아 나무에게 복수하고 싶었을까? 내 바구니에 집어넣는 과일의 그림자를 보며 나무는 속상했을까? 아마 나무에서 과일을 따야 했을지도 모른다. 하지만 당시의 내가 그런 것을 어찌 알겠는가?

그날 이후 몇 달, 아니 몇 주 동안 잠자리에 들 때마다 나무의 그림자에 깔려 무엇을 생각했는지 곱씹었다. 그렇게 나무 그림자의 행패를 엄마에게 이르려고 벼르고 별러도 아침이 오면, 몰려드는 어둠에 그림자가 먹히듯 생각해 둔 말들은 모두 사라지고 두려움만 남곤 했다.

우리 모두 나무에 올라갈 수 없었기 때문에 땅에 떨어진 나무 그림자에서 무슨 일인가가 벌어졌던 것 같다. 당시 나무를 타지 못했던 나는 바닥에 드리운 나뭇가지 그림자를 순서대로 밟으며 나무 타기를 흉내 냈다. 괴물의 이빨 같은 나무 꼭대기 그림자에는 놀라서 공포에 질렸다. 꼭대기 그림자가 뾰족한 언덕 모양이 아닌 평평한 고원일 줄 알았던 것이다.

계속 나무 그림자에 집착하는 모습에 걱정된 부모님은 나를 병원에 데려갔고, 학교에도 불려가 상담을 해야 했다. 한

번은 놀이터에 들어가지 않겠다고 버티다가 비명을 지른 적도 있다. 입구에 버티고 선 자몽나무 때문이었다. 내 눈에는 그 나무가 수많은 지구를 어깨에 짊어진 가엾은 아틀라스처럼 보였고 나무에 달린 통통한 열매들의 그림자가 너무나 무거워서 금방이라도 줄기에서 후두둑 떨어질 것 같았다. 저렇게 커다란 자몽 그림자가 내 머리 위로 떨어지면 어떻게 되겠는가?

끝없는 인내심으로 아이들을 키우는 대부분의 부모처럼 나의 부모님도 이를 악물고 어린 자식의 환상이 진정되기를 기다렸다. 티스타강 유역의 그림같이 아름다운 칼리조라에 다 같이 놀러 갔던 어느 겨울날, 내가 비명을 지르기 시작했다. 처음에는 멀미인 줄 알았는데 짜증이 난 아빠가 조금 더 확인해 보니, 길가에 드리워진 나무의 그림자가 삼차원의 실체로 돌변해서 나에게 덤벼드는 착각에 빠진 것이었다. 그림자에게 정말 물리적인 실체가 생긴다면 얼마나 많은 사고가 발생할까? 길가에 나무를 심을 수나 있을까?

혹시 이 모든 것이 어린 내가 꾸며낸 것이었을까?

솔직히 기억나지 않는다.

나무 그림자에 대해 기억나는 것은 미술 선생님의 꾸중밖에 없다. “왜 우산을 항상 나무 모양으로 그리니?”

*

그림자에 대해 진지하고 고통스럽게 사고하기 시작했을 때 가장 먼저 읽은 책이 로이 소렌슨의 《어둠을 직시하다: 그림자의 철학》이었다. 8쪽에 소렌슨은 물리적으로 떨어지는 나뭇잎과 드리우는 나무 그림자의 차이를 직관적 언어로 표현했다.

> 낙엽수로 비슷한 간접 체험을 할 수 있다. 이들의 잎은 날이 추워지면 떨어지는 것으로 보이지만 사실은 낮의 길이에 영향을 받는다. 그렇다 보니 계절에 맞지 않게 아직 기온이 높은 가을에도 나뭇잎을 떨구고 더 빨리 추워져도 잎이 더 빨리 떨어지지 않는다. 나무가 온도 변화보다 일광의 길이를 측정하는 것이 편리하듯 우리의 시각 체계도 망막에 비치는 물체 방향 측정이 더 쉽다.[34]

소렌슨은 나무가 지닌 심리적 성향, 온도보다 빛이 더 중요하다는 점에서 인간과 어떤 부분이 다른지 이해했다. 그리고 한발 더 나아갔다. 나무가 낙엽에 신경 쓰듯 드리운 그늘에도 신경을 썼을까? 중력이 없으면 나무 그림자가 땅에 떨어질까? 물론 그림자는 중력과 관계가 없다. 그러나 서커스 텐트 한쪽 끝에서 다른 쪽으로 높이 치솟는 공중 곡예사처럼 평소에는 허공에 달라붙어 절대 떨어지지 않는 그림자가 돌연 끔찍한 사고로 추락하면 어쩌나 걱정했다. 나무 그림자, 아니 모든 물건의 그림자가 어쩌다가 땅에 떨어지면 어떻게 될까?

내가 미처 깨닫지 못한 방법도 있었다. 우리는 상상력을 최대한 발휘해서 가을 낙엽처럼 땅으로 떨어지는 그림자를 그림으로 그려낼 수 있다. 영어 단어 자체가 떨어진 나뭇잎에서 유래한 가을Fall은 회화와 사진의 한 장르이기도 하다. 9월 말부터 내 페이스북은 구어체 표현을 빌려 다양한 가을의 "떨어지는fall" 나뭇잎과 그림자로 가득 차곤 했다.

가장 인상적이었던 것은 나무 그림이었다. 그림자와 한데 뭉쳐져 무서운 괴물이나 환상 속 동물을 연상시키는 모습이었다. "그림자는 실제 물체의 윤곽보다 훨씬 기괴하다. 무엇보다 그림자는 처음부터 주체의 일부가 아니다. 주체로 인해 생기지만 그 주체가 파괴되어도 (잠시) 죽지 않는다."[35] 소렌슨의 글이다. 어린 시절 재미있으면서도 무서웠던 그림자놀이를 기억한다. 1980년대 벵골에는 정전이 잦았다. 전력 제한이라는 좀 더 진지하고 고상한 단어를 쓰기도 했다. 전기가 나가면 우리는 등유 램프와 촛불 앞에 모여 손가락으로 수많은 그림자를 만들어냈다. 사슴, 토끼, 개구리, 순록이 뛰어다니고 물고기가 헤엄치고 헬리콥터가 날아다녔다. 언제나 아이들과 열정적으로 놀아주던 어머니가 어느 날에는 어두운 거실에 앉아 벵골어 시를 들려주었다.

Aek je chhilo gachh
Shondhey holay du haat tuley jurto bhooter naach…

옛날 옛적에 나무 한 그루가 있었다네
저녁이 되자마자 나무는 손을 쳐들었고 유령의 춤이 시작 되었다네…

머릿속으로 상상하던 나무가 갑자기 유령으로 변했다. 유령을 무서워하는 어린아이들의 막연한 공포가 갑자기 시각적 실체로 다가오는 순간이었다. 우리는 그 사나운 나무 그림자를 만들어내고 싶었다. 모두 밖으로 달려가 그림자놀이에 사용할 마른 나뭇가지를 주워 오기 시작했다. 친구 하나는 땔감용 장작까지 가져왔다. 우리는 모두 잔인하고 무시무시한 나무를 만들어내겠다는 야심에 불탔다. 하지만 어머니는 죽은 나무로 만든 우리의 그림자에 모두 퇴짜를 놓았다. 어머니가 인정한 사람은 호리호리한 데부뿐이었다. 그는 요가 선생 바파다에게 배운 나무 자세를 취해서 그림자를 만들었던 것이다. 오른쪽 다리를 삼각형으로 구부려서 오른발을 왼쪽 무릎 옆에 대고 두 손을 머리 위에서 합장하듯 맞댄다. 나는 분노했다. 그런 모양의 나무를 한 번도 본 적이 없었기 때문이다. 불만을 털어놓자 어머니는 데부뿐 아니라 우리 모두 자기 몸을 이용해서 나무 그림자를 표현해야 한다고 했다.

그림자에 대한 집착은 유아기부터 시작된다는 사실을 배우고는 어머니에게 내가 언제부터 그림자에게 관심을 두게 되었는지 캐물었다. 나무들은 어둠을 무서워할까? 어린나무가 어른 나무보다 더 무서워할까? 하지만 그림자와의 관계는 별로 중요한 사건이 아니어서 길에서 넘어지거나 학교에서 벌을 섰던 일까지 모두 아는 어머니조차 기억해 내지 못했다. 어머니에게서 답을 얻지 못하자 어린 조카로 관심을 돌렸다. 조카는 언제 나무 그림자에 관심이 생겼을까? 두 번째 크리스마스를 맞이한 생후 15개월 무렵, 아버지가 조카에게 유아용 크리스마스트리를 선물했다. 트리는 아이 침대 옆에 놓여 뜨거운 햇볕을 막아주었다. 어느 날 아침, 어머니는 아기가 침대 커버에 드리워진 나무 그림자의 꼭대기 부분을 핥는 것을 발견했다. 그림자가 어른들 눈에 아이스크림콘처럼 보이기는 했지만 아기는 아이스크림콘을 보거나 먹은 적이 없었다. "아이들이 그림자의 의미를 이해하는 것은 매우 어렵다."[36] 소렌슨의 말이다. 조카에게 크리스마스트리의 그림자가 먹을 수 있는 무언가로 보였을까?

*

당시에는 미처 몰랐지만 조카를 보고 나와 나무의 관계도 분명 그림자를 통해 이루어졌음을 알 수 있었다. 예를 들어 한낮이 되면 나무 그림자가 없어진다는 것을 처음 깨달았던 날 불같이 화가 났던 것이 기억난다. 그림자가 없어지는 것은 내게 나무를 베어내는 것과 다를 바가 없었다. 초등학교 친구들은 지금도 내가 6학년 때 썼던 "그림자를 죽여서 나무를 죽일 수 있을까?"라는 짧은 글을 언급하며 놀리곤 한다. 그림자와 나무의 관계에 대한 다른 생각도 있다. 나무는 자신의 그림자에 대해 가장 무관심하다. 나무는 남들처럼 자기 그림자를 밟을까 봐 조심할 필요가 없다. 알렉산더의 말을 떠올려 보자.

> 마케도니아의 필립 왕이 부케팔로스라는 아름다운 말에 매혹되었으나 좀처럼 데려올 수 없었다. 어떤 마부도 날뛰는 부케팔로스를 제어하지 못했기 때문이다. 그런데 열 살짜리 아들 알렉산더가 말을 자신에게 맡겨 달라고 간청했다. 왕은 아들이 다칠까 봐 걱정되었지만 마지못해 동의했다. 알렉산더는 흥분한 말을 붙들더니 방향을 돌려 태양을 바라보도록 했다. 부케팔로스는 자신의 그림자를 보며 겁에 질려있었던 것이다. 진정된 말은 모두의 우레 같은 박수를 받으며 바람처럼 달려나갔다. 필립 왕은 아들에게 입을 맞추며 말했다. "마케도니아는 너에게 너무 작구나. 네 뜻을 펼칠 수 있는 너만의 왕국을 찾도록 하라."[37]

소렌슨의 이 이야기에서 부케팔로스가 말이 아니라 나무였다면 어떻게 전개되었을까? "정신적으로 혼란스러운" 나무나 숲이 자신의 그림자를 볼 때마다 겁에 질려 날뛰면 어찌 되겠는가?

*

살인적 땡볕을 피해 보도에 늘어선 나무 그늘을 따라 걷던 기억이 난다. 길에는 쓰레기 투기 금지나 유기 동물 대처 방법 등 온갖 표지판이 서 있다. 도로변에 어지럽게 널린 물건들 중 반가운 존재는 나무 그림자밖에 없다. 돌아오는 길에는 이미 해가 진 다음이어서 안타깝게도 그림자들을 볼 수 없었으나 참을 수 있었다. 다음 날 아침에 분명 다시 나타날 것이기 때문이다. 같은 나무 그림자인데도 다른 감정을 느끼는 순간이다. 아무리 이상하게 생긴 나무라도 그 그림자는 언제나 편안하고 익숙하다. 나무 그늘에는 낯선 특징도 보이지 않고 나무껍질이나 잎, 꽃과 열매의 색도 드러나지 않는다. 어떤 사람이든 인종, 계급, 종교와 관계없이 똑같은 그림자가 생기는 것처럼 말이다.

식물의 엑스레이

학교 기말고사 성적에 만족한 아버지가 보내주었던 국립공원 여행이 생각난다. 8학년 때였다. 아버지는 내가 이제 다 컸으며 더 나이 들면 지금 내가 무엇을 하고 무엇을 하지 않을지가 더 명확해질 거라고 말했다. 어른으로 인정받은 것 같아 행복했지만 늙고 싶지는 않았다. 당시 나는 노인을 싫어했다. 늙은이들이 아이들보다 더 못됐고 그들에게서 기대할 것이 없다고 생각했다. 국립공원 안내원이 여러 동물을 설명하다가 골리앗만큼이나 거대한 나무 앞에 멈춰섰다. 그리고는 청중의 경외심을 끌어내려는 과장된 목소리로 이 나무의 나이가 200년이 넘었다고 선언했다. 사람들은 놀란 눈으로 나무의 높이와 둘레를 어림하며 웅성거렸다. 눈치 빠르고 관찰력이 좋았던 안내원은 내가 나무 자체가 아닌 근처의 다른 것을 보고 있음을 금방 알아차렸다.

"이 나무는 꺾을 만한 꽃이 없어요." 그가 내게 말했다.

"나는 꽃을 찾는 것이 아니에요." 내가 대답했다.

"먹을 수 있는 과일도 없지요." 안내원이 다시 말했다.

나는 어른스럽게 인정하며 더 이상 대답하지 않았다. 이젠 나도 이해받기 어렵다는 사실을 알기 때문이다. 부모도 이해하지 못하는 생각을 어떻게 타인에게 말할 수 있겠는가?

하지만 안내원은 포기하지 않았다. 그의 끈질긴 물음에 결국 대답할 수밖에 없었다. "이 나무가 200년을 넘게 살았다면 200년 동안의 그림자가 여기 쌓여있을 텐데요. 어디 있을까요?"

세월이 흘러 카메라로 무장한 채 열렬히 그림자 사냥을 다니게 되어서야 진실을 알게 되었다. 숲은 나무들이 사는 풍요로운 집이지만 나무 그림자는 거의 찾기 힘들다. 또한 그림자의 아름다움은 개인주의의 찬양이다. 작은 나무의 그림자는 큰 나무에 가려지고 숨겨진다. 나무에 기생하는 조그만 식물들이 그림자를 빼앗기는 이유기도 하다.

처음부터 그림자의 아름다움에 매혹된 것은 아니다. 어린 시절에는 그들을 두려워했다. 원래 어둠에 대한 공포심이 있었기 때문에 비슷한 모습의 그림자가 더욱 무서웠다. 초자연적인 어떤 것이며, 그 안에 무시무시한 것을 숨기고 있는 것 같았다. 아마도 어린 시절 겪었던 사건과도 관련 있을 것이다. 6학년 때 병을 오래 앓는 바람에 나가 놀지 못한 채 집에 혼자 있어야 했다. 심심한 나머지 집안에 굴러다니던 몇 안 되는 읽을거리를 뒤적이다가 여러 소책자와 그림들 틈에서 네거티브 필름으로 찍은 사진이 가득 든 상자를 발견했다. 흥분한 나는 땀에 젖은 손으로 게걸스럽게 사진 더미를 뒤졌다. 확실하지는 않지만 사진 속 사람들은 내 부모님 같았다. 처음에는 부모님이 이런 과거 모습을 숨겼다는 사실에 화가 났지만 곧 10대의 발랄한 상상력으로 이것이 나를 세상에 있게 해준 과정임을 간파했다. 바지를 입은 남자와 사리를 입은 여자 사이에는 필름 사진의 뿌연 여백이 존재했지만 서로 매우 가까워 보였고 심지어 사랑하는 사이 같았다. 그런데 사진들을 넘길수록 마음속 깊이 두려움이 커졌다. 사진에 있던 부모님이 아닌 다른 것 때문이었다. 모든 사진에는 뒤쪽 배경에 기괴한 무엇인가가 존재했다. 갑자기 두 사람이 시푸르식물원에 놀러 갔었다는 이야기가 생각났다. 당시 둘 다 가난한 학생이었다. 이게 그때 찍은 사진일까? 사진 속 두 사람은 그 순간 아담과 이브의 죄를 짓고 있었을까? 필름 사진의 허연 공백으로 인해 더 밀착되어 보이는 두 사람의 몸이 마치 끔찍한 범죄 현장 같았다.

그날 밤 나는 잠을 이루지 못했다. 사진을 몰래 보았다는 사실을 부모님에게 들켜 혼날까 두려워할 필요는 없었다. 당시 나는 건강이 좋지 않아서 벌을 받지도 않았다. 하지만 눈을 감기만 하면 사진 배경에 있는 괴물이 작고 어두운 방으로 튀어나와 꿈틀대는 수많은 팔로 나를 집어삼킬 것 같았다. 길고 긴 밤을 시달리고 나서야 괴물이 무엇인지 알아차렸다. 바로 그 식물원에 있던 거대한 나무의 그림자였다.

공포는 원래 그렇듯이 나무 형상에 대한 내 집착은 끝없이 이어졌다. 방사선 전문의 친구를 졸라 좋아하던 화분의 식물을 엑스레이로 촬영한 적도 있다. 육중한 엑스레이 기계를 야외로 가져가 나무를 찍을 수는 없었기 때문에 화분으로 만족해야 했다. 토요일 저녁마다 큰 가방에 화분을 넣어 친구의 진단 클리닉으로 갔고, 친구는 환자가 모두 돌아간 후 화분을 사람의 심장 위치에 놓고 엑스레이 사진을 찍어주었다. 이런 주말이 친절한 친구의 호의로 몇 주간이나 계속되었다. 그때의 내게는 이것이 식물의 내면을 들여다볼 수 있는 유일한 방법이었고, 엑스레이 필름을 통해 살아 숨쉬는 생명이 흥미로운 예술 형태로 승화되어 기억 속 눌어붙은 괴로운 그림자 악몽의 자리에 대신 자리 잡아 주기를 간절히 바랐던 것 같다. 하지만 시간이 지나도 효과가 없었고 결국 포기하고 말았다.

최근 예전의 나무 엑스레이 촬영을 다시 생각나게 만든 두 가지 사건이 있었다. 하나는 친구가 보낸 옛날 뉴스였다. 엑스레이 사진작가 닉 베세이는 2011년 크리스마스에 선물 상자가 가득 쌓인 크리스마스트리의 엑스레이 사진을 찍었다. 사람에게는 가려져 있던 나무 내부의 모습이 신기했겠지만 내가 인상 깊게 본 것은 나무에 매달린 예쁜 장식들의 실루엣이었다. 순간 엑스레이 사진작가가 어떻게 내 결혼식에 와서 사진을 찍었을까 깜짝 놀랐을 정도다. 마치 웨딩드레스를 입은 내 모습처럼 나무의 "특별한 날" 기념사진이었고 다른 수백만 장의 크리스마스트리 사진과 전혀 다른 감동을 주었다. 선물의 화려함과 장식의 반짝임이 사라진 사진에는 솔잎의 굴곡과 휘어짐 하나하나가 세세하게 나타나 있었다. 이것이야말로 인간이 나무의 본질에 가장 가깝게 다가갈 수 있는 방법이었다.

기술의 도움으로 시야가 더욱 넓어졌다. 먼저 아이패드를 구입했다. "포토부스" 앱에 엑스레이 기능이 있었다. 내 관심은 빛과 어둠이 나무와 어떤 관계가 있는지에 있었다. 그림이나 사진에서 사람이 무엇인가 먹는 모습을 그리거나 찍은 작품이 너무 적다고 성토하던 나였기에 식물의 경우에도 이들이 먹는 장면을 포착하고 싶어 안달이었다. 식물이 먹는 것은 무엇일까? 당연히 빛이다. 인간의 먹는 행위 중 가장 흥미로운 것은 주체하지 못하는 탐식이다. 가장 좋아하면서도 비극적인 주제였다. 나는 빛을 게걸스럽게 먹어치우는 대식가를 촬영하고 싶었다. 그런 빛의 폭발을 어디에서 찾을 수 있을까? 순간 깨달음이 왔다. 번개다! 작렬하는 번개에 입을 벌리고 달려드는 나무를 찍자! 나무들이 한밤중에 벌이는 광란의 파티가 아니겠는가?

아마추어 사진작가일 뿐인 나는 평생 자동카메라에 만족해 왔다. 한밤에 벌어지는 광란의 파티를 어떻게 재연해야 할까? 다른 문제도 있었다. 번개는 아무리 연구해도 언제 칠지, 어디에 떨어질지 전혀 예측할 수 없었다. 여기에 마지막까지도 미처 깨닫지 못했던 더 본질적인 문제가 드러났다. 나무가 되고 싶고 나무처럼 살고 싶은 마음이 커질수록 성폭력에 대한 두려움이 함께 커졌다. 나무가 벼락을 맞을 확률은 매우 낮지만 어두운 밤에 여자 혼자 돌아다니다 강간을 당할 확률은 그보다 상당히 높다. 낙심한 나는 생각을 바꿔 번개가 내리치는 밤에 찍은 나무 사진들을 찾아다녔다. 몇 시간, 며칠, 아니 몇 주간이나 지쳐 메스꺼워지도록 번개와 나무 사진을 게걸스럽게 탐식했다.

사진 속 나무들은 대부분 두려워하고 위축되어 보였다. 내 상상뿐일지도 모른다. 빛과 어둠의 짜릿한 대비, 생생한 적갈색으로 구현해 낸 고전주의, 검은색에 흰색이 뒤엉킨 나뭇가지들이 공포영화의 한 장면처럼 여기저기 뻗어있는 모습이 내게는 너무나 아름다워 보였다. 하지만 지금은 이 모든 감동이 사라져 버렸다. 대신 교외의 빈민가를 '아름답게 보이도록' 교묘하게 찍은 빈곤 포르노 같은 역겨움이 그 자리를 차지했다.

*

빛을 향한 나무의 갈망은 감동적이다. 이들의 관계를 아름답게 만드는 소리 없는 탐식은 언제나 나를 매료시켰다. 시끄러운 소리를 내며 먹는 사람은 아무도 좋아하지 않는다. 나도 마찬가지다. 나무가 조용히 빛을 먹는 모습은 너무나 아름답다. 그림자는 나무의 배설물일까?

하지만 나무 자체와 달리 그림자는 시각적으로 나를 유

혹했다. 어느 날 나무 아래 앉아있던 나는 내 그림자가 나무 그림자와 합쳐지는 것을 지켜보았다. 어느덧 내 그림자가 나무 그림자 속으로 완전히 사라져 나무 반대쪽에 있는 사람에게는 내가 전혀 안 보이게 되었다. 왜 나무 그림자를 아이콘으로 만든 나라가 지금껏 하나도 없을까? 그림자는 빛에 생긴 구멍일 뿐이다. 이후 몇 달간 나무가 만들어내는 구멍을 관찰했다. 어두운 방의 식탁 등 앞에 놓인 선인장 머리는 벽에 바늘꽂이를 그려냈다. 흰색 사리에 스치는 잔디 그림자는 전쟁터로 행진하는 거대한 보병 군단 같다. 빛은 크기를 신경 쓰지 않았다. 조그만 화분의 다육식물도 내가 본 그 어떤 반얀트리보다 더 거대한 그림자 무리를 만들었다. 열정은 식었지만 실험은 지금도 계속되고 있다. 대부분의 나무 그림자 애호가들과 같은 충동에 사로잡혔기 때문이다. 우리는 나무 그림자를 동물이나 물건, 또는 괴물로 상상하지만 다른 물체나 동물의 그림자를 나무로 상상하지는 못한다.

7학년 말, 과학 교사가 우리에게 꼭 이루어졌으면 하는 과학 발명을 익명으로 적어내도록 했다. 우리가 수줍어하지 않도록 익명을 제안했을 것이다. 그는 어린 학생들에게 대단히 훌륭한 교사였고 과학이라는 흥미로운 주제에 함께하도록 끊임없이 독려했다. 우리는 배고픈 10대였으므로 재료를 넣자마자 초콜릿이 튀어나와 입에 넣어주는 즉석식품 공급 기계 같은 것을 써냈다. 하지만 내 소원은 조금 달랐다. "그림자만 보고도 사람이나 나무를 알아볼 수 있는 장치가 있었으면 좋겠어요." 교사는 훗날 내 결혼식에 와주었고 직접 손으로 만든 드로잉 북을 선물했다. 세 번째 페이지에 다음과 같은 글이 적혀있었다. "언제나 그림자 심리학자이길 바라며." 그는 익명의 메시지의 주인이 나라는 것을 알아보았다.

"오로지 나만이 내 그림자를 만들어낼 수 있다."[38] 소렌슨의 말이다. 나무도 마찬가지다. 어떤 나무 그림자도 서로 똑같을 수 없다. 자명한 사실이면서도 우리가 미처 깨닫지 못하는 진실이다. 누가 이런 일에 신경이나 쓰겠는가? 이 세상에 나와 똑같이 닮은 사람이 일곱 명은 된다는 말이 있다. 나무를 이토록 사랑하는 나조차 나무나 여러 식물의 그림자가 서로 얼마나 비슷하거나 다른지 신경 쓰지 않았다. 나무마다 독특한 개성이 있다면 두 나무의 그림자도 서로 다를까? 이 생각의 이면에는 숨길 수 없는 야망이 있었다. 나는 나무가 아니지만 내 그림자는 나무 모양일 수도 있지 않은가?

나무에게 빚을 먹이다

나무에게 어떻게 빚을 먹일 수 있을까? 방글라데시에서는 "로드 카와노"라는 단어의 뜻 그대로 화분을 밖에 내놓아 햇볕을 쬐게 해준다. 처음에는 나무 주위에 LED와 꼬마전구를 붕대처럼 둘러 빛을 강제로 퍼붓는 실험도 해보았다. 하지만 나무의 고통을 더 이상 지켜볼 수 없었다. 아이스크림을 좋아하는 것과 아이스크림을 가득 채운 통에서 알몸으로 수영하는 것은 전혀 다른 문제다. 아무리 좋아하는 것이라도 끝없이 먹어 치울 수는 없다. 나무는 분명 이런 빛의 과잉을 견디지 못한다. 부자연스러운 고문의 잔인함은 새들을 봐도 명백했다. 전구 무더기에 둘러싸인 나뭇가지에는 어떤 새도 앉지 않았다. 페이스북에서 뉴욕 공원의 이런 나무들 사진을 본 친구가 한마디 했다. "세상 무엇이 이보다 더 잔인할 수 있을까?" 인위적 아름다움을 향한 갈망은 곧장 극단적인 다이어트, 왁싱, 성형 수술 같은 폭력으로 치닫는다. 나무도 예외가 아니다. 음식을 만들어줄 나뭇잎이 더 필요할 12월의 헐벗은 나무는 더 이상 아름답지 않다. 전등은 그들을 불타는 소녀의 모습으로 바꾸어 버린다. 엄청난 빛의 폭포에도 불구하고 LED 줄에 칭칭 감긴 나무들은 더 이상 그림자를 드리우지 않는다.

나무 그림자로 만든, 그래서 일시적이면서 덧없으며 햇빛에만 의존하는 내 작품은 날 것 그대로의 원생 미술이며 아웃사이더 아트다. 나무도 마찬가지다. 언제나 무엇에도 길들지 않은 삶 그 자체의 아름다움일 뿐이다. 우리는 서로 너무나 닮았다.

나무 그림자 되기

저녁이면 나는 벌판에 나가 내 그림자를 펼친다. 어스름 내리는 땅 위에서 팔다리와 그 그림자가 각자의 방식으로 노닐고, 각도와 빛과 그 외 모든 것이 맞아떨어지는 운 좋은 날이면 나와 내 그림자는 어느새 나무가, 그것도 막 새잎이 움틀 것만 같은 가지를 마음껏 펼친 나무가 된다.

물론 나는 여전히 나무가 아니다. 하지만 그 순간 적어도 나는 나무의 그림자로 다시 태어났다.

4

만일 내가 참파꽃이 된다면.

〈참파꽃〉, 라빈드라나트 타고르

라빈드라나트 타고르의 정원

서벵골주 볼푸르에는 라빈드라나트 타고르가 세운 비스바-바라티대학교가 자리하고 있다. 거기에는 학교에 딸린 〈수바르나레카〉라는 서점이 있다. 길목에 있어 학생들이나 교수들은 물론 라빈드라 기념관의 기록보관소를 찾아온 사람들도 들려가는 곳이다. 샨티니케톤 지역에서 책이나 사람에 대해 건너들은 소문이나 숨겨진 뒷이야기가 궁금하다면 이 서점을 찾아가면 된다.

그 주변으로 줄기에 학명이 적힌 팻말을 달고 있는 나무들이 눈에 들어왔다. 불현듯 그 나무들의 이야기를 찾고 싶었다. 하지만 나무의 삶에 대한 뒷이야기 같은 걸 들어본 적이 있는가? 여기 나무들에 관해 **뭐든** 더 알고 싶다며 젊은 서점 주인을 며칠을 안달해 귀찮게 했다. 어딘지 이국적인 분위기를 자아내는 그 나무들이 간직한 뒷이야기에 호기심이 발동했던 터였다. 나흘째 되던 날, 서점 앞 계단 밑에 덩그러니 앉아있는데, 서점주인이 내 마음을 읽은 듯한 미소를 건넸다. 나는 마치 튼튼한 나무 기둥에 달린 덩굴손 마냥, 냉큼 일어나 그의 뒤를 바짝 따라갔다. 그는《샨티니케톤의 나무》라는 책의 복사본을 만들어놓았다. 손끝에 만져지는 복사본 표지의 나무 그림이 너무 밋밋해서 왠지 섭섭한 마음이 들었다. 으레 작은 이파리들을 달고 있는 보통의 옹이투성이 나무 그림이었다. 수랜드라나트 데의 책 표지라면 뭔가 좀 다를 거라 기대했던 것 같다.

그날 오전에는 정말 운이 좋았다. 라빈드라 기념관의 서적 코너에서 얄팍한 책 한 권을 찾아냈고 구매까지 했다. 책 제목은《우타라얀의 정원과 나무들》이었고 저자는 데비프라산나 차토파디야였다. 우타라얀은 다섯 개의 가옥—코나르크, 샤말리, 푸나차, 우디치, 그리고 치트로바누—을 통칭한 이름이다. 여기서 라빈드라나트는 말년을 보냈고, 차토파디야는 타고르가 살던 곳에 관한 간단한 역사를 전해준다. 우타라얀의 정원들은 1919년과 1938년 사이에 조성되었다. 라빈드라나트의 아들, 라틴드라나트는 미국에서 농업과학을 공부하고 돌아와, 20년에 걸쳐 다섯 개의 가옥을 건축했다. “세계”와 “인도”를 뜻하고 상징하는 “비스바-바라티”의 정신을 삶으로 실천하기 위해 가옥마다 정원과 뜰을 들여, 나무 공간을 조성했다고 한다. 우타라얀의 건축 양식은 라자스탄 지역과 불교, 그리고 이슬람의 영향을 받았다. 정원은 라틴드라나트와 재능과 호기심이 많았던 그의 아내 프라티마 데비가 해외여행 중 보거나 아버지 라빈드라나트로부터 직접 들은 이야기에서 영감받은 것으로 이탈리아, 영국, 일본, 그리고 중국풍이 더해져 가옥과 조화를 이루었다.

작가 데비프라산나 차토파디야는 거의 40년이란 세월을 이곳 정원에서 일하며 보냈다. 1963년 정원 관리인으로 처음 합류했던 시절에는 프라티마 데비도 살아있었다. 그가 책을 쓰기 시작한 것은 은퇴가 다가온 1997년이었다. 프라티마는 1969년 작고했다. 그래도 처음 일을 시작하고 6년간은 그녀 밑에서 일을 했기 때문에 라틴드라나트가 정원을 조성하는 동안 쏟아부은 애정과 노력에 대해 익히 들은 터였다. 라빈드라나트부터 그의 아들 그리고 그들 사후의 다른 정원 관리사들에 이르기까지 이어지는 한 가지 분명한 직업 정신이 있었다. 연중 계절마다 피는 꽃으로 군락을 만들어 식물끼리 조화를 이루는 정원을 가꾸어야 한다는 것이었다. 라틴드라나트는 식물학을 도입했고 특히 미학에 대한 애정을 이 정원에 담아냈다. 나무마다 그 나무만의 독자적 생명력이 있듯 샨티니케톤도 그만의 고유한 아름다움과 특성을 지니고 있었다. 이런 특성은 우타라얀의 첫 가옥인 코나르크 근방에 시물나무의 탄생과 그 역사에서 엿볼 수 있다. 라니 찬다는 라빈드라나트의 말년에 정원 관리사로 일했다. 그녀의 남편 애닐 찬다도 라빈드라나트의 비서로 일했다. 언젠가 그가 쓴 글에서도 등장하는 시물나무는 이제 너무나도 유명한 나무라 코나르크의 상징처럼 되었다. "코나르크 맞은편 베란다 근처에 어린 시물나무 묘목이 고개를 내밀었다. 나의 훌륭한 스승은 이 광경을 보고 기뻐했다. 그는 묘목을 돌보기 시작하고는 규칙적으로 물을 주었다. 나무는 무서운 속도로 자라는데, 가지는 지나치게 앙상해 보여서 라틴드라나트는 두려움을 느꼈다. 폭풍이라도 몰아치면 나무 때문에 집이 내려앉고, 베란다나 지붕도 와르르 무너져내릴 것만 같았다. 더 이상 나무를 못 자라게 해야 할 판이었다. 그 소식을 들은 나의 스승은 슬픔에 빠졌다. 나무는 맹렬한 기세로 성장했고 날마다 키가 쑥쑥 자랐다. 장마가 내리던 어느 날엔 덩굴 식물 말로티라타가 나무 아래에 모습을 드러냈다. 스승님은 그 꽃의 연한 줄기를 어린 시물나무에 감싸주었다. 조금이라도 어린줄기를 지탱시켜 자리를 잡을 수 있게 하기 위함이었다. 시물나무는 어느덧 거대한 고목이 되었고, 말로티라타의 여린 줄기와 넝쿨은 계속해서 나무 주위를 감싸고 있다."[39]

라빈드라나트 타고르의 아버지 마하르쉬 데벤드라나트는 1863년 이 정원에 있던 흑판수 두 그루 주변을 다진 후, 명상을 위한 공간으로 선언했다. 그때 라틴드라나트는 두 살쯤 되었다. 볼푸르에서 한적한 데를 찾아 선택한 곳이었지만, 아무도 살지 않는 거대한 황무지였다. 그는 볼푸르의 자갈밭을 경작지로 탈바꿈시켰다. 150년이 지난 지금에도 상상하기 어려운 실로 대단한 일이었다. 얼마 지나지 않아 그곳에는, 망고, 잭프루트, 코코넛, 야자수, 수양버들, 가자나무, 자바사과나무, 사라수, 바쿨나무, 밤송이꽃나무 그리고 마두카나무가 자라나기 시작했다. 평화의 집을 의미하는 "샨티니케톤"은 한참 후에 나온 이름이다. 대규모 사업으로 척박한 황무지에서 최고의 열대 과일나무가 가득한 오아시스로 탈바꿈한 덕에 새 이름이 붙었다. 미사여구는 필요 없었다. 사람들은 그곳을 간단히 "baggan" 즉 "정원"이라고 불렀다. 바로 거기서부터 모든 것이 시작되었다.

더 많은 땅을 얻게 되자 정원도 점차 커져서 새로운 공간으로 밀고 들어가기 시작했다. 하지만 엄격하고도 거의 금욕에 가까운 방식을 고수했던 데벤드라나트는 자신을 처음 샨티니케톤으로 불러들인 두 그루의 흑판수 그늘을 고집스럽게 지켰다. 이는 람다스라는 정원 관리사의 주요한 업무였다. 저널 《통일과 사역》은 1901년 10월 2일 발행 판에서 〈샨티니케톤, 또는 볼푸르의 순례자〉라는 글에 특별히 람다스를 언급했다. "람다스라는 이름의 정원 관리사의 이력이 눈에 띈다. 그는 샨티니케톤 정원의 기초를 다진 사람이다. 처음에는 라자 람모한 로이에게 고용되어 영국으로 따라갔다가 주인이 죽자 인도로 돌아왔다. 그 후 바르다함 마하라자 밑에서 일하며, 그 유명한 골랩바그 정원 조성에 참여했다. 이런 방면에서 아주 고급스러운 취향을 갖고 있던 마하르쉬는 람다스를 채용해서 수준 높은 작업을 맡겼다."

라빈드라나트는 자리를 잡고 아주 살 목적으로 1901년에 샨티니케톤으로 들어왔다. 그리고 아버지가 명상하던 흑판수 두 그루 근방에 브라마차리야(완전한 금욕—옮긴이) 아슈람을 세웠다. 샨티니케톤의 성장이 본격화되자 나무의 공간도 함께 늘어갔다. 사라수 주변의 가옥 "샬비티"와 망고나무 숲 한가운데 있는 작은 운동장 "암로쿤조", 달콤한 향기를 내는 아제목다 꽃밭과 인접한 곳에 "아제목다쿤조"가 새로 생겼다.

여러 분야에 미친 영향력으로—문화, 문학, 음악, 미술, 음식 전통, 의복 혁명 등—타고르가 벵골 사람들의 생활방식을 바꾸었다고 하는 말을 종종 들어봤다. 그러나 삼대에 걸친 타고르 가문이 자생이 어려운 척박한 땅에서 어떤 식으로 식물의 생장을 도왔는지 칭찬하는 얘기는 듣지도 보지도 못했다.

나의 외조부모님은 두 분 다 의사였다. 그들은 영국에서 몇 년간 교육을 받았고, 1947년 인도가 독립하고 몇 년이 지나서 볼푸르의 부반당가 지역에 정착하기로 했다. 라틴드라나트 생전에 짧은 시간 그와 알고 지냈던 나의 외조부모님은 그가 죽었을 때 우리 엄마에게 뒷마당에 부겐베리아 관목을 심게 했다. 외할아버지는 버범과 부르드완 지역에 땅을 차지하고 있던 지주 가문 출신이었지만 왕립외과대학 전임의사 학위를 얻은 후 의술을 펼치려 콜카타 근처, 하우라 지역으로 돌아갔다. 영국인이었던 외할머니는 입던 옷가지들도 다 버리고 고국으로 돌아가는 남편을 따라왔을 만큼 전형적으로 동양을 사랑하는 사람이셨다. 1950년대 초반 무렵 외할머니는 도시의 삶을 어느 정도 경험했고 또 그렇다고 생각했던 것 같다. 그러고는 자연으로 돌아가 자신만의 방식으로 직접 꾸려가는 삶에 매료되어, 외할아버지도 함께 가자고 설득했다. 아마도 라빈드라나트의 여정을 재현해 보려고 했던 것 같다. 시인 타고르는 할머니 세대의 많은 사람에게는 삶의 규범들을 부수려 노력했던 대중 철학자였고, 일테면 우드스탁 페스티벌도 없던 그 시절의 진정한 히피였다. 그래서 외조부모님은 볼푸르로 왔고 바로 흙집을 지었다. 외할머니는 그 만의 삶의 방식을 철저히 따랐다. 가금류와 소 키우기, 채소밭 가꾸기, 잘 아는 관리사가 있는 콜카타의 시푸르식물원에서 얻은 나무의 표본화 작업 등이다. 외할머니는 이보다 더 많은 일을 했다.

외할머니는 내가 한 살도 채 되기 전 돌아가셔서 그녀에 대한 나의 인상은 엄마, 삼촌, 숙모, 그리고 나이 많은 사촌들에게 들은 기억을 짜깁기한 것이다. 외할머니는 라빈드라나트의 아내 프라티마 데비보다 몇 년을 더 사셨는데, 노화로 인한 질병에도 매일 아침 우타라얀 단지로 산책하러 나갔다. 엄마 말로는 외할머니가 비스바-바라티대학교의 정원 관리사한테 정원을 가꾸는 몇 가지 방법을 배워서 따라 했다고 한다. 그래도 외할머니는 "올바른" 정원 만들기 같은 건 절대 따라 하지 않았다. 사실 라빈드라나트가 정원을 만들 때 가장 심혈을 기울였던 그 방식을 할머니는 인공적인 아름다움이라고 여기며 거부했다.

정원은 타고르의 단편, 중편, 장편소설의 배경으로 자주 등장한다. 차토파디야는 타고르가 아마다바드의 샤히바그와 뭄바이에 있던 가정교사 안나 타카르의 집 정원에서 깊은 인상을 받은 까닭이라고 말한다. 타고르는 유명한 장미 정원이 있는 실라이다하에서 젊은 시절을 보내기도 했다. 라틴드라나트와 수렌드라나트 카르나, 난달랄 보스가 타고르의 영감을 살아있는 정원으로 만들지 않았다면 장소를 향한 예찬은 글쓰기에만 머물렀을 것이다. 식물을 향한 라빈드라나트의 관심과 애정은 딸들이나 지인들에게 보낸 편지에서도 드러나는데, 특히 샨티니케톤을 떠나있을 때 도드라졌다. 일례로 1933년 여름 딸 미라에게 보내는 편지에서 이렇게 적고 있다. "드디어 인도사군자나무에 생기가 돌기 시작했단다. 이제부터는 나무에 네 목욕물을 뿌려서 열기를 식혀주는 걸 잊어서는 안 된다. 이번 우기에는 사람들을 시켜서 내 방으로 이어지는 길가의 님나무와 자귀나무, 그리고 다른 꽃나무들도 좀 심으면 좋겠구나. 잭프루트나무를 몇 그루 심어도 좋을 것 같다. 사원에서 가져온 부서진 첨탑은 내 정원 모퉁이에 잘 두어라. 그러면 나중에 시계꽃나무가 그걸 타고 올라갈 거야."[40]

라빈드라나트의 고향을 그리는 마음에는 식물 가족을 향한 그리움도 포함되어 있었다. 다즐링의 망푸 구릉지에서 비스바-바라티대학교의 직원인 사치다난다 로이에게 보낸 편지에서는 이렇게 적었다. "정원 관리에 각별하게 신경을 써주게. 카멜리아Chameli를 좀 심어서 신뢰를 뜻하는 차멜리아Chamelia라는 이름을 붙여두면 좋겠네. 나는 키가 큰 나무들을 좋아하지만, 그래도 지붕 높이를 넘지 않도록 해주게. 차풀나무도 신경 써주고. 꽃은 겨울에 피어도 키가 아주 빨리 자라는 나무니까. 마하님나무나 시물나무같은 나무들은 그곳 토양에 쉽게 뿌리를 내리니, 야생 아라비안재스민으로 울타리를 만들면 근사할 걸세. 소는 붉은 협죽도를 안 먹지만 그 꽃은 참 찬란하게 피니까, 희고 붉은 협죽도를 서로 나란하게 두게. 레몬꽃은 향기가 정말 좋으니 그것도 좀 준비해 주면 좋겠네. 딜레니아나무 꽃도 아주 현란하지. 자귀나무 꽃, 자바사과나무 꽃, 장미도 내가 아주 좋아하는 꽃들일세. 시바 신의 자바나무에 잎이 나기 시작하면 담당하여 돌볼 사람을 고용해야 할 거야. 오뉴월엔 내내 정원에 물을 줘야 할 테니까. 협죽도와 난초나무를 어우러지게 하려면 나무 열이 좀 흐트러질 수도 있다네. 꽃치자나무를 몇 그루 심어도 좋을 것 같고. 나는 흑판수와 밤송이꽃나무는 별로 좋아하지 않는다네. 그리고 내가 있는 지역에서는 미얀마자귀나무가 왜 제대로 자라질 못하는지 이유를 좀 알아봐 줄 수 있겠나?"[41]

정확히 그가 죽기 1년 전인 1940년 4월에 작성된 이 편지에 대해서 특별한 점 두 가지를 언급할 수 있다. 하나는 샨티니케톤의 나무에 대한 시인의 넘치는 관심이며, 다른 하나는 더 많은 나무를 심고 싶었던 욕심이다. 타고르는 여행을 비롯해 다른 지역에 있던 그의 가옥들, 그리고 고향을 그리는 마음에 관련된 많은 글을 적었다. 특히 그는 향수를 달래는 방편으로 오래 머무는 장소마다 새집을 지었다. 하지만 그는 새로운 공간에 있는 식물과 나무 키우는 일에 그토록 열정을 쏟지는 않았다. 예를 들어 실롱은 타고르가 유명한 희곡 〈붉은 협죽도〉을 썼던 곳이다. 그가 머물렀던 집의 현재 집주인은 당시 자신의 장인이 타고르에게 집을 내줬다며 앞마당에 서 있는 붉은 쌍둥이 협죽도 두 그루를 나에게 보여주었다. 망푸에서도 타고르는 히말라야에 자리한 시인 마이트레이 데비의 집에 머물렀다. 그 집의 정원은 화려한 산꽃이 가득했다. 마이트레비 데비의 말에 의하면, 그곳에는 타고르가 가장 좋아했던 파인트리가 여전히 남아있다. 1927년 페낭에서 딸 미라에게 보낸 또 다른 편지에서 그는 이렇게 적었다. "코나르크에 있는 나무들이 잘 자라고 있는지 궁금하구나. 그 나무들을 생각하면 심장이 조여오면서 슬픈 생각이 든단다."[42]

나와 같은 연인들이 로맨스 영화를 보거나 책을 읽을 때 자주 느끼듯 이 편지들을 읽으며 나는 마치 사랑을 나누는 듯한 황홀감에 빠져들었다. 그러다 문득 유럽 도시 출신의 우리 정원 관리사에게 전화할 일이 떠올랐다. 금전수가 담긴 화분의 물은 갈았을까? 장미 관목 주변의 흙을 골랐을까? 화분에 담긴 식물들을 발코니로 옮겨서 햇볕을 쏘였을까? 끝도 없이 걱정이 올라온다. 마치 어린이집에 아이를 맡긴 워킹맘처럼 걱정이 가득하다. 걱정 많은 거로 치자면 라빈드라나트와 나는 거의 친척이랄 만큼 닮았다.

어떤 한 가문에 지나친 관심을 쏟는 내 모습이 때로 어리석게 느껴졌다. 모든 사랑은 되풀이되는 가족 내력이라는 굴레를 벗어나 특별해야 하지 않을까? 그래도 나의 사랑의 본질과 대상이 너무 특이하다 보니 용인될 수 없을 듯한 이 애정을 한 가족에게 쏟아도 될지 의아했다. 라빈드라나트뿐 아니라 그의 아버지 그리고 그의 아들에게도 나는 혈족 같은 애정을 느꼈다. 한 남자가 있다. 유럽에 머물던 그는 실론흑단나무에 꽃이 핀 광경을 무척 보고 싶어 했다. 그는 샨티니케톤학교 학사 일정표에 1928년 7월 14일을 "브릭샤-로폰 우차브"라는 나무 심는 날로 선정했다. 나무 심기 기념식을 거행한 후 그는 며느리에게 편지를 썼다. "행사는 네 화분에 있던 보쿨나무를 땅에 옮겨 심는 것으로 시작했단다. 이보다 더 행운이 깃든 나무를 떠올릴 수가 없구나. 축복받은 자리에 나무를 옮겨 심는 사이, 귀여운 소녀들이 나각을 불고 노래를 불렀다. 요기 샤스트리 마하쇼이가 산스크리트어 구절들을 암송하고, 나는 내가 만든 시 여섯 편을 차례로 낭송했다. 우리는 나무에 화관을 씌우고 향을 피우고 멋진 팡파르를 울리며 그 나무를 맞이했다. 현재 나무는 아주 잘 자라고 있단다. 네 화분에서 땅으로 자리가 바뀌었는데도 별 이상이 없어 다행이다."

식물을 사랑하는 타고르의 마음이 가장 잘 드러난 것은, 바로 식물에게 새로운 이름을 지어주는 습관이었다. 당시에는 신랑 가문에서 갓 결혼한 신부에게 새 이름을 지어주는 것이 흔한 관행이었다. 타고르는 식물에게 그 지역만의 구어적인 새 이름을 지어주면서 그 관행을 이어갔다. 가끔은 식물의 기존 이름의 어감이나 의미 없는 이름이 마땅치 않아서, 또 대부분은 그저 낯선 꽃에 이름을 지어주는 것을 즐기다 보니 그 관행은 더 잘 이어졌다. 타고르는 낯선 꽃에 이름을 지어 불러주며 정말 깊은 애정과 다정함을 느꼈다. "줄기는 꽃이 머무는 곳이다. 그러나 이름을 지어주면 꽃은 우리 마음에 머문다. 알아주는 이 하나 없어도 우리나라에는 수없이 많은 꽃이 자라난다. 이토록 꽃에 무관심한 나라가 또 있을까 싶다. 아마도 잘 알려지지 않았을 뿐, 이 꽃들도 이름이 있을지도 모른다. 그저 향기가 좋다는 장점 덕분에 유명해진 꽃들이 있다. 그렇다면 이런 꽃들은 아무런 관심이 없는 누군가가 어쩌다 그냥 소개했을 수 있음을 의미한다. 문학은 변함없이 꽃으로의 초대를 받고 있다. 나는 많은 꽃의 이름을 알고 있지만, 잘 모르는 꽃들도 있다. 그렇다고 그 꽃들에게 나를 소개하려 했던 적은 없다. 나는 꽃 이름들이 서로 운율이 맞을 때, 참 만족스럽다. 하지만 꽃의 품종에는 관심이 없다."

식물과 꽃 이름에 한결같이 무관심한 나로서는 식물과 나무에 이름을 지어주고 싶었던 타고르의 열망이 주변 환경 탓인지 혹은 서양에서 받은 영향 탓인지 궁금했다. 이 점에서만큼은 타고르와 내가 좀 다르다고 느꼈다. 길거리, 기차역, 공항, 그리고 서점에서, 남자, 여자, 어린이 등 많은 낯선 사람들에게 마음이 가도 그들의 이름을 물을 필요를 느낀 적은 없었기 때문이다. "이름이 뭐니?"라는 말이 아이들이 답을 하도록 배우는 첫 질문 중 하나라는 점이 언제나 별로 마음에 들지 않았다. 이름이 사람의 정체성을 알리는 중요한 부분이라는 사실이 나는 참 곤혹스럽다. 이름이 처음 지어질 때 정작 우리 자신은 우리 이름에 대한 통제력을 갖지 못한다. 심지어 살다 보면 그 이름이 우리 삶을 어느 정도 통제하게 되니까 말이다. 셰익스피어가 유명한 대사에서 꽃을 예로 들어 이름의 무의미함을 분명히 한 것은 단순한 우연의 일치일까? "이름이 무엇이든 어떠리? 우리가 장미라고 부르는 꽃은 어떤 이름으로 불러도 향기가 좋을 것이다."

하지만 나는 아마도 라빈드라나트를 잘못 판단하고 있었던 모양이다. 어쩌면 식물과 나무에게 이름을 지어주고 싶었던 그의 마음은 사랑이었을 수도 있다. 연인들이 서로에게 애칭을 지어 부르듯 자신이 좋아하는 우타라얀의 꽃과 나무에게 다시 이름을 지어주고 싶은 충동이 솟구쳤을지도 모른다. 우리는 이러한 사실을 〈보노 바니〉라는 그의 시에서 엿볼 수 있다. "나는 샨티니케톤의 우타라얀에서도 가장 구석에 있던 집에서 살았다. 이 집 뜰에 고인이 된 친구 피어슨이 외래종을 심어두었다. 오랜 기다림 끝에 나무는 마침내 마디마다 파란색 꽃을 송이송이 피우며 그 정체를 드러냈다. 꽃은 지나갈 때마다, 파란색에서 언제나 깊은 행복감을 느꼈던 나를 불러 세워 나무 옆에 고요히 서 있게 했다. 나는 또한 시인으로서 꽃과 이야기를 나누고 싶었지만, 부를만한 이름이 없었다. 그래서 나는 그 식물을 그냥 닐모닐라타라고 이름 지어 불렀다."[43]

앞서 인용된 편지들에서는 무명의 친숙하지 않은 꽃들에게 체계적으로 이름을 붙일 필요가 있다며, 시인의 과학적인 성향이 드러난다. 하지만 〈보노 바니〉에서 그가 꽃 이름들을 언급한 것과는 모순된다. 따라서 이것이 시인의 기질적인 특성임을 단박에 알 수 있다. 달콤한 향기를 내뿜는 인도사군자나무의 꽃에 관하여 라빈드라나트는 다음과 같은 글을 썼다. "이 덩굴식물은 분명히 이국적인 이름이 붙어있다. 그러나 이름을 알지 못할 뿐만 아니라, 꼭 알아야 할 필요도 없다. 우리나라에 있는 사원들은 이 꽃들을 안 좋아하지만 사원 밖에 사는 신은 이 꽃들을 즐겨보며 흡족해할 것이다. 배움과 지식의 여신 사라스바티의 시를 어찌 사원 안에만 가두어둘 수 있겠는가. 그래서 나도 시를 써서 이 꽃들에게 찬사를 보내기로 했다. 하지만 먼저 새 이름부터 지어주어야겠다. 이 꽃의 아름다움과 본질에 이국적인 것은 아무것도 없다. 우리나라 토양에서도 문제없이 잘 자라고 있으니 인도의 **토속적인** 이름을 지어서 나만의 꽃으로 삼아야겠다."[44] 타고르는 그 꽃에 "마두만자리"라는 이름을 붙여주었다.

타고르의 명명식은 식민지화의 사명을 수행하듯 부적절

한 이름이 붙어있는 식물마다 이름을 바꾸어 나갔다. 지역민들이 부노풀이라고 부르는 야생화 또는 정글의 꽃을 발견하고는 숲속의 기쁨이라는 "익소라 보노푸록"으로 다시 명명했다. 같은 해 현지인들이 무지개를 닮은 꽃 람드훈참파라고 부르던 오크나 스퀘로사를 "노랑이"로 다시 명명했다.

헤만타발라 데비에게 보내는 편지에서 그는 "노랑이"가 형언할 수 없이 아름답다고 쓰고, "노랑이"를 편지에 넣어 보내기로 했다. "이 편지와 함께 꽃 한 송이를 보낸다. 그렇지만 우편 배송 중 다 으스러져, 네 손에 그 꽃이 닿을 때는 고약한 시어머니의 모진 시집살이를 견디다 자기표현을 거부해 버린 새 신부 같은 모양일 것 같구나."[45] 나는 이 글을 읽다가 저절로 미소가 떠올랐다. 나도 정원이나 길가에서 꽃을 꺾어다 멀리 있는 연인이나 외국에 사는 친구들에게 보냈던 기억이 났기 때문이다. 타고르는 능소화과 고라님나무를 "이슬 한 바구니"라고 다시 이름 지었다. 그의 편지에서 이 대목을 읽다가 문득 내가 아는 시 속의 그 나무와 같다는 것을 깨달았다. "나무의 키는 크고 잎은 님나무와 비슷하며 꼭대기는 흰 꽃으로 뒤덮여서 나의 백발과 닮았다."

사람 같은 나무에, 시인을 닮은 나무라.

산탈족 사람들은 산꽃을 참 좋아했다. 그들이 "랑골풀"이라고 불렀던 쟁기 모양의 꽃을 라빈드라나트는 "불기둥"이라고 이름 지었다. 타고르는 산탈족의 한 어린 소녀에게서 이 꽃을 선물로 받으며 처음 알게 되었고, 그 즉시 새 이름을 지어 붙였다. 며느리 프리티마 데비는 자신의 에세이 〈꽃을 사랑하는 라빈드라나트〉에서 타고르가 코나르크 가옥 뒷마당과 관련하여 이를 언급하는 장면을 회상하고 있다. "여기 정원은 네가 가장 좋아하는 꽃만으로 채워서는 안 된다. **나처럼 그저 평범한 나무들이 자랄 수 있는 곳으로 가꾸어라.**"[46] 나는 이 구절을 몇 번이고 반복해서 읽었다. 나는 도저히 확신이 안 섰다. 나를 나무와 구분 짓는 나의 과도한 상상력으로 시인의 언어에 내 무의식을 포개놓은 것일까. 나와 안면 있는 사람이라면 나에 관해서 다들 이미 알고 있었다. 나의 소원이 나무가 되는 것이라는 사실 말이다. 나는 거대한 반얀트리나 무화과나무가 아닌, 화려한 협죽도나 자카란다 꽃도 아닌, 장미나 차나무 관목도 아닌, 보통의 나무가 되고 싶었다. 평범한 나무가 되고 싶었을 뿐이다. "평범"이 일반적으로 식물을 묘사하는 표현이 아닌 것도 알고 있다. 하지만 이 보통의 식물이 바로 내가 되고 싶던 것이다. 잔디, 이끼, 잡초같이 사람의 이목을 끌지 않는 것, 인간에게 **쓸모**가 없는 것, 그래서 어느 성실한 식물학자의 재미없는 일기의 보충 설명란에나 겨우 올라 있을 법한, 이름도 없는 그런 존재 말이다. 날 때부터 세간의 주목을 받은 타고르에게서 나는 뜻밖에도 보통의 평범한 삶을 향한 연대와 지지를 발견했다. 평범한 나무가 되라는 강력한 촉구처럼 다가왔다. 그의 이런 보통 지향의 소망을 충족시킨 한 가지 방법은 선인장과 다른 가시 돋친 식물에 더욱 관심을 쏟는 것이었다. 이런 수종은 정원사들에게 협력적이지도 않고 나뭇잎도 그럴듯하지 않으면 시선을 끌기 어렵다. 라빈드라나트의 나이가 육십 세가 되었을 무렵, 코나르크의 뒷마당 구석에는 이 가시 돋친 식물들로 꾸며진 "평범한" 정원이 만들어졌다. 이 정원에 평범한 선인장만 있던 것은 아니었다. 예를 들어, 타고르가 뱀 신의 이름을 따서 "카타 나게슈바라"라 명명했던 선인장이 있었는데, 멀리 떨어진 트리푸라 왕궁의 정원에서부터 온 것이었다. 이 식물들은 손이 많이 가지 않는다는 점에서 타고르를 기쁘게 했다. 타고르가 정원의 다른 식물처럼 규칙적인 관심과 돌봄을 받을 필요 없는, 강한 자생적 본능을 지닌 식물과 나무가 되고 싶었던 이유는 아마 나이 때문이었을 것이다. 진실은 아무도 알 수 없지만. 물도, 양분도, 관심도, 돌봄도 거의 없이, 선인장은 무성하게 자랐다. 위대한 시인이자, 대지주의 아들이었던 라빈드라나트는 거의 이상에 가까운 방식으로 그런 나무가 되길 간절히 바랐다.

시인의 아들 라틴드라나트는 주로 우타라얀 내 정원을 풍요롭게 가꾸는 일을 책임졌다. 그는 농업과학과 그와 관련된 식물학은 물론이고, 시인 칼리다사의 나무 묘사, 힌두교 성전聖傳문학, 비슈누파 문학, 그리고 불상 조각도 공부했다고 한다. 이러한 풍부한 문학적 영향은 라빈드라 기념관 기록보관소에 소장되어 있는 그의 에세이 〈정원〉에서 잘 드러난다. 그는 무굴제국의 영향, 예술가이자 과학자로 평가받는 무굴제국 황제를 향한 존경심, 그리고 무굴제국의 예를 본떠서 어떻게 우타라얀 정원으로 분수를 들였는지를 언급하고 있다. 그는 영국식, 이탈리아식, 그리고 일본풍의 정원에서 배움을 얻었다. 차토파디야의 정원 묘사에서 볼 수 있듯 우타라얀 정원들은 그야말로 식물학을 공부하는 학생들에게 살아있는 실험실이다. 서점에서 발견했던 《샨티니케톤의 나무》 복사본은 이 정원에 있는 모든 주요한 식물들을 총망라한 카탈로그다. 나는 굳이 "주요한"이라는 단어를 사용하고 있지만 어떤 나라나 장소에 관한 역사에서 노숙자를 언급하지 않듯이 이 책처럼 쓸모없는 잡초를 다루는 카탈로그는 현재에도 없고, 앞으로도 없을 것이다. 식물의 삶에 대해 내가 느끼는 강한 친밀감은 감정과 심리적 요소와 관련 있다. 목록의 첫 몇 페이지에 나온 나무 이름 정도는 외워보려 했으나 이내 포기했다. 그때 비로소 깨닫게 되었다. 비록 좀 늦은 감은 있지만 내가 더 흥미를 느꼈던 것은 샨티니케톤의 나무들이 아니라, 나무를 보살피고 또 자신이 나무가 되기를 원했던 그 사람들임을. 1948년 조각가와 미술가 모임은 이것이 라틴드라트의 방식이라고 인정했다. "라틴드라나트 타고르는 꽃을 아끼는 마음에 과학적인 접근을 더해 꽃을 잘 아는 사람이 되었다. 과학적인 방식으로 꽃들의 생장 패턴에 대한 확실한 논리를 도출하고, 꽃들에게 공간과 땅을 내주어 스스로 향기를 맡을 수 있도록 했다."[47]

나무가 있던 어린 시절

흑판수는 일곱 개의 나뭇잎 덕분에 라빈드라나트에게서 "샤와프토포르니"라는 새 이름을 얻어 샨티니케톤에서 독보적인 지위를 누리고 있다. 앞서 보았듯 시인의 아버지 마하리쉬는 두 그루의 흑판수 사이에 작은 공간을 명상하는 자리로 선택했다. 타고르는 편지글에서 흑판수를 별로 좋아하지 않는다고 언급한 바 있다. 그런 그가 월계수에 견줄만한 나무라고 선택한 것이 바로 이 흑판수다. 고대 그리스에서 지혜로운 우승자에게 월계수를 수여했듯 타고르의 대학교에서는 졸업식 날 줄기 같이 가는 팔목에 연결된 손가락처럼 나뭇잎 일곱 장이 달린 흑판수 가지를 학생들에게 준다. 라빈드라나트처럼 한 지방의 꽃을 특별한 자리로 격상시켜 놓은 교육자는 거의 없다. 샨티니케톤에서 봄 행사로 개최되는 색채의 향연 "홀리 축제" 때, 거의 모든 여학생이 숲속의 불꽃이라 불리는 앵무새나무의 꽃송이를 들거나 머리에 꽂고 혹은 화환이나 팔지를 만들어 다닌다.

1901년 어린이들을 위해 타고르가 세운 파타 기념관 학교의 학생들은 일찍이 자연 과목을 공부했다. 벵골어로 된 〈자연 공부: 교사용 지도서〉를 기본지침서로 사용했다. 아닐 쿠마르 데가 엮은 이 책은 오늘날 인도의 학교나 대학의 필수 과목인 EVS(환경 공부)처럼, 교실에서 사용할 목적으로 만든 교과서가 아니다. 오히려 학생들에게 자연에 대한 사랑을 심어주고자 하는 책이다. 편집자가 명시하듯 타고르의 의도는 우리가 말하는 환경보존 정책과는 거리가 멀었다. 나는 이점에서도 타고르에게 친척 같은 동질감을 느낀다. 내가 식물을 아낀다는 걸 아는 지인들이 나를 환경운동가라 부를 때 나는 아주 질겁을 했다. 사랑에 빠진 사람은 사랑의 관념을 믿어서 사랑을 하는 게 아니다. 그게 무엇이든 사랑하지 않을 수 없기 때문에 사랑할 뿐이다. 중학교 교육과정에서 역사와 환경과학, 이 두 과목이 불러일으킨 도덕적 세계에 나는 혼란을 느꼈다. 한 과목은 과거의 시사풍자극에서 교훈을 끌어내는 데 주안점을 두고, 다른 과목은 지구 종말에 대한 미래지향적인 두려움에 초점을 두었다. 1909년 산스크리트어 작가 크쉬티 모한 센에게 보낸 편지에서 말하고 있듯 타고르가 우리 주위의 생명에 관심을 둔 이유는 단순했다. "우리는 좀 더 노력해서 학생들이 아슈람 주변에 있는 새나 동물, 그리고 식물들과 친해질 수 있게 해야 합니다."[48] 그는 아슈람 일정표에 계절과 식물의 생장에 따른 행사 목록을 나열했다. "여름에 열리는 숲속 보호 축제, 우기에는 협죽도-흑판수 축제, 가을에는 아라비안자스민 축제, 사라수 숲에서 열리는 봄 축제." 샨티니케톤과 아슈람의 교육 정책과 포부에 관한 에세이에서 타고르는 듣고 보고 손으로 직접 배울 수 있는 것들이 자연에 널려 있음에도 어린이들의 오감 교육에 관심이 없는 전통 교육 시스템을 두고 한탄한다. 그러고는 천진난만하게 고백한다. "우리는 암자에 물리와 화학 실험실을 지을 재정이 없어서 식물학과 농업을 가르치고 있습니다."[49] 이를 위해 타고르는 연례 나무 심기 축제를 만들며, 〈브릭샤 반다나〉를 썼다. 벵골어를 연구하는 영국의 번역가 윌리엄 래디스는 이 시를 "나무를 향한 기도"라는 직역 대신 "나무 예찬"으로 번역했다. 그리고 타고르는 이 시를 친구인 식물학자 J. C. 보스에게 헌정했다. 그 시는 어떤 신념으로 시작된다. "오 나무여, 생명의 창시자여…" 그런 다음 여타 이야기로 넘어가서 식물을 향한 타고르의 예찬과 존경의 마음을 드러낸다. "오, 심오한 침묵의 나무여" "인간의 친구여," "이 땅을 사계절 젊음으로 덮어주는 이여" 같은. 그리고 이 시에는 한 사람이 나온다. 그는 단순히 새롭게 나무 예찬론자로 바뀐 사람이 아니다. 태초부터 이 지구상에서 나무의 삶을 살아왔던 것처럼 느껴지는 그런 사람이다.

*

"자연 공부" 이수 과정은 믿을 수 없을 만큼 흥미진진하다. 2단계 수업을 듣는 학생들은 아슈람 주변 식물들의 생애를 관찰하고 연구하는 과정에서 눈을 사용하는 법, 큰 나무 비교법, 촉각과 후각, 청각을 감각하는 법을 익히고 계절마다 나무에 어떤 영향을 주는지 배운다. 다음 해 3단계 수업에서는 아슈람의 나뭇잎, 꽃, 식물들과 상호 작용하며 색, 냄새, 무게에 대한 지식을 알아보고 처리하도록 배운다. 그들은 또한 여러 종류의 식물과 나무들의 삽화를 통해 시간과 속도 그리고 느림에 관하여 배운다. 그다음 해, 마지막 교육과정을 앞둔 4단계 수업에서는 다양한 종류의 토양을 구분하는 법을 배워서 어떤 종류의 식물이 어떤 토양에서 번성할지 이해할 수 있다. 5단계 수업을 졸업할 때가 되면 식물과 인간 그리고 동물의 먹거리를 구성하는 것이 무엇인지 알게 된다. 그들은 시간을 알아내고 측정하는 법, 태양과 달, 산소와 이산화탄소, 그리고 식물과 나무 사이의 관계를 배우고 식물을 건강하게 또는 병들게 하는 것이 무엇인지 배운다.

라빈드라나트는 식물의 생명보다 인간에게 더 큰 특권을 주지 않았고, 이 수업 요강이 그가 나무보다 인간을 더 각별하게 대하지 않았다는 증거다. 이 수업 과정을 통해서 학생들은 계속되는 일상의 드라마 속에서 나무를 단순한 배경이 아닌 참여자나 친구 그리고 이웃으로서 느끼고 이를 계승시켰다. 타고르는 의사나 정신과 의사가 사람을 대하듯 나무들도 개별적으로 연구되어야 한다고 주장했다. 인간과 식물을 동일 선상에 놓는 뿌리 깊은 그의 사고는 자신이 아끼는 아슈람의 나무들에 대해 적은 대부분의 시에 형이상학적 뼈대를 제공한다.

*

나를 샨티니케톤의 나무들에게 데려온 것은 나무에 대해 타고르가 적은 글, 특히 나무를 주제로 한 시였다. 라빈드라나트가 벵골어로 쓰인 나무에 대한 시를 처음으로 내 삶에 끌어들였다. 어려서 배운 시구들은 잘 잊히지 않는다. 그래서인지 흙집 밖으로 쭉 뻗어 멀쑥하게 키가 큰 야자나무 곁에 서니 야자나무에 관한 시가 떠올랐다. 타고르의 시는 야자나무를 다른 나무들 위로 높이 뻗어 나가는 외발의 생명체라 부르며 시작된다. 그는 나무의 잎을 새의 깃털로 생각하며 "새가 되어 창공을 날기를 소망하며 하늘을 쳐다보네"라고 말한다. 온종일 바람이 불고 나뭇잎은 끌어당기는 거센 일렁임에 온종일 몸을 맡기고, 온종일 야자나무는 바람과 함께 날아올라 별들 너머로 날아간다. 마치 새로운 곳을 찾아가듯. 그러나 바로 그때 바람은 잦아들고 야자수 허리 위 환상의 몸짓을 하던 나뭇잎들은 몸통이 뿌리내린 그 땅,

엄마의 품으로 돌아간다. 어느덧 주위는 아름다움이 다시 감싸고 타고르의 상상 속에서 바람에 일렁이는 키 큰 야자수는 시가 된다. 바람이 멈추자 야자수 즉 시인도 원래 있던 그 땅으로 돌아간다.

땅에 붙어있다는 그 한 가지 점을 제외하고, 타고르는 야자나무를 자율성을 지닌 한 사람처럼 여기고 있다. 그러나 땅에 붙어있다는 점에서 나무는 타고르의 다른 시에 나오는 어린아이와 같다. 아이는 책과 공부에 지쳐서 엄마에게 쉬게 해달라 부탁하거나 마음의 휴식을 취한다. 왜냐면 발을 움직일 수 없으니까. 타고르의 대부분의 나무 시에서 내가 느끼는 감정은 시가 나무이며 사람이라는 것이다. 변형은 일어나지 않는다. 다만, 아름다운 유동성만 있을 뿐이라 갈망과 상황에 따라 나무도 사람도 될 수 있다. 반얀트리에 관한 그의 시는 고목이 된 나무를 마치 늙은 족장처럼 묘사하며 시작한다. "텁수룩한 머리를 한 반얀트리여."[50] 이어지는 일상의 움직임은 나무가 지닌 할아버지 같은 감성을 강조한다. 아이는 나무의 뿌리가 얼마나 깊숙이 자리 내렸는지 궁금해하고 마치 할아버지의 무릎에 앉듯 나무의 품으로 파고들어 가지에 앉아 놀고 싶어 한다.

〈정원사〉라는 긴 시에서 어린아이는 늙은 남자에게 꽃을 건넨다. 남자는 이내 소녀를 소녀가 가져온 꽃에 비유한다. 두 사람은 모두 앞을 보지 못한다.

어느 날 아침 꽃밭에서 눈먼 소녀가 다가와 연잎에 싸인 꽃목걸이를 내게 건네주네.
꽃목걸이를 목에 두르니, 내 눈에서는 눈물이 흘러내리네.
나는 소녀에게 입을 맞추며 말했네, "꽃의 눈이 머는 그 순간, 너의 눈도 멀었구나. 너의 선물이 얼마나 아름다운지 너는 모르겠구나."[51]

타고르도 나무나 꽃 혹은 나뭇잎이라도 되고 싶었던 걸까? 그의 시는 꽃과 열매와 나무의 생명을 자연스럽게 인간의 것으로 바꾸어 표현하고 생장하는 모습 역시 인간에 비유한다. 계절 꽃은 사랑과 기다림의 은유로 표현되고, 잎은 자기 기분에 따라 움직이고, 뿌리와 나이테로 관계와 역사의 흔적을 드러낸다. 때때로 타고르는 숲으로 떠나는 여정을 노래하며 자연으로 돌아가는 자신의 모습을 투영한다. "보름달이 뜬 이 밤에 모두가 숲으로 가버렸네." 지난 세기 동안 벵골의 일상적인 풍경이 된 타고르의 노래 〈라빈드라 산기트〉는 식물의 삶이 우리 정서적인 생활의 일부라는 느낌을 받는다. 나는 가끔 벵골 사람들이 흙에서 자라는 진짜 나무보다 타고르의 시에 나오는 나무에 더 큰 관심을 쏟는다는 느낌을 받기도 한다.

타고르 자신이 나무가 되는 별난 공상은 어린이들을 위해 지은, 어린이들에 관해 만든 운율 속에 담겨있다. 야자수가 있고, 반얀트리도 있다. 맞다. 하지만 자신의 갈망이 알려질까 부끄러워하는 타고르의 모습도 있다. 그래서 그는 은유적 표현 뒤에 슬쩍 숨었다. 참파나무에 관하여 쓴 시 같은 데서는 자신을 더 이상 억누르지 않는다.

그냥 재미 삼아 참파꽃이 된 나를 상상해 본다. 나무 높이 뻗은 가지에서 꽃으로 피겠지, 바람에 흔들리며 소리 내 웃겠지, 그러고는 새로 싹튼 이파리 위에서 춤을 추겠지, 나를 알아보시겠어요, 엄마?
엄마는 "아가, 어디 있니?"라고 부르고, 나는 그러면 소리 죽여 웃으며 조용히 있는다.
나는 능청스레 꽃잎을 벌려 일하는 엄마를 지켜보고, 목욕을 마친 엄마는 젖은 머리를 어깨에 늘어뜨린 채 참파나무 그늘을 지나 기도문을 외우는 작은 안뜰로 걸어가요.
엄마는 향긋한 꽃 내음이 풍기는 걸 느끼지만 그게 나인 줄은 모를 거예요.
엄마가 점심 식사를 마치고, 창가에 앉아 대서사시 〈라마야나〉를 읽노라면 나무 그림자가 엄마의 머리와 무릎 위로 떨어지겠죠. 나는 작은 그림자를 엄마가 읽는 책 위로 여유롭게 드리우겠죠.
하지만 그 작은 그림자가 엄마의 어린 아기의 것인 줄 알까요?
저녁이 되어 엄마가 불 켜진 램프를 손에 들고 외양간으로 향할 때, 나는 얼른 땅으로 내려앉아 다시 한번 엄마만의 작은 아기가 되어 이야기를 들려달라고 조를 거예요.
"이 말썽꾸러기 아가야, 어디에 있던 거니?"
"안 알려 줄 거예요, 엄마." 이런 말을 주고받겠죠.[52]

인간의 몸과 나무 몸통 사이를 오가는 서로 다른 종간의 유동성. 이게 바로 타고르식 변형이다. 시 전반에 걸쳐 낮에는 나무의 삶을 그리고 밤에는 인간의 삶을 선택하는 점이 흥미롭다. 산소와 이산화탄소의 교환이나 나무의 오전 시간과 오후 시간의 교대 근무를 구분 짓는 얘기가 아닌 뭔가 다른 것을 가리키고 있다. 예술가나 어린아이에게는 밤이 더 풍성한 시간일 수 있다. 낮은 음식을 요리하는 식물을 위한 시간이기 때문이다. 인간은 한밤중에 요리하는 걸 좋아하지 않는다. 이건 내가 어림짐작으로 하는 말이 아니다. 타고르가 이러한 사실을 그의 유년 시절의 회고록《어린 시절》에서 말하고 있다. "나는 언제나 밤을 사랑하는 소년이었다. 보름달이 떠오른 밤, 테라스에 비친 나무 그림자는 멋진 알파나 같다." 타고르의 처제가 카멜리아, 재스민, 튜베로즈, 협죽도 그리고 진저릴리를 잔뜩 심어 정원으로 꾸몄던 바로 그 테라스다. 타고르가 소년 시절 "꽃 잉크"로 실험을 했다고 고백했던 일도 같은 회고록에 담겨있다. 타고르가 성인이 되고 처음 얼마간을 지냈던 실라이다하의 정원사는 그날그날 꽃들을 화병에 꽂아 두곤 했다. 화병에 담긴 형형색색의 꽃이 화려한 언어로 글을 쓰고 싶어 하는 타고르의 욕망을 부추겼기 때문에 꽃을 닮은 글을 쓰겠다는 젊은 시인의 생각은 그다지 **부자연스러운** 일이 아니었다. 타고르는 꽃을 으깨서 체와 도구를 이용해 걸러냈다. 그러나 만년필을 채울만한 잉크 같은 건 전혀 만들어지지 않았다.

내가 제일 좋아하는 타고르의 작품은 식물 공상에 빠진 사람에 관하여 쓴 단편소설 〈바울라이〉다. 서술자가 인간과는 다른 특성을 보여주는 사람들을 제시하며 소설은 시작된다. 어떤 이들은 동물을 닮았고 또 어떤 이들은 음악과 닮았다. 서술자의 조카 바울라이는 나무같이 행동했다. 어릴 적 바울라이는 나무처럼 가만히 서서 묵묵히 한곳을 바라보는 등 또래의 여느 아이들과는 달리 새로운 장소에 대한 호기심도 보이지 않았다. 비 오는 날에는 행복한 7월의 나무처럼 행동했고 무더위가 찾아오면 나무가 그러하듯 온몸으로 열기를 받아들이며 자신의 가슴을 열어젖히고 돌아다녔다. 그는 언제나 나무 같았는데, 마그달(힌두력의 열한 번째 달—옮긴이)에는 이제 막 꽃을 피우기 시작한 망고나무마냥 행동했다. 그 다음 달인 팔군달에는 꽃이 피어나는 사라수처럼 행동했다. 말이 없어 좀처럼 사람들과의 대화에 끼지 않는 소년은 계속 굴러 내려오는 산의 풀을 장난기 많은 살아있는 덩어리처럼 생각했다. 소년은 히말라야의 풀밭 위를 굴러다니며 풀을 닮아가기 시작했다. 어린나무의 앞날에 대한 걱정이 가득 찼던 것처럼 히말라야삼나무 숲에 온통 마음을 빼앗긴 소년의 가슴은 경외심으로 벅차올라 숲의 역사를 알고 싶어 했다. "그다음은 무엇이 될까?"

바울라이는 누군가 꽃을 뽑아버릴 때나 또는 남자애들이 열매를 따려고 구스베리나무에 돌을 던질 때도 마음이 아팠다. 무엇보다 제일 슬플 때는 풀 베는 인부가 왔을 때다. 인부는 풀을 베서 식물에 고통을 줄 뿐 아니라 바울라이가 사랑하는 모든 "평범한" 식물과 묘목까지도 몽땅 베어 버리기 때문이다. 바울라이만이 씨앗에 숨겨진 생명의 비밀을 알고 있었다. 나무에서 떨어진 씨앗이 이제 땅속에 그 작은 뿌리를 내렸다는 것이다.

엄마를 잃은 바울라이는 삼촌과 숙모와 함께 살았다. 그래서 숙모에게 애걸하곤 했다. "제발 삼촌한테 제 식물을 베지 말아 달라고 말 좀 해주세요." 참다못한 숙모가 대답했다. "너무 속상해하지 마. 그냥 두면 풀이 자라서 정글이 될 게 눈에 훤하지 않니?" 그때 바울라이의 나이는 몇 살이었을까? 고작 어린아이였음에도 그는 대지의 숲만큼이나 성숙했기에 자기 안에 숲의 정령들을 담고 다녔다. 하지만 모든 사람이 바울라이를 놀려댔다.

어느 날 어린 바울라이가 신문을 읽고 있는 삼촌에게 작은 묘목을 보여주러 갔다. 이 묘목이 자라면 어떤 나무가 되는지 아세요? 그것은 방금 뿌리 내린 케이폭나무 묘목이었다. 삼촌에게 보여준 게 잘못이었다. "정원사에게 그걸 뽑아 버리라고 해야겠구나, 그 나무는 너무 빨리 자란단 말이야." 삼촌이 말했다. 어린 바울라이는 숙모가 한마디 해주길 바라며 애처로운 눈길을 보냈다. "그냥 두세요." 숙모가 삼촌에게 말했다.

케이폭나무는 바울라이의 사랑을 한 몸에 받으며 맹렬한 속도로 자라났다. 통로 가운데를 떡하니 차지하고 있는 나무를 삼촌은 눈엣가시같이 여겼다. 삼촌은 그에게 협상을 제안했다. 다른 케이폭나무를 사서 담장 근처에 심어줄 테니 이 나무는 베어버려야 한다는 것이었다. 어린 바울라이는 협상에 응하지 않았고, 덕분에 나무도 계속 자라났다. 그러던 어느 날, 바울라이의 아버지가 바울라이를 데리러 왔다. 바울라이를 영국으로 유학 보내기 전에 도시 심라로 데려가 교육을 받게 할 참이었다. 자식이 없어 바울라이를 10년간 친자식처럼 키웠던 삼촌 부부는 마음이 무너져 내렸다. 하지만 그를 보낼 수밖에 없었다.

몇 년이 지나고, 바울라이는 숙모에게 편지를 써서 그 케이폭나무 사진 한 장을 부탁했다. 그는 영국으로 가기 전 그곳에 들르려 했으나 사정이 여의치 않았다. 숙모는 삼촌에게 집으로 사진사를 불러 달라고 요청했다. 그러나 케이폭나무를 더는 두고 볼 수 없었던 삼촌이 불과 며칠 전 그 나무를 베어버리고 말았다. 이를 알게 된 숙모는 충격에 빠져서 며칠을 음식도 거부한 채 삼촌과 말도 섞지 않았다.

이야기는 이렇게 간단하게 끝을 맺지만 울림이 있었다. 숙모는 그 나무에 바울라이를 투영시켰고, 나무와 바울라이가 닮아 보였던 것이다.

나는 자주 가족이나 낯선 사람들을 살펴보며 과연 어떤 나무가 그들과 닮은꼴일지 생각하곤 한다.

5

봄이 체리나무에게 해주는 것을
당신에게도 주고 싶다.

〈사랑의 시 14〉, 파블로 네루다

나무와의 로맨틱한 포옹

만약 내가 나무가 된다면, 섹스를 못 해서 아쉬울까?

"반얀트리같은 남자친구를 갖고 싶다." 샤라냐 마니반난의 산문시 〈남자친구 같은 반얀트리〉의 첫 문장이다.[53] 수많은 나무 중에 왜, 굳이 반얀트리일까? "새들의 음모와 비밀스럽게 피어나는 꽃들, 곳곳에 그늘진 자리를 품어 그 자체로 숲이 되어주는 사람. 세상을 향한 너그러움을 간직한 존재들. 나무가 새와 꽃을 품는 그 사랑으로 나를 일으켜 주는 것을 느끼며 나뭇가지의 보호 아래 나는 걸어가네. 나는 얼기설기, 뒤얽히겠지." 우리가 잘 알고 있듯 연인들은 서로를 자신의 모습으로 바꾸려 한다. 침묵 속에서 연인에게 하듯 나무가 땅에 몸을 비벼대고 반얀트리 뿌리처럼 서로 "얽히는" 것을 상상해 본다. 인간 연인에게 지쳐버린 한 여성이 여기 있다.

3월 초 나는 이 시구들을 읽고 있었으며, 비밀을 실어 나르는 전령사 같은 봄 날씨에 친밀감을 느끼고 있었다. "나무

연인"에게 들키고 싶지 않은 비밀은 무얼까?

나무와의 결혼은 대체 어떤 느낌일까? 시인 니투 다스는 열한 살에 질경이 식물과 결혼했던 기억을 글로 쓰고, 마지막 절에서 시의 제목을 얻는다.

> 나는 절대 질경이 식물을 그리워하지 않을 것이고,
> 다시는 질경이 식물과 결혼하지 않겠다고 맹세했다.
> 결혼하고 나서 우리는 두 번 다시 만나지 않았다.
> 안 그랬다면 내가 그의 몸에 붙은 꽃과 열매,
> 그리고 새로 난 싹을 모두 먹어 치웠을 참이다.[54]

아삼 지역에서는 어른들의 결혼식을 본뜬 성년식이 거행되는데, 대역을 쓰기는 하지만 전체적인 분위기가 성관계를 모방하고 있다. 말 없는 질경이 식물과 결혼한 이 어린 소녀는 좌절감을 느끼고, 성년식은 나무와 소녀의 관계에서 모든 로맨스를 빼앗아 갔다. 그렇지만, 어떤 10대 소녀가 나무를 이상적인 짝으로 꼽겠는가?

1989년 아파르나 센 감독의 영화 〈사티〉에서 고아 소녀 우마는 연인 반얀트리와 잔뜩 화난 어린 질경이 신부 사이에 있다. 부모가 돌아가시고 어쩔 수 없이 함께 사는 숙모에게 많은 괴롭힘을 당한 우마는 말을 하지 못한다. 영화의 배경은 19세기 초 벵골이다. 한 점성술사가 이 소녀에게 과부가 될 운명이라고 예언한다. 마을 어른들은 나무와 결혼시키는 길만이 소녀를 구하는 유일한 방법이라는 결정을 내린다. 우마와 결혼한 나무는 죽고, 과부가 되는 저주를 죽은 나무가 가져가는 것이다. 사랑도 못 받고 외로움에 빠져 있던 우마는 결국 나무와 결혼을 하게 되어 말 없는 반얀트리의 사랑 속에서 우정을 느낀다. 그러나 얼마 안 가 우마의 임신 사실이 드러난다. 미신을 잘 믿는 마을 사람들조차도 우마 배 속에 있는 아기의 아빠가 반얀트리일 거라고 생각하지 않았다. 폭풍우가 치던 어느 날 밤, 우마는 그 지역의 학교 선생에게 강간을 당했다. 하지만 말 못 하는 어린 소녀가 이를 어떻게 세상에 알릴 수 있었을까? 밤새 폭풍이 지나가고 마을 사람들이 죽은 시신 2구를 발견하면서 영화는 상당히 신파조로 끝난다. 강력한 벼락을 맞은 반얀트리는 죽어서 아내 우마 곁에 쓰러져 있다. 우마의 이마는 결혼한 여성이 찍는 붉은 연지 대신 피로 얼룩져 있다. 이제 우마는 죽은 남편을 따라 자신의 생명을 희생했던 여신 사티가 된다. 나는 10대 시절 처음 이 영화를 봤다. 아파르나 센이 각색한 카말 마줌다르의 원작 이야기 중 나무와 우마가 나누었던 그 무언의 우정이 가장 마음에 들었다. 나는 우마 배 속 아기의 핏줄을 짐작해 보았다. 여성의 자궁에서 나무가 자라는 일은 현실적으로 정말 불가능하겠지? (그런데 엄마들은 왜 우리에게 오렌지 씨 같은 걸 삼키지 못하게 겁을 주는 걸까?) 관련된 질문을 좀 짚어보자. 그나저나 나는 왜 시종일관 반얀트리를 우마의 남편으로 생각하고 있던 걸까?

나무와 여성의 사랑을 동성 간의 성애와 같다는 생각은 왜 못 했을까?

이와 같은 로맨스 소설 중에서 젊은 작가 에이드리언 랭의 작품을 가장 좋아한다. 나는 페이스북에서 작가 아미타바 쿠마르가 올린 글을 보다가 아주 우연히 랭을 알게 되었다. 랭은 바사르대학교에 다닐 때 쿠마르 교수의 학생이었다. 나는 삽화가 그려진 〈나무〉라는 단순한 제목을 가진 랭의 작품에 너무나 매료돼서 쿠마르 교수에게 정식으로 그녀를 소개해 달라고 부탁했다. 요즘은 전 세계가 페이스북에서 필요한 정보를 찾아보는 세상이니 나도 그 후 페이스북에서 랭을 찾아보았다. 그녀의 프로필 사진을 보고 단번에 마음이 끌렸다. 사진 속 스물두 살의 그녀는 당근과 브로콜리 모양의 커다란 인형 두 개를 양팔로 안고 있었다. 처음부터 너무 매력적이라 빠져들 수밖에 없는 그런 사람을 만난 느낌이었다. 랭의 소설에는 누군가의 연인으로서 느끼는 자연스러운 불안감 같은 것이 담겨있어, 그녀에게 관심이 갔다. 한 여자가 집으로 돌아오고 자신의 남자친구가 나무로 변해버린 것을 알게 되는 이야기.[55] 이게 전부가 아니다. 그녀는 늘 남자친구를 걱정하느라 지쳐 있었다. 옆에 없을 때는 그가 어디를 갔는지, 무얼 했는지, 직장에서는 누구와 이야기를 나누었는지, 컴퓨터에서는 무얼 보았는지, 누구한테 이메일을 보냈는지, 무얼 구매했는지, 항상 무슨 생각을 하고 있는지가 신경 쓰였다. 그래서 그에게 물었다. "무슨 생각을 하는 거야?" 그러자 그가 대답했다. "어, 아무것도 아니야." 그 남자친구는 무화과나무로 변했다. 그녀는 무화과를 따서 시리얼에 넣어서 먹어 버렸다. 그동안 남자로서 그녀의 의심을 일으켰던 남자친구의 모든 행동에 대해서, 나무가 된 그가 할 수 있는 사과 방법이라 생각했다.

폭력을 행사하지 않고 파트너를 먹어 치운다니, 이건 단연 최고 형태의 성애물임이 틀림없다. 하지만 랭은 얼핏 단순하게 보이는 이야기에 교묘하게 복선을 깔아둔다. 그 여자는 항상 불안했다. 그래서 경찰처럼 늘 남자친구에 대한 증거를 찾아 나섰다. 그가 성실한 사람인지 의심스러웠다. 증거는 없지만, 남자친구가 해서는 안 될 짓을 저지른 게 분명했다. 그러니 남자친구는 나무로 변함으로써 그녀에게 사과한 것이다.

나무가 된다고 해서 우리의 모든 죄가 승화될까? 나무처럼 천성적으로 간통을 저지르는 존재가 일편단심 사랑꾼에 비유되는 것은 어쩐지 좀 이상하다. 나무야말로 진정한 본성을 지닌 것 아닐까?

정말로 나무와 결혼하길 원하는 엠마 맥케이브의 이야기가 있다. 그녀는 그 나무에게 "팀"이라는 이름을 지어주고, 나무와 성관계를 가진다. 그녀는 영국 잡지 《클로저》와의 인터뷰에서 말했다. "저의 이 감정은 진짜예요. 남자친구들을 사귀어봤지만, 팀만큼 이렇게 하나로 연결된 듯한 느낌이 들어본 적이 없어요. 저는 진짜 사랑에 빠졌고, 그래서 팀과 결혼하고 싶어요." 그녀는 이어서 말했다. "그는 나의 감정뿐 아니라 성적인 욕구도 만족시켜줘요. 저는 벗은 몸으로 나무에 몸을 비비면서 오르가슴을 느껴요. 제 피부가 나무껍질에 닿는 느낌이 너무 좋아요. 아주 짜릿한 통증이죠. 그의 이파리들이 제 피부에 스칠 때면 너무 흥분돼요. 저는 매주 그와 최고의 섹스를 즐겨요!" 그리고 일부일처제에 관해서도 이야기한다. "다른 나무들도 있지만 건드리지 않아요. 저는 팀을 속이고 바람을 피우고 싶지 않아요. 저는 결혼하고 싶어요. 아마도 우리 가족들만 참석하는 소박한 결혼식이 될 거예요."

나무와 결혼한 사람들은 많이 있다. 2013년 11월 페루의 배우 리차드 토레스는 부에노스 아이레스에서 나무와 결혼식을 치렀다. 그는 나무의 생존을 둘러싼 환경 문제에 흥미를 집중시키고 싶었고, 그래서 자신이 신부로 선택한 나무와 긴 입맞춤을 나누었다. 오디샤주에서는 사별의 아픔을 두 번 경험한 남자들이 종종 나무와 결혼을 한다. 나무가 자신들의 "불운"을 가져간다고 믿기 때문이다. 네팔의 어린 소녀들은 사과나무와의 결혼 생활을 이어간다. M. S. 란다와는 그의 책《불교-힌두 조각에 나타난 나무 예찬과 나무 숭배》에서 한 남자를 언급한다. 남자는 우담바라가 핀 나무 아래서 쉬다가 슬픈 표정으로 나무를 올려다보며 자식이 없는 자신의 결혼 생활을 떠올린다. "내 아내가 이 나무와 닮았다면 우리의 결혼 생활이 오죽이나 행복할까?"[56] 그는 나무에 자신의 허리 높이 정도 되는 위치에 구멍 하나가 뚫려있는 것을 발견한다. 그는 구멍 안으로 들어갔다. 머지않아 우담바라의 나무 열매에서 어린 아기가 태어났고, 아기는 두마리야 부족의 아버지가 되었다.

식물 애호의 징후들

벌거벗은 나무를 상상해 보고, 풀은 당신의 연인이라고 상상해 보자. 당신은 당신의 연인을 어떻게 안아주는가? 이끼가 당신의 전 남자친구라 상상해 보라. 뭔가 단단히 잘못된 만남이다. 나무를 사랑하면 영구히 추방당하는 연인 신세가 되고 만다.

나는 알아야 한다.

처음에 사람들은 호기심 어린 눈빛을 보낸다. 그러다가 그걸 식물 애호의 징후로 읽는다. 일종의 경계 선상에 있는 사랑이다. 가령 어린아이들이 좋아하는 장난감에 애착을 느끼는 걸 허용해 주는 식으로. 하지만 당신이 매일 똑같은 식물을 데리고 돌아다니는 걸 보면 사람들은 약간 충격을 받는다. 그러면 나는 단번에 식물 애호가에서 상담이 필요한 환자 취급을 받게 된다. 벵골 사람들은 그런 사람들에게 보다 노골적인 단어를 써서 형용사 "정신적인"을 명사화시켜서 아예 정신병이라 불러버린다. 내가 만약 애완동물이나 인간 파트너, 또는 친구를 데리고 다니면 그런 일은 벌어지지 않을 것이다. 대중교통에서 식물을 데리고 다니는 광경은 우리에게 익숙하지 않다. 어쩌면 이런 낯섦에 도전하기 위해 2011년 "아트 온 트랙 페스티벌"에서 시카고 지하철 내부를 달리는 정원으로 개조했을 수도 있다. 지역민들의 웹사이트에 게시된 행사 사진들을 보면 지하철 이용객들의 미소 띤 얼굴에는 놀라움이 가득하다. 평소에는 자신들이 차지했던 자리를 내주어 좌석 위로는 잔디가 덮였고, 창가나 다른 공간에는 화분이 놓여있고, 승객들은 통로에 서서 여전히 놀라움을 금치 못하고 있다. 그러나 이런 일이 매일같이 발생한다고 상상해 보라. 승객들이 항의하지 않을까? 앉을 자리가 없는 승객이 어쩌다 식물을 깔고 앉을 수도 있고, 또 하나는 승차권도 없는 풀에게 좌석을 내주는 문제다.

콜카타의 한 택시 운전사는 차량 지붕 위에 잔디를 깔고, 뒤쪽 대시보드에 키 작은 화분으로 채움으로써 식물에게 자리를 내줘야 하는 문제를 해소했다. 그의 이름은 바피인데, 현재 "바피의 푸른 택시"로 알려져 있다. 그는 승객들에게 어떤 추가 요금도 받지 않고 있으며, 다만 자신의 인지도를 이용해서 승객들에게 한 가지 요청을 하고 있다. 집으로 돌아가면 나무를 심으라는 것이다. 이런 진취적인 행동에는 의심의 여지 없이 생태계를 위한 도덕적인 추진력이 담겨있다. 그렇지만 내가 그의 이야기에서 인용한 것은 사랑에 관한 이야기다. 한 남자는 연인과의 이별을 도저히 견딜

수가 없다. 그는 그녀를 너무나 깊이, 열렬히 사랑한 나머지 넘치는 마음을 주체할 수 없을 지경이었다. 그래서 그는 사랑해 보지 않았거나, 자신처럼 사랑을 알지 못하는 사람들에게 애원한다. "제발 집에 돌아가거든, 애인을 만드세요. 애인이 당신과 세상을 바꿀 수 있게 해보세요. 가서 나무를 심으세요."

*

낭만적인 사랑에 익숙해진 나는 연인에게 나를 만족시키라고 요구하고 그 기준을 높여갔다.

그러나 그 대상이 나무가 되면 이런 기준은 측정 방법을 달리할 필요가 있겠다. 성공한 현대적인 관계를 나타내는 개인의 영역이나 자립과 같은 개념들은 나무와 인간의 사랑 관계에서 전혀 쓸모가 없다. 수많은 인간관계를 틀어지게 한 것은 상호주의 욕구다. 말을 할 수도 없고 인간 언어에 영향도 받지 않는 생명체한테서 상호이익추구 같은 걸 어떻게 기대할 수 있을까? 예를 들어, 벵골의 영화감독 스리짓 무케르지는 그의 영화 〈침묵〉에서 나무에게 인간성을 부여함으로써 이 문제를 해결하려는 시도를 했다. 자신의 그늘에 쉬고 있는 한 여성의 모습에 매료된 나무가 자위행위를 하고 나무의 수액은 정액이 된다.

그것은 분명 욕정이었다. 하지만 연애 감정도 담겨있었다.

사랑의 관계에서 편지글은 어느 정도를 차지할까? 나는 연인에게 편지를 즐겨 썼다. 편지에는 잘못하면 부끄러울 수도 있는 나의 가장 비밀스러운 부분이 담겨있다. 편지에서는 어떤 시선도 의식하지 않고 사랑을 할 수 있었다. 비밀스러운 만남을 갖든 숨바꼭질하든 약속을 지키든 혹은 놓치든 다 마찬가지다. 이런 걸 하는 데는 공간이 있어야 한다. 자기 자리 밖으로는 움직이지 않는 나무와 어떻게 만남을 생각하겠는가? 나는 이런 꼼짝도 못 하는 나무와의 관계를 터무니없게도 신체적 장애가 있는 사람과의 관계와 비교하다가 이내 후회했다. 하지만 한번 발동한 호기심은 쉽게 사그라지지 않았다. 나는 거리나 공간에 구애받지 않고 서로 영향을 주고받는 사람들을 본 적이 있다. 그렇다면, 왜 식물에게는 해당이 안 되었던 걸까? 사생활이라는 또 다른 문제가 있었다. 낭만적인 사랑을 나누기 위해서는 집이 없다면 텐트라도 있어야 한다. 텐트 안에 들어간 나무를 상상해 보라. 사랑 이야기는 여기서 그만. 다음은 문자 그대로의 뜻도 있고 은유적인 의미도 포함하는 문 두드리기다. 문 두드리는 노크 소리를 들으면 연인들은 하던 행동이나 대화를 일시적으로 멈춘다. 노크 소리도 안 내고 어떻게 나무를 방문할 수 있단 말인가? 환영인지 거절인지 알 수 없는 모호한 이런 불확실함은 언제나 나무와 인간의 관계에서 상처를 남기게 될 것이다. 어떤 노래의 후렴구가 떠오른다. "내 주변에 나의 공간을 주세요. 내가 누군가를 방해하고 있는지 알 수 없잖아요."

소유욕도 다른 걱정거리였다. 나는 좀 소유욕이 강한 연인이었다. 매우 생물학적인 특성으로 보면 식물 생명체는 일부일처제가 뭔지 모르는 게 분명하다. 그들에게 절개를 지킨다는 것은 생경한 개념이고 오히려 간통이 일상이다. 수십 년 혹은 수백 년에 걸쳐 일부일처제에 길든 사회에 속한 내가 어떻게 새로운 세상에 적응할 수 있을까? 과거에도 서로 다른 종류의 사랑들이 존재했다. 가령 농부의 사랑과 여행객의 사랑은 같지 않다. 농부의 사랑은 오고 가는 사람을 지키는 문지기의 삶이고, 때로는 배우자 지킴이 같다. 낯설거나 친숙한 나무들과의 관계에서 나도 역시 양쪽 모두에 해당했다. 이런 문지기 같은 마음 덕분에 나는 나무를 나무처럼 사랑하게 되었고 한 그루뿐 아니라 다른 많은 나무와 정원사, 감탄하며 지나가는 행인까지도 사랑하게 되었음을 지금에서야 깨닫는다. 사랑하는 연인 옆에서 잠이 깬다는 것은 관계에서 가장 행복감을 주는 연애 경험임이 틀림없다. 여전히 잠들어 있던 한 사람은 감은 눈꺼풀 위로 느닷없는, 자면서는 기대 같은 건 하지 않으므로 느닷없을 수밖에 없는 키스 세례를 받을 수도 있다. 나무와의 관계에서는 그런 아침을 어떻게 열 수 있을까? 영화에서는 다소 귀여운 태도로 이런 상황을 표현했는데, 꽃을 맺은 꽃망울에 입을 맞추는 것이었다. 그러나 키스는 교환을 요구한다. 일방적인 키스보다 더 괴로운 일은 없다. 당신은 나무의 "얼굴"을 찾고 마치 인간 연인이 하듯 당신을 지긋이 바라봐 주길 기대한다. 하지만 나무에게는 "얼굴"이 없다. 사랑은 모름지기 교감을 기반으로 하므로 당신은 나무가 욕망의 몸짓을 준비하는 증거로 타액을 흘리기를 기다릴 수도 있다. 여기에 그런 건 없다.

또 다른 종류의 교감은 연인 간의 선물 교환과 관련이 있다. 전통적으로 꽃이나 초콜릿, 책, 또는 봉제 인형을 서로 선물한다. 나무로 된 선물은 무엇이 있을까? 유치원 교실에 가면 교육용 점토나 플라스틱으로 모형 과일을 만든 것은 있지만 모형 꽃이나 나무는 없다. 사랑을 표현하는 방법으로 진짜 꽃을 이용하는 것은 나무에게 아이러니일 수 있다. 나무에게서 꽃을 꺾어 그걸 나무한테 선물하는 것은 마치 여성의 손가락을 잘라내어 곱게 포장해서 다시 그녀에게 기념일 선물로 주는 것과 같은 일이다. 만약 좀 다른 선택을 해서, 종이 다른 이웃 나무에게서 꽃을 꺾어 연인 나무에게 선물한다면? 이는 낯선 여인의 머리카락이 보관된 펜던트를 나의 연인에게 주는 것에 비유될 수 있지 않을까? 그렇다면 순수하고 올곧은 당신의 사랑을 어떻게 증명해 보일 수 있을까? 연인들은 서로에게 정직하다는 표시로 신이나 태양이나 달을 두고 맹세하고 또는 어머니나 자신의 야망이나 성공을 걸고 맹세한다. 하지만 어느 누가 나무나 꽃, 열매를 걸고 맹세를 하겠는가?

한번은 친한 남자 친구에게 파트너가 나무이면 어떨 것

같냐고 물은 적이 있다. 그는 잔소리 많은 아내와 사는 어려움을 예로 들며 농담처럼 대답했다. 나무는 기억도 통증도 즐거움도 없다. 바로 이점이 "타불라 라사" 즉 나무를 백지 상태로 만드는 요인이고 그래서 나무는 다른 연인과 비교할 수 없다. 연인은 나무를 기억하지만 나무는 연인을 전혀 기억하지 못하는 일방적인 관계가 될 것이다. 우리는 관계에 있어서 중요한 척도가 되는 생일이나 좋은 날, 나쁜 날을 기억하도록 서로를 길들였다. 그래서 매일 밤 새로운 연인에게, 그러니까 모든 만남을 새롭게 시작해야 하는 옛 애인에게 돌아가는 일이 설레기도 하지만 좌절감 또한 클 것이다. 그러다 문득 이런 상황을 완벽히 받아들이고 있는 나 자신을 발견했다. 나는 남편이 생일이나 기념일을 잊지 않게 매번 일깨워 주고 있었다.

*

칼릴 지브란의 〈결혼에 대하여〉라는 시는 식물 세계에서 찾은 좋은 결혼식의 예를 보여주며 끝을 맺고 있다. "떡갈나무와 편백나무는 서로의 그림자 아래에서 자라지 않는다."[57] 나무들이 서로 결혼하는 자연 과정을 "접합"이라 하고, "남편"과 "아내"라고 불리는 두 그루의 나무는 가지들이 결합할 때까지 서로 인접하며 자란다. 대규모의 잔치와 신랑과 신부 측의 결혼 하객들이 모인 가운데 성대한 힌두교 의식으로 나무들이 결혼하는 장면을 본 적이 있다. 힌두교도들에게 신성한 것으로 여겨지는 빨간 천 조각이 포옹하고 있는 두 나무의 몸통을 감싼다. 나는 출근길에 31번 국도에서 그런 결혼한 나무 몇 그루를 발견했다. 어쩔 수 없이 의인화된 내 마음에 그 장면은 영화에서 두 연인이 영원한 포옹을 나누는 아주 로맨틱한 일시 정지 화면 같았다. 그러나 몇 개월이 지나자 나무 사이로 새로운 가지가 무성하게 자라서 그들은 서로를 더욱 꼭 껴안고 있는 듯 보였다. 그들 나무 곁을 지나갈 때마다 현대적인 목소리가 귓전에 들렸다. "공간이 좀 필요해." 엘리슨 뱅크스 핀들리는 《식물의 생애》라는 책에서 다음과 같은 예를 제시한다. 나무에 바싹 붙어서 이제 막 꽃을 피우고 있는 홀리바질이 마치 한 소녀처럼 보인다. 고대 시인 칼리다사의 희곡 《아비얀 샤쿤탈람》처럼 보인다. 희곡 속에서 샤쿤탈라는 결혼한 재스민 덩굴과 망고나무 커플을 우연히 만난다.

나가족의 민간 설화에는 젊은 공주가 보리수를 친구 삼아 키우다가 나무와 사랑에 빠지는 이야기가 전해진다. 그녀의 아버지는 스와얌바라(결혼 적령기의 소녀가 구혼자 그룹에서 남편을 선택하는 관습—옮긴이)를 열어서 이웃 나라의 왕자 중 남편감을 고르게 했지만, 그녀는 거절한다. 그러던 중 그녀는 왕족의 의복도 입지 않은 한 남자에게 시선을 빼앗긴다. 공주의 하녀가 그 남자를 쫓아가 보지만, 남자는 황급히 정글 속으로 사라진다. 다음 날 공주는 그 남자와 나무에 대한 진실을 알게 된다. 남자는 나가족의 왕자였지만 사악한 마법사의 주술에 걸려 보리수 안에 갇히는 처지가 된 것이다. 아름다운 여성이 나무와 사랑에 빠지다가 결국 나무 안에 갇힌 인간 연인을 발견하게 된다는 이런 종류의 설화는 거의 모든 문화에 존재한다.

이런 이야기 범주의 또 다른 끝에는 여성이 나무로 변한다는 설화도 있다. 이런 이야기 중 가장 잘 알려진 것이 A. K. 라마누잔의 〈꽃이 피는 나무〉다. 사실 이 단편소설은 라마누잔이 설화를 번역한 것이다. 어떤 왕국에 사는 한 늙은 여성은 딸 둘을 두고 있다. 그 나라의 왕에게는 결혼 적령기에 접어든 딸과 아들이 한 명씩 있다. 가난한 늙은 여인은 먹고살기 위해 열심히 일한다. 그래서 가족의 수입에 어떻게든 도움이 되고 싶은 작은 딸은 언니에게 나무로 변하는 의식에 관한 이야기를 한다. 처음에는 의구심이 일었지만 이 이야기는 곧 현실이 된다. 동생은 나무로 변하고 언니는 나무에서 나는 아름다운 꽃들을 꺾어다 병에 담아서 꽃이 된 그녀에게 물을 주었다. 그러자 동생은 다시 인간의 모습으로 돌아왔다. 엄마는 자매에게 무슨 일이 일어나는지 알지 못했다. 자매는 꽃들을 엮은 아름다운 화환을 여왕에게 팔았다. 왕자는 신비로운 꽃의 아름다움에 마음을 빼앗긴 나머지 꽃을 파는 소녀들의 집까지 따라갔다가 소녀가 나무로 변하는 과정을 몰래 보게 된다. 그 후로 왕자는 어렵사리 아버지를 설득하여 그 소녀와 결혼을 하게 된다. 결혼하고 며칠이 지나자 왕자는 아내에게 나무로 변해서 함께 꽃 위에 누워 잠을 자자고 청했다. 그녀는 변명을 늘어놓으며 거절했지만 왕자가 이유를 들으려 하지 않자 하는 수 없이 그녀는 나무로 변하는 밤의 의식을 시작했다. 그 모습을 시누이가 몰래 지켜보고 있었다. 시누이는 그 나무 즉 올케를 꾀어서 자신의 친구들과 함께 들놀이에 데려간다. 그곳에서 시누이와 친구들은 그녀에게 나무로 변해 꽃을 피워보라고 강요했다. 그녀는 자신을 다치게 하거나 가지나 꽃에 해를 입혀서는 안 된다고 경고했지만 시누이와 친구들은 놀이에 빠져서 그녀의 몸을 마구 약탈하고 그녀를 인간의 몸으로 되돌려 놓지 않은 채 떠나버린다. 나무 여인은 "물건" 같은 신세가 되었고 물에 쓸려 내려가 다른 왕국의 해안가에 다다른다. 다행히 그녀는 그곳에서 보살핌을 받는다. 한편 왕자는 우여곡절 끝에 은둔자로 살며 그녀를 찾아 곳곳을 다니고 있었다. 그러다 우연히 "물건"이 된 그녀를 만난 왕자는 멍과 상처로 엉망이 된 이파리와 가지에 붕대를 감아주었고, 나무는 다시 여인이 된다.

라마누잔은 젠더 관점에서 이야기를 설명했다. "그를 흥분시키는 그녀의 관능적인 재능은 거의 성적인 의식이 되고 그래서 그들은 그녀의 몸에서 피어난 꽃들 위에 함께 누워 잘 수 있다. 하지만 인간의 상태로 다시 돌아오기까지 그녀는 유린당하고 신체가 훼손된 채로 버려져 있었다. 이는 그녀가 물건이 되는 것으로 끝이 날 때까지 진행되는 일련의 성폭행이다. 이런 사회에서 여자에게 안전한 때는 언제일까? 그녀는 나무 상태일 때 가장 취약했다. 말도 할 수 없었고 움직일 수도 없었다. 꽃을 피우며 재능을 펼쳐 보이는 가장 매력적인 그때 그녀는 가장 많이 폭력에 노출된다. 그녀는 다시 나무가 되어 연약해지고 그러면서도 남편이 부서진 가지를 치료하고 접목을 시켜주기를 믿으며 온전해질 수 있다."[58]

고통은 모든 감정적인 관계 속에서 전형적이다. 그런데 어떻게 나무와 인간의 사랑에는 없는 걸까? 매번 자신의 의지와 상관없이 나무로 변하도록 강요당할 때마다 여자는 반복적으로 고통을 느꼈는데 말이다. 나는 또한 궁금했다. 이야기 속의 나무가 남자였다면, 그리고 동성애적 사랑을 그린 이야기였다면, 이 설화의 결과가 달라졌을지도 모르겠다. 내가 이런 말을 하는 이유는 나무들이 시각적인 성별 구분이 불가능한 나무를 사랑하면서 나 역시 성별의 구분을 의식하지 않는다는 것을 알게 되었기 때문이다. 이쯤에서 실토해야겠다. 나무가 시각적으로 드러난 성적인 부분이 없는 점도 내가 인간들보다는 나무와 함께 있을 때가 더 편한 이유다.

*

이런 관계에 대해 가족들이 어떤 반응을 보일지 상상해

보니 마음이 편치 않았다. 이 나라에서는 명예 살인이 매우 흔한 일이어서 가족들의 뜻을 거스르고 결혼을 한 연인들은 죽임을 당했다. 나무를 찾아 집을 나간 여성도 죽임을 당할까? 만약 내가 나무를 연인으로 삼는다면 우리 가족은 나를 수치스러워할까? 나무와 인간의 관계가 아무리 도덕적이고 공리적이라고 해도 나무와 인간 관계의 본질, 그 둘 사이의 로맨스는 터무니없는 것으로 간주할 것이다. 나는 이것이 지나치게 편파적이라고 생각했다. 한 친구는 무례하게도 당근과 무를 자위 기구로 사용하는 성애물과 포르노를 나에게 알려주며 그 방면에 관한 엄청난 지식을 뽐냈다. 더 이상 아무 말도 하고 싶지 않았다. 대꾸할 가치가 없었다. 포르노적 설정에는 서로의 관계 같은 건 없다. 클라이맥스에 도달하는 것 그것만이 유일한 목표일 뿐이다.

불평등은 결혼을 행복하게 하기 위한 혹은 최소한 안정적으로 유지하는 데 필요한 것처럼 보였다. 내가 알기로 결혼은 민주적인 것이 아니었다. 동물 중심적인 관점에서 식물들은 뇌가 없다. 또 다른 관점에서 보면 식물은 어느 동물보다 자급자족에 유리하다. 이런 불평들이 나무와 인간의 결혼 관계에서는 어떻게 전개될까? 그런 숙고의 순간에 조카가 했던 말이 떠올랐다. 지성을 사람의 가장 큰 매력으로 알던 내가 어떻게 나무랑 결혼하고 싶어 할 수 있는지 조카는 내게 천진난만하게 물었다. 내가 생각한 답은 궁색했고, 잠자코 있었던 또 다른 이유도 있었다. 나는 나를 웃게 하는 사람들을 좋아했다. 하지만 내가 알고 있는 나무들은 유머 감각을 보여준 적이 한 번도 없었다.

*

나는 파티와 사교 행사에 초대받는 일을 생각하다가 화분에 심은 식물을 수레에 실은 채 입장하여 저녁 내내 식물과 춤을 추면 어떻게 보일지 궁금했다. 한 친구로부터 신년 파티에 초대받아 갔을 때 내 식물들에게도 새해가 밝았다는 별것 아닌 그 사실에 미소가 피어올랐다. 참 터무니없는 얘기처럼 들리겠지만 나의 정체성 중 이게 내게는 가장 소중한 부분이었다. 왜냐면 나는 나무의 연인이니까.

나는 항상 그런 생각을 했다. 만약 내가 나무와 결혼한다면, 성을 바꿔야 할까? 수마나 나무? 아니면 나무가 내 성을 따라서 나무 로이? 아니면 나무 부분마다 성을 붙여 통째로 부르면 어떨까? 수마나 꽃, 수마나 줄기, 수마나 잎. 나는 웃음이 났다. 그러고 있자니 실제 사람들이 결혼하고 배우자의 성을 따라 바꾸는 일이 떠올랐다. 그에 비하면 나무와 결혼하고 성을 바꾸는 일은 유쾌하게 행사할 수 있는 일이었다. 이런 생각들은 내 꿈속으로까지 파고들어 왔다. 그날 밤도 그런 꿈을 꾸었다. 꿈에서 나는 나의 연인 일일초를 식당으로 데려갔고, 두 명이 앉을 테이블을 요청했다.

꿈에서 깨어났을 때 아주 오래된 질문 하나가 떠올라 뇌리에서 떠나지 않았다. 나는 왜 꿈속에서 등장한 나무들을 보고 성적인 흥분을 느끼지 않았던 걸까?

6

잘 키운 나무 한 그루 열 자식 안 부럽다.

《마츠야 푸라나》(힌두교 고대 문헌)

나의 식물 자손에게

친구들이나 잘 알지 못하는 사람들이 내 피가 섞인 아이를 낳아서 키워봐야 한다고 다양한 방법으로 나를 각인시키려 들었다. 당연히 나는 일일이 설명하기에도 지친 상태였다. 그렇지만 않으면 참 호의적인 사람들인데, 그런데, 왜 그들 눈에는 내 인생에서 가장 중요한 관계가 나랑 피 한 방울 섞이지 않은 남자와의 관계였다는 사실이 안 보이는 걸까? 나는 이 질문들에 대한 답을 마음속에 다 적어두었다. 하지만 공격이 들어오면 가장 결정적인 순간에 뻔한 질문을 또 하는 머리 나쁜 인간이 누구인지 시험해 보며, 그냥 조용히 입을 다물었다. 나는 시를 썼고, 그중 일부는 나를 행복의 서막으로 데려다주었다. 어떤 독자들은 그 시들을 나의 "아이들"이라 불러주었다. 나는 그 의견에 반대하지 않았다. 인간들은 대변, 소변, 구토, 콧물을 제외하고 인간이 생산한 모든 것 즉 아이디어, 시, 음악, 문학, 그림을 자식이라 부르면서 만족해한다. 그렇다면 사람들이 나무를 자식으로 생각하지 못하게 막은 것은, 나무가 부모의 연금 제도에 기여할 능력이 없기 때문일까? 우리 시대의 자본주의적 기질 탓인가? 늙으면 다 필요 없고 나를 돌봐줄 것은 따뜻한 피, 피를 가진 그런 인간들이라는 말을 들었다.

나는 많은 초록 아이들에 관한 시나 이야기를 읽으면서, 내가 선택한 부모-되기 방식이 내 피를 이어받은 아기를 낳고 키우는 일보다 하찮은 일이 아니라는 확신이 생겼다. 범주에 따라 살아있는 것들은 생물학적 복사기여서 오직 자신을 닮은 것만 생산할 수 있었다. 민간 설화 속 여왕들의 자궁에서 동물이 태어나는 일은 매우 놀라운 일이었고 처벌까지 이어졌다. 곰곰이 생각할수록 나의 의구심은 점점 더 커졌다. 우리는 타자가 너무도 두려워 상상의 자궁에조차 공간을 내어주지 않았다. 우리와 닮지 않은 것들과의 관계에서 우리에게 허용된 합법적 방법은 입을 통해 관계를 맺는 것이었다. 우리는 인간을 제외한 모든 종류의 동식물을 깨물고, 씹고, 으깨고, 갈고 삼킨다. 한 점 의심 없이 도덕적 관념도 없이 무조건 식물보다 동물의 생명을 더 소중하게 여기는 채식주의가 거북하게 느껴지기 시작한 것이 이때였던 것 같다. 우리는 인간의 아이들을 먹지 않는다. 먹을 수도 없다. 그건 너무도 끔찍한 식인 행위가 아닌가. 그러나 나의 식물은 어떤가? 주방에 딸린 작은 텃밭에서 허브가 열정적으로 싹을 틔우는 이유는 오직 혀를 즐겁게 하기 위함이다. 그런데 허브가 요리사에게 괴롭힘과 고문을 당하는 걸 봐도 고통이 느껴지지 않았다. 여기에 대해서만큼은 할 말이 없었다.

*

나는 직장에서 아주 우연한 기회에 '출산 휴가'라는 것이 있다는 사실을 알게 되었다. 그러나 나처럼 출산을 생물학적 과정 그 이상의 것으로 생각하고 있던 여성들에게 '출산 휴가' 자격을 주는 입법은 향후 200년 동안은 없다는 걸 알고 있다. 그런 종류의 특권은 비인간은 제외였고 오직 피로 구축된 관계를 위한 것이었을 뿐이었다. 하지만 육아 휴직은 받을 수 있지 않을까? 나는 신청서에 쓸 만한 적당한 말을 떠올리려 했다.

이 모든 과정에서 내가 은유적으로 표현했던 "피"가 내내 나를 떠나지 않았다. 내 배로 낳아야 할 아기랑 관련된 것도, 내 몸 안에 있는 것도 분명히 아니었다. 가끔씩 의사들은 내 헤모글로빈 수치가 굉장히 낮다는 사실을 상기시켜 주었다. 한번은 병원에 갔다가 어린 아들이 엄마를 위해 몸에서 피 1리터를 뽑았다고 자신의 엄마에게 말하는 걸 들었다. 아들은 엄마가 수술 이후 기력을 회복하도록 돕기 위해 수혈을 한 것이었다. 한때는 아기가 엄마의 자궁 속에서 머물면서 받았던 그 피를 엄마에게 다시 내어준다는 생각이 내게는 경이로움으로 다가왔다. 하지만 나의 공상은 거기서 그치지 않았다. 과연 그런 교환이 내가 식물들과 나누었던 독단적인 관계에서도 가능했을까? 나는 식물들에게 보살핌과 관심과 애정을 주고 물도 주었다. 햇빛을 제외한 모든 것을 다 내주었다. 햇빛은 물론 내가 만들 수 없어서 못 주었다. 그런데 정작 내가 피를 가장 필요로 한 그때, 왜 나의 식물들은 내게 피를 줄 수 없었단 말인가?

항상 가불을 받아낼 궁리를 짜내는 우리 정원사가 어느 날은 내게 가시 돋친 잎사귀 한 묶음을 가져다주었다. 아픈 사람들은 관심에 굶주려 있기 때문에 사기 전력이 있는 누구라도 믿는 경향이 있는데, 나는 그 가시 돋친 푸른 잎사귀를 소박한 꽃다발로 착각하고 있었다. 그는 내가 화려한 꽃들에 초연해졌음을 알아챘다. 나는 정말 그렇게 생각하고 있었다. 그 행복에는 꼭 보기 좋은 색을 내는 식물만 심었던 정원사를 바꾸어 놓았다는 승리의 기쁨도 깔려있었다. 그러나 이런 생각이 깨어지는 데는 얼마 걸리지 않았다. 말이 어눌했던 정원사 아제이다가 나를 향해 돌아보고는 말했다.

"이 피를 먹어라."

좀 자세히 설명해야 하는 세부적인 뒷이야기가 있다. 이 가시 돋친 식물의 잎은 물에 삶으면 농도가 걸쭉한 시럽이 된다. 매일 이 시럽을 몇 숟가락씩 먹으면 나의 아픈 곳이 나을 수 있었다. 나중에 기력이 돌아와 컴퓨터 앞에 앉았을 때, 그 나무의 영어 이름과 학명을 알게 되었다. 그때까지 그 식물의 뱅골어 이름은 쿨레이크하라였다. 이 녹색 혼합물이 나의 빈혈을 치료해 줄 거야. 나는 그걸 먹을 때마다 한 모금의 녹색 액체가 병에서부터 내 혈관으로 들어오는 걸 상상하기 시작했다.

녹색에서 붉은색으로, 엽록소에서 혈액으로.

색깔은 숙성시켜야 한다. 아니면 자손을 퍼뜨릴 수 없다.

식물학자의 슬픈 고백

식물학자 J. C. 보스가 살던 다르질링의 마야푸리 집으로 향하는 경사로를 오르며 내 귀에 들려온 첫마디는 그에게 자식이 없다는 것이었다. 60대 중반의 네팔 출신 관리인 라이 씨는 나와 동행했던 여성에게 "생명" 과학을 설명하고 있었다. 그녀의 이름은 아르티였고, 10년 전에 내가 이 작은 히말라야 도시의 대학교에서 수업할 때 집안일을 도와주곤 했다. 나와 마찬가지로 그녀 역시 자식이 없었다. 그녀는 몸을 돌려 내 쪽을 쳐다보았다. 그가 하는 말에 내가 상처받을까 보호하려는 것이었다.

"그분이 이 나무와 식물을 아이들처럼 생각하기 시작한 것은 자식이 없었기 때문이에요." 남자는 반복해서 말했다.

나도 사실 한때 같은 생각에 빠진 적이 있었다. 벵골어로 쓰인 보스의 에세이를 읽다가 그가 일반적이든 구체적이든 식물에 대해 적은 대목을 만나면 나는 잠시 멈추어서 주의를 집중했다. 그는 식물을 아기라고 불렀고, 가끔은 조금 더 나이 먹은 어린이라고도 했다. 나도 물론 사적인 마음의 응어리를 가지고 있다. 10년도 넘게 결혼 생활을 하고 있지만 부부 관계의 "결실"이라 할만한 아이가 없었다. 아이들이 없는 일부 사람들에게서 나타나는 식물에 대한 강박적인 애정을 설명하는 것이라면, 아이들을 결실에 비유하는 데 초점을 맞춘 은유적이고 심리적인 이야기를 조금 알고 있었다.

계단을 올라가다 보니 왼편에 깔끔하게 손질된 정원에 아름다운 산꽃들이 나의 시선을 끌었다. 새삼스럽게 보스에게 가족 같은 친밀감이 들었다. "마야푸리" "환상의 땅"이라는 다소 비현실적인 이름이 붙은, 다르질링에 그가 소유하고 있던 집으로 가게 된 것은 식물을 사랑하는 가문에 대해 좀 더 많은 것을 알아보기 위함이었다. 이 건물은 1917년에 보스가 설립했던 인도 최고의 과학연구소 중 하나로, 보스 연구소의 전초 기지 격으로 일부 건물은 국가의 재무부에서 지어서 신축이었다.

내가 창문 안을 살짝 훔쳐보고 있는데 아르티가 보스의 유령이라도 찾고 있냐고 농담을 던졌다. 조금 겸연쩍은 기분이 들었다. 혹시라도 보스가 살던 시절부터 있었던 일종의 살아있는 유물이라고 할 수 있는 화분 식물이라도 있을지 궁금했다는 말은 차마 부끄러워서 하지 못했다. 이후 라이 씨는 약 30분에 걸쳐 우리에게 보스의 침실, 서재, 타자기, 거울, 모자걸이, 가죽 바틱 가방, 나무 벽에 기대어 쉬고 있는 그의 부모님 사진, 그리고 보스가 좋아했던 통나무를 태웠을 것 같은 벽난로를 보여주었다. 그의 삶의 소품들이 당시 모습 그대로 자리하고 있었다. 나는 그때까지 15세기와 16세기의 인도의 오래된 사원을 연상시키는 복잡한 디자인의 나무 조각 문 앞에 서 있었다. 그러다 문득 궁금함이 생겼다. 이 죽은 나무에 끌로 조각을 할 때 나무가 느꼈을 고통을 보스는 생각해 보았을까?

그럼 나 자신은 어떤가? 내가 가장 선호하는 가구 자재가 나무 아니었나?

나는 르봉 카트 로드의 로이 빌라에 있는 보스의 마운틴 하우스로 가고 있었다. 스코틀랜드 아일랜드계 혈통으로 작가이자 사회복지사로 활동한 니베디타 수녀가 이 집에서 살았다. (그녀의 본명은 마가렛 엘리자베스 노블이다.) 그녀는 보스와 아내 아발라의 친한 친구로, 보스 부부를 다르질링에 처음으로 초대했다. 내가 왜 로이 빌라로 향했는지 설명할 길이 없다. 그 집은 다르질링의 폭력적인 탈식민지 역사 속에서 집중적으로 공격을 받았던 곳이다. 그곳은 고르카랜드 운동으로 무장한 자원군에 점령당해 아마추어 군인들을 위한 기지와 기숙사로 전환되었다. 그로 인해 건물 안에 있었던 니베디타와 그녀의 저명한 손님들의 삶의 흔적은 더 이상 찾아볼 수 없다. 서벵골주 수석장관이자 철학자 스와미 비베카난다를 추종하던 마마타 바네르지는 니베디타 수녀와 친밀한 관계를 유지하고 있었지만, 서벵골 정부의 자치권 운동을 이끌던 정치 집단 고르카 인민당과 타협했다.

그 결과 로이 빌라는 라마크리슈나 미션 니베디타 교육문화 센터로 넘어갔다. "가난한 어린이들을 위한 종합적인 발달 프로그램"이 현재 이곳에서 운영되고 있다. 그곳에 대해 이미 어느 정도 알고 있었음에도 나는 그리로 갔다. 왜 그랬는지 알 수 없다. 그 마을은 확장되고 삼림 채벌도 이어졌지만, 그 집은 자꾸 쓸쓸해 보이고 버려진 느낌이 들었다. 집은 마을에서도 가장 멀리 끝자락에 있는 데다 나무들까지 빽빽하게 자라서 을씨년스러운 기운이 더해졌다. 그곳의 기묘하게 고요한 분위기를 잘 설명해 주는 뱅골의 의태어 표현이 있다. "타무타무아이." 집으로 이어지는 길에서 홀로 서서 나무들의 나이를 가늠해 보았다. 저 나무 중에서 100년 전에 보스가 보았던 나무들이 몇 그루나 있을지 궁금했다. 우리의 역사가 남긴 흔적들에 신경이 쓰였다. 역사적인 장소에는 방문객들의 기록이 남는다. 그런데 왜 나무의 역사를 알려주는 것은 전혀 없는 것인지.

다행히도 그곳에는 휴대전화가 연결되지 않았다. 주변에서 이를 불평하는 소리가 내 귀에 들리지 않았다면 나는 그 사실도 알지 못했을 것이다. 불만을 터뜨리는 두 명의 어른 목소리 중 한 명은 남자, 다른 한 명은 여자였다. 어린아이의 울음소리도 들렸다. 그 두 명은 다시 불평을 시작했다. 네팔어를 사용 안 한 지 거의 10년이 넘어서 이제는 녹슬기는 했어도 그들 대화 주제는 짐작이 갔다. 또 다른 제삼의 목소리가 대화에 끼어들었다. 내가 보기에는 나이가 제법 지긋해 보이는 남자였다. "니베디타 수녀님은 아이가 없었어요. 비베카난다도 없었고, 보스와 그의 아내 역시 자식이 없었죠. 그러니 저런 곳이 어떻게 아이들에게 친화적인 장소가 될 수 있겠어요?" 이내 웃음소리가 들려왔다. 그 웃음소리가 서서히 나를 그 공간에서 몰아내고 있음을 알아차렸다.

마을의 반대편에 있던 마야푸리에서 인접한 정원에 피어난 낯선 꽃들을 살피다가 보스가 정원에 은유적 가치를 담았다는 생각이 떠올랐다. 현재 이 기관은 콜카타에 세워진 보스 연구소의 산중 분원 같은 곳이다. 보스는 이곳을 "연구와 삶의 정원"이라 불렀고, "실제 실험실도 정원 풍경과 자연스럽게 잘 어우러져서 그야말로 생명 연구를 위한 실험실이었다."[59]

1899년 5월 20일 친구인 라빈드라나트 타고르에게 보낸 편지에서 보스는 다르질링에서 자신이 머무는 곳을 묘사했다. "나는 여기서 가장 수동적인 삶을 살고 있다네. 내가 사는 곳에서 사람 소리는 아예 들을 수가 없다네(이곳은 버치힐 너머에 있어). 새들의 지저귀는 소리만이 적막을 깨고, 내 눈에 들어오는 것은 히말라야뿐이라네. 자네가 한 번 방문해 주면 좋을 것 같아. 며칠이라도 와줄 수 없겠나?" 이 장소에 대한 묘사에서 명백하게 드러나는 고독의 분위기는 이곳이 19세기 말 몇 년 동안 이미 조용한 요양원 마을이었던 주변 환경 탓도 있지만, 눈에 보이지도 않고 소리도 없는 식물의 삶을 향한 보스의 관조적 시각도 한몫했음이 분명하다. 소로, 니체, 칸트, 키르케고르, 데카르트, 파스칼, 스피노자, 아우구스티누스, 심지어 부처까지 이들 모두는 철학과 통찰로 인간 사고의 궤적을 바꿀 수 있었던 사람들이다. 이들이 인간과 멀리 떨어져서 오로지 나무를 벗 삼아 오랜 시간 고독 속에서 지나온 삶의 결과물이었다. 한때 미친 듯이 날뛰던 군중의 역사가 이제 관광객들을 끌어들이고 있었다. 그곳에는 고독과 관련해서 얻거나 잃은 무언가가 있었다. 나는 도시 생활에 숨이 막혔다. 내가 일했던 도시 주변에는 거대한 건물들이 들어섰는데, 건물 뼈대가(공사 진행 중인데 달리 뭐라 부를 수 있겠는가?) 위협적인 천하무적처럼 보였다. 동승자에게 건물들이 너무 높다는 것과 내가 겪고 있는 폐소공포증에 대해 끝없이 불평을 쏟아냈다. 그런 내가 대학 건물 2층 강의실에서 가르칠 때, 마치 창밖에서 엿듣기라도 하듯 가지를 뻗으며 높이 자라는 키 큰 나무들을 보고 있노라면 언제나 반갑고 안도감이 들었다. 수령이 오래된 많은 나무가 건물보다 더 키가 컸지만 어떤 불쾌감도 질식할 것 같은 공포도 일으키지 않았다. 비슷한 예로 우리는 인구 밀도가 너무 높다고 불만을 터뜨리면서도 어쩔 수 없이 살고 있다. 그게 참, 앞뒤가 맞지 않는다는 생각이 들어 좀 놀랐다. 교실, 교직원실, 사무실, 극장, 쇼핑몰, 시장, 버스, 기차, 그리고 기차역 등 이 모든 공간에서 움직이는 수많은 사람과의 접촉을 피해 달아나고 싶었다. 가령 숲속으로 탈출하고 싶었다. 너무 과밀한 장소를 벗어나 또 다른 과밀한 곳을 찾아가고 싶었던 것이다. 구성만 사람에서 나무로 바뀌었을 뿐이다.

나는 보스도 나와 같은 생각을 했을 거라고 믿고 싶었다. 관광객이 들끓지 않았던 100년 전의 다르질링에서 조용하고 고독한 생활을 할 수 있었던 이유는 대부분 식물 속에서 살았기 때문이다. 다르질링에서 보스와 아내는 아시라인 빌라에서 살았다고 하는데 그 위치를 쉽게 찾을 수가 없었다. 그 집의 이름은 보스가 라빈드라나트 타고르에게 썼던 편지에서 알게 되었다. 보스는 시인이 벵골 평원에서 보내준 "잘린" 식물 선물에 감사를 표하기 위해 편지를 썼다. 나는 그 편지에 적힌 날짜를 뚜렷하게 기억했다. 1905년 5월 16일. 이게 웬 우연의 일치란 말인가. 내가 보스의 산중 가옥들을 찾아갔던 날이 그로부터 108년이 지난 같은 날이었다.

*

보스와 그의 식물들이 갖는 공통점 중 하나는 돈에 대한 초연함이었다. 그는 발명가 굴리엘모 마르코니보다 2년 앞서 무선을 발명했다. 하지만 보스는 돈에 관심이 적었고, 과학은 개인의 영달을 위해서가 아니라 공유해야 하는 그 무엇이라는 믿음이 있었기에 특허 신청을 내지 않았다. 라빈드라나트 타고르에게 보낸 편지에서 보스는 자신의 발명품을 "판매"하는 것을 거절한 이후 영국 신사와 있었던 한 번의 만남을 언급한다. "이 발명품은 큰돈을 벌게 해줄 겁니다. 제가 대신 특허를 내드릴게요. 당신은 지금 어마어마한 돈을 벌어들일 기회를 날리고 있는 겁니다. 저는 수익의 절반만 가져가겠습니다. 그리고 필요한 자금은 제가 대겠습니다."[60] 보스는 거절했다. 그런데 시연을 위해 보스가 테이블 위에 올려두었던 노트들이 사라지는 일이 벌어졌다. 몇 년 후 그 노트들이 거죽이 좀 달라진 채 마르코니의 이름을 달고 다시 등장했던 일은 이제는 누구나 다 아는 이야기다. 보스는 과학 발명과 상업 사이의 제휴 맺기를 거절한 후, 1917년 보스 연구소 취임식에서 "무언가를 발견했다면, 그것은 공공의 재산이 될 것입니다. 따라서 특허는 내지 않을 것입니다"라고 말해 많은 주목을 받았다.[61]

J. C. 보스는 탐정 같은 호기심을 가지고 있었지만 정보국이나 런던 경시청과 다른, 사람이 아닌 식물의 비밀스러운 삶에 관심이 있었다. 탐정이 CCTV 카메라나 여타 스파이웨어 등을 사용하는 것처럼 보스는 자신만의 도구를 만들어 식물의 비밀스러운 삶을 감시했다. 그가 만든 공명 녹음기는 외부 자극으로 생성된 흥분의 수준을 측정할 수 있었다. 전기 탐침은 인간의 뉴런처럼 행동하는 식물을 부분별로 확인할 수 있었다. 프토그래프는 야생화 도둑놈의갈고리의 심장 박동과 같은 리듬을 기록했고, 식물 사진기는 식물이 물을 빨아들이는 속도를 측정했다. 자동 식물 사진기

가 있었고, 식물과 물의 관계를 기록하는 버블러 기기, 물을 빨아들인 후 세포 내에서 발생하는 팽창과 수축을 측정하는 식물 맥파계가 있었다. 보스에게 찬사와 조롱을 동시에 안겨준 그 유명한 크레스코그래프(cresco는 자라다를 의미한다—옮긴이)는 글자 그대로 식물의 성장 속도를 측정했다. 이것보다 한층 더 정교해진 버전 자기磁氣 크레스코그래프는 식물 성장을 보다 정확하게 기록했다. 식물의 빛과 산소와의 관계를 추적하는 광합성 레코더도 있었다. 이것들은 모두 매우 복잡한 기기들이라서 나는 읽으면서 기기들의 도면을 참조했다. 그러다가 보스가 실제로 식물의 생리학에 관심이 있는 식물학자였는지 궁금해지기 시작했다. 혹시 그는 식물심리학자가 되려고 했던 것은 아니었을까? 보스의 그 터무니없는 바람에 동질감을 느끼며 나의 선택적 친화력이 발동했다.

보스는 자신의 연구가 영역의 틈새를 넘나드는 본질이 있음을 인식했다. "나는 무의식적으로 물리학과 생리학의 경계 영역으로 이끌렸고, 어느덧 경계선이 사라지면서 생물과 무생물의 영역 사이에 접점이 드러나는 것을 보고 매우 놀랐다. … 보편적인 반응이 금속과 식물, 그리고 동물을 일반적인 규칙에 따라 결합시키는 것처럼 보였다. 이들은 모두 본질적으로 동일한 피로와 우울증 현상과 더불어 회복과 행복의 가능성을 보여주었지만, 죽음과 관련한 영구적인 무반응의 가능성도 나타났다." 자신의 연구가 과학계 규율에 얽매인 과학자들 사이에서 반응을 이끌어내자 그는 목소리를 내어 과학계의 "카스트 제도"에 대해 여러 차례 언급했다. 과학자들은 자신들의 카스트 계급의 의식을 따라야 했다. 그러니 학제 간의 융합은 요원한 일이었다. 원래 기쁨보다는 좌절감이나 거절이 사람들을 더욱 단단하게 묶어주는 법이다. 그래서 그런지 사람들 특히 식물학자들이 반복적으로 내게 의구심을 동반한 일깨움을 주었다. 전자 현미경으로 세포의 행동을 읽는 방법도 모르는 내가 왜 그토록 식물의 삶에 호기심을 갖느냐고.

보스는 식물 생명의 "비밀"을 우리에게 알려주는 것이 자신의 사명임을 확신했다. 오랫동안 나는 보스의 작업에 대해 신중하게 반응하는 입장을 유지했다. 과학적 작업물을 대하는 도덕성, 지나치게 겸손한 어투가 마음에 들지 않았기 때문이다. 만약 보스가 식물이 움직이는 생명체라는 것을 증명할 수 있었다면 어땠을까? 그것은 어떤 의미였을까, 아니 오히려 그는 자신의 발견이 무엇을 의미하길 바랐을까? 당시 반항심 가득한 10대였던 나에게 보스가 느끼는 발견의 기쁨은 때때로 행성이나 인공위성에서, 우주 안의 "생명"의 흔적을 발견한 NASA 과학자들이 느끼는 무한한 열정과도 흡사해 보였다. 하지만 오랜 세월을 내가 보스라고 생각하고 살아왔고, 또 여러 면에서 보스의 삶을 지향하면서 나는 그의 과학적 호기심의 본질을 경험하게 되었다. 시가 시이고 달이 달이듯 그런 지식에는 도덕성이 필요치 않고 식물은 살아있는 것이기 때문에 식물은 이미 "생명체"였다.

비밀이나 감추어진 것 즉 내면의 삶에 흥미를 느끼는 보스는 그 마음만은 어린아이였다. 나도 그런 경험을 종종 했었기에 그의 욕구를 이해할 수 있었다. 5월의 더운 날에 나무는 지치지 않았을까? 뿌리께로 떨어지는 나뭇잎을 보고 슬프지는 않았을까? 이웃 나무에게 더 많은 물을 주었을 때 질투가 나지 않았을까? 등등. 하지만 무엇보다 내가 가장 알고 싶었던 비밀은 부모 나무가 죽었을 때 어린 식물들은 어떤 기분이 들었는지다. 고아가 된 기분이었을까? 보스가 비밀을 알아내는 데만 열중했던 것은 아니다. 그는 식물들이 자신들의 비밀을 우리에게 말해주길 바랐다. 그런 점에서 그가 고안한 기기들은 거짓말 탐지기 같은 것이었다.

"식물 생애의 비밀은 식물의 자필 서명으로 인해 최초로 밝혀졌다. 식물 스스로 글씨를 쓴다는 이 증거가 채소를 민감한 것과 둔감한 것으로 나누었던 해묵은 오류를 제거했다"[62]고 보스는 1917년 겨울의 한 강연에서 세상을 향해 선언했다. 세상에 자신의 아이가 "정상"임을 성공적으로 증명한 부모의 기쁨으로 읽는다면 이 글이 그렇게 억지스러운 것만은 아니다. 보스에게 움직임과 말은 생명의 주요한 정의처럼 보였다. 그런데 그 아이가 "말"을 했으니, 얼마나 기뻤겠는가? 수 세기 동안 식물은 움직이지 않는다는 혐의를 받았지만 이제 보스는 그 혐의에서 자유롭다. 보스가 가장 좋아하는 그러한 식물의 움직이는 예는 그의 고향에서 관찰되었다. "파리드푸르의 기도하는 야자나무는 매일 저녁 엎드려 절하는 놀라운 퍼포먼스를 선보였다. 이는 식물이나 단단한 많은 나무가 둔감하다고 상정된 것이 잘못된 이론과 불완전한 관찰 탓임을 보여주는 최신 예시 중의 하나일 뿐이다. 내가 조사한 바에 따르면 나무를 포함한 모든 식물이 환경 변화를 민감하게 알아차린다. 식물들은 모든 자극, 심지어 떠다니는 구름으로 인한 미세한 빛의 변동에도 눈에 띄는 반응을 보인다."[63]

보스는 독이 식물과 동물에 미치는 영향의 유사성에 주목했다. 그리고 식물과 사람의 동등성에 대한 불굴의 믿음을 보여주는 놀라운 예를 인용한다. "외부 충격으로부터 조심스럽게 보호받는 글라스돔 안의 식물은 매끈하고 무성하게 자라는 듯 보이지만, 고등 신경 기능이 위축되어있는 것을 발견할 수 있었다. 이 힘없이 부풀어 있는 표본 위로 충격이 계속 가해진다면 충격 자체가 신경 채널을 생성하고, 약화된 본성을 새롭게 자극한다. 진정한 남자로 거듭나게 만드는 것은 솜뭉치 보호가 아니라 역경이라는 충격이 아닐까?"[64] 보스가 혹독한 환경으로부터 보호받는 식물을 스스로 역경을 멀리하는 사람과 비교하고 있었는지 확인하기 위해서 나는 그 글을 두 번이나 읽어야 했다. 또한 보스가 식물을 어린애 취급을 하지 않으려 애쓰는 모습을 어렵지 않게 볼 수 있는데, 식물을 아이들 특히 자기 자식처럼 다루는 보스의 경향을 고려하면 좀 아이러니하다.

보스는 콜카타의 프레지덴시대학교 학생들을 대상으로 하는 강연에서 "케임브리지대학교에서 공부할 때 식물생리학 수업의 학부생들이 내게 오더니 나의 동포들은 정확한 과학적 관찰에 부적합하다며 조롱을 하더군요"라고 전했다. 그는 그때 받은 모욕을 기폭제로 삼아 식물의 비밀스러운 삶을 밝히는 일에 열정을 불태운다. "그건 아마도 수년간 잠재의식 속에 녹아들었던 인상 때문이었을 겁니다. 그 인상이 내 조사의 과정을 바꾸어서 자신을 표현할 수 없는 식물이라는 생명체의 내면의 역사를 밝혀내게 했습니다."[65] 1908년 《모던 리뷰》에 실린 〈식물과 동물의 자동화〉라는 유명한 에세이에서 보스는 빛, 독성, 더위와 추위를 포함한 모든 경우에 대한 식물의 반응을 언급하면서, 이를 인간의 신체 특히 마음과 비교를 한다. 그런 다음 그는 전신 식물인 도둑놈의갈고리의 "끊임없이 지속되는 파동은 인간의 심장 같다"[66]고 설명했다. 보스는 식물에 대한 양분과 빛의 공급을 차단했다가 다시 식물이 선호하는 조건 환경에 복원시키는 방법으로 이와 같은 사실을 알아냈다. 그는 식물의 행동을 설명하기 시작하면서, 식물과 아이에 대한 무의식적인 비교로 빠져든다. "배불리 먹고 난 후 건강한 몸에서는 같은 현상이 나타난다. 먹기 전에는 침묵의 상태에 있다가 양분을 먹은 후에는 리드미컬한 방식으로 팔다리를 내뻗으며 넘쳐나는 에너지를 표현한다. 이 비슷한 현상은 좀 더 성장한 아이들에게서도 보이는데, 강렬하고 즐거운 자극을 받으면 아이들은 기뻐서 날뛰며 춤을 춘다." 그리고 거의 즉각적으로 보스는 식물과 어린이를 나무와 성인으로, 그리고 생리적 반응은 심리적 반응으로 전환한다. "이 다중 리듬 반응은 어쩌면 넘쳐나는 자존감이나 자만심의 표현일 수도 있다!"[67]

보스가 두 종을 비교하고 있다는 걸 알게 되면서 내가 얼마나 기쁨에 들떠서 보스의 글을 읽었는지 모두 짐작할 수 있을 것이다. 비단 그는 식물을 인간의 자식이라고 생각했을 뿐 아니라 식물과 인간이라는 매우 다르게 보이는 두 종의 작용을 다음과 같이 아주 쉽게 가변적으로 보았다. "비록 중력의 끌어당기는 힘과는 반대로 유지되지만 식물의 작용을 이해하는 데 어려움이 없는 것은 인간의 몸과 연동된 행동을 이해할 때와 마찬가지다. 우리는 따라서 식물에서 수액이 상승하는 통로를 기력이 퍼져나가는 것으로 간주할 수 있다." 그는 빛에 대한 인간의 반응과 식물의 반응 사이의 유사점에 주목하고, 즉시 빛에 대한 인간의 반응을 식물과 비교했다. 빛은 인간이나 식물 모두에게 양분이 된다. 이후 그는 자신의 연구에서 가장 어렵고 심지어 논란의 여지가 있는 영역으로 넘어간다. 그는 식물에게 순종을 요구하고, 식물이 말하는 소리를 듣고, 말하는 입 모양을 읽고 싶어 했다. 그리고 다시 그는 식물을 아이들로 만들었다. "반항적인 아이를 말 잘 듣게 만드는 일은 비교적 쉽다. 그러나 식물로부터 억지로 대응을 강요하는 것은 진짜 어려운 문제다!"[68] 그리고 그는 보모가 된다. "그러나 수년간의 긴밀한 접촉을 해온 덕에 그들의 방식을 조금은 이해했다." 그러면서 자신을 학생들의 입을 여는 데 열성을 쏟는 엄격한 교사에 비유하며 곧 죄책감을 느낀다. "어떻게든 식물들이 응답하게 만들기 위해 그동안 아무런 죄 없는 식물에게 지속적으로 여러 잔인한 방식을 행했던 것을 이번 기회에 공개적으로 고백한다."

보스를 읽는다는 것, 그와 같은 방식으로 산다는 것은 동시에 사람도 식물도 될 수 있는 자유로운 삶의 감각을 인식하는 것이다. 사람들이 만든 근무 시간대에 맞춰서 갑자기 일어나는 게 끔찍하게 싫은 저녁형 인간인 나는 다음 부분이 아주 마음에 든다. "식물들 사이에서도 우리 자신과 마찬가지로 이른 아침에, 특히 추운 밤을 지나고 난 후에 어떤 나태함 같은 게 발견된다."[69] 오전 시간의 행동에도 유사점이 있다. "처음 몇 개의 응답은 매우 뚜렷하지만 한낮의 과도한 더위 속에서 다시 피로감이 자리한다. 폭풍우가 치는 날에도 식물은 고집스럽게 침묵을 지킨다. 여름날에 미모사가 충격을 받고 회복하는 데 10분에서 15분이 걸리는 반면 겨울에는 같은 회복에도 30분 이상 소요된다. 이 모든 과정에서 인간과 식물의 반응 사이의 유사성을 인식할 수 있다."[70] 보스는 식물의 "신경질적인" 행동을 기록하고 인간 대 식물의 관계로 상정하고 있다. 그는 연인처럼, 부모처럼,

식물이 자신의 존재와 애정을 인식하고 있음을 그에게 알리는 의사소통의 신호를 갖기를 원했다. 그는 식물의 행동에서 "자발성"을 찾으려 했다. 작은 응답만 와도 만족했겠지만 결국 "대화"가 없었기 때문에 응답은 "정상적인" 방식으로 오지 않았다.

인간과 마찬가지로 자극에 대해 식물이 보이는 마지막 응답은 죽음이다. 그래서 보스는 질문한다. "식물은 이 마지막을 어떻게 반응할까?" 이를 위해 그는 식물의 "마지막 말"을 그대로 녹음할 수 있는 도구를 만들었다. "모로그래프 즉 데스 레코더의 대본을 보면, 지금 시점까지 그려져 있던 선이 갑자기 반전되고 끝난다. 이것이 식물의 마지막 응답이다."[71] 지금껏 식물 특히 묘목이 죽고 나서 내가 얼마나 많은 시간 의기소침해했는지를 돌아보면 이 대목을 읽고 나는 깊은 슬픔에 빠졌어야 마땅하다. 그러나 우는 대신 낄낄대며 웃고 있는 나를 발견했다. "모로그래프"라는 기기의 이름은 뱅골어로 죽음을 뜻하는 "모로Moro"에서 유래했다. 죽어가던 식물이라도 이 잡다하게 짜깁기된 단어를 들으면 웃고 말았을 것이다. 그러나 식물은 웃지도 울지도 않는다.

그래서 궁극적인 좌절감을 주는, 대화가 부족한 이 관계에서는 상대가 나를 어떻게 느끼는지 알 필요가 있다. 보스는 나와 같은 식물 애호가들을 대변해 말한다. "만약 식물이 스스로 일기를 쓸 수 있었다면 자신의 역사를 되돌릴 수도 있었을 것이다!"[72] 이 억눌린 좌절감으로 인해 J. C. 보스는 자신의 에세이집의 이름을 뱅골어로 "말하지 않은 것"을 뜻하는 《아우뱌크토》로 지은 것 같다. 유사성은 쉽게 발견할 수 있다. 보스는 식물로서 자신의 후손들을 대변해 말하고, 식물이 말하지 못했던 것을 표현하려 한다. 이 말 하지 않는 자의 침묵은 그의 삶을 관통한 주요한 동기처럼 보였다. 그의 유명한 에세이 〈가흐어 카와타〉는 두 가지 의미로 해석할 수 있다. "식물의 이야기"와 "식물이 말하는 것"이다. 보스는 평생 자신을 괴롭혔던 근본적인 질문으로 글을 시작한다. "식물은 무언가 말을 하는가?" 식물의 언어를 이해할 수 있는 능력이 부족하다는 사실을 참을 수 없었던 그는 나무의 언어로 여겨질 수도 있는 것들에 대해 인간의 언어가 지나치게 특권을 누린다고 비판했다. 보스는 침묵이 나무만의 표현 방식일 수 있다는 믿음을 거부하고 이런 일방적인 소통에 짜증을 내며, 어린애처럼 행동한다고 거의 나무를 꾸짖을 정도다. "식물이 말을 한 적이 단 한 번도 없는가? 인간만이 자신의 생각을 가장 명확하게 표현할 수 있다는 것이 사실일까? 그리고 명확하게 자신을 표현할 수 없는 사람들의 경우 그들의 말은 언어가 아닌가? 우리 집에는 말을 **분명하게** 하지 못하는 아이가 있다. 몇 마디의 말은 할 수 있지만, 그것조차도 충분히 명확하지 않다. … 하지만 우리는 그가 말하려는 것을 이해할 수 있다. … 그의 눈, 얼굴 그리고 손과 머리의 움직임은 우리에게 그가 무슨 말을 하려는지 알려준다. 다른 사람들은 그를 잘 이해하지 못한다."[73]

관리인 라이 씨가 했던 말 뒤에 담긴 진실이 보이기 시작했다. 보스는 정말 식물과 아이들 사이를 매끄럽게 잘 융화시켰다.

그렇다면 자녀가 없거나 일부러 자녀를 안 갖는 사람들이 식물을 아기처럼 대하는 경향이 있다는 것은 사실이었을까? 보스는 씨앗을 알이라고 부르고 "어머니" 나무의 이타주의에 관해 이야기하는 데 많은 에너지를 썼다. 이 책의 다음 에세이《식물의 탄생과 죽음》에서 그는 묘목을 아기에 비유한다. "씨앗이 토양 아래에 숨어있다. … 누군가 밖에서 아이를 부르는 것 같다. 이제 일어나서 꼭대기로 올라가 햇빛을 봐, 라고. 발아하는 씨앗을 본 적이 있는가? 그것은 마치 경이로움과 놀라움으로 가득 찬 세상 밖을 보려고 고개를 내미는 아기와 아주 많이 닮았다."[74]

식물의 어떤 점이 보스나 나와 같은 사람을 식물의 부모가 되게 만들었을까? 보스의 해명이 나를 이리로 이끌었을 뿐 전적으로 내 잘못은 아니었다. "식물은 우리가 먹는 방식으로 먹는다. 우리는 치아가 있어서 딱딱한 것들도 먹을 수 있다. 하지만 유아는 치아가 없어서 우유만 마실 수 있다. 식물도 이빨이 없기는 마찬가지다. 그래서 식물도 물이나 액체만 섭취한다."[75] 갑자기 나의 어린 시절의 한 장면이 떠올랐다. 3학년 자연 수업 시간이었다. 나는 자리에서 일어나 선생님께 말했다. "아랫니가 헐거워졌어요." "그건 너의 젖니란다. 곧 새 이가 다시 날 거야." 매주 실시하는 종자 발아 시험에서 나는 다음과 같이 적었다. "씨앗은 젖니를 잃고 점점 자라서 어른이 됩니다."

보스는 식물이 먹고 마시는 방식에서만 아기와 비슷하다고 생각한 것은 아니었다. 단순히 작다는 이유로 사랑스럽고 귀여워서 우리를 어쩔 줄 모르게 만드는 어린 아기의 손과 얼굴을 떠올려보라. 보스는 나뭇잎에 대해서 바로 그 똑같은 태도로 글을 쓴다. "나뭇잎에는 여러 개의 작은 입이 있다. 자세히 들여다보면 작은 입술을 발견할 수 있다."[76] 그리고 그는 식물의 배고픔에 대해서 다음과 같이 쓰고 있다. 젖먹이 아기가 엄마의 가슴을 향하는 것과 똑같이 식물은 빛을 향한다. "식물의 기본 본능은 빛을 먹는 것이다." 그런 다음 보스는 밋밋한 의인화에 굴복당하고 만다. 그건 내가 자주 경험한 터라 나도 잘 아는 감정이다. "씨앗은 식물의 아이들인데… 식물은 꽃으로 덮여있을 때 마치 미소를 짓고 있는 것처럼 보인다. … 이 아름다움을 통해 빛이 나는 것은 식물에 대한 모성애다." 조금 지나서 보스는 식물의 생애 주기와 그 안에 깃든 사랑의 기술에 관해 이야기하면서 다음과 같이 적었다. "식물은 자신의 삶을 돌보지 않은 채, 모든 수액을 짜서 씨앗을 키운다. … 이제 메말라 버린 식물은 가벼운 산들바람에도 더는 버틸 수 없게 된다. 식물은 바람 속에서 몸을 떨고 있다. … 자식을 위해 온 생명을 다 바친 식물은 이제 죽음을 맞이한다."[77]

몇 페이지 뒤의 또 다른 에세이에서 그의 오래된 야망이

다시 고개를 든다. 우리는 아기를 사랑하고 그래서 아기의 마음속에 무슨 일이 일어나는지 알고 싶어 하는 사람들이기에 바로 알아차릴 수 있을 것이다. 그러니까 우리는 식물들이 생각을 종이에 적도록 해야 한다고 보스는 에세이에 쓰고 있다. "나의 표현으로 바꾸어 말하면 다음과 같다. 세상에는 수많은 나라와 수많은 언어가 존재한다. 그런데 식물의 언어는 왜 없겠는가? 내가 이런 문제를 제기하면, 문명인들은 짜증을 낼 수도 있겠다. 그렇지만 탈출구는 없다. 인정하시라."[78] 그리고 보스는 열정이 넘쳐서 이 글을 계속 쓰는데, 어찌나 열정이 넘치는지 회의주의자조차도 식물이 자필 서명을 쓰게 하고 싶다는 그의 열망에 감화될 지경이다. 더 나아가 식물더러 자서전도 쓰게 할 기세다. 다음의 문장들이 나올 때까지는 그랬다. "식물의 텍스트가 우리의 데바나가리 문자에 꽤 가깝다는 것은 다행스러운 일이다. 그건 문맹자나 반문맹자가 해독하기에도 어려운데 말이다."[79] 나는 식물 그리고 그 식물들과의 관계에 대하여 좀 별스러운 갈망을 가진 사람이다. 그런데 그런 나조차도 이 대목에서는 이런 생각을 하며 즐거웠던 적은 없었음을 고백해야겠다. 물론 나도 한때는 식물의 "말" 사이에 멈춤이나 중간 쉼표, 스페이스 바가 있는지 또는 예측할 수 없는 아이의 울음처럼 장시간 차례차례 쉼 없이 실행되었는지 궁금했던 적이 있기는 하다.

보스의 좌절과 실망은 "침묵"과 상호 소통의 부재에 있고,

식물과의 대화에 대한 그의 욕구 때문이다. 우리는 서로 주고받는 말하기 방식에 너무 길들어서 다른 소통 모델이 있을 수 있다는 것을 깨닫지 못한다. 에세이 〈침묵의 삶〉은 유의어를 반복하며 시작된다. 우리 주변의 생명은 지나치게 침묵을 지킨다.[80] 그리고 그의 오래된 절박함이 나타난다. 우리는 식물들이 자기 삶의 이야기를 들려주도록 해야 한다. 이러한 식물의 역사를 사람이 조정해서는 안 되고, 식물이 우리에게 직접 말하게 해야 한다. 보스는 식물과 유아의 비교로 서론을 열고, 인간의 "의도적인 편견"을 배제하면 식물이 직접 말을 걸어올 것이라고 주장했다. 만약 수많은 철학자, 언어학자 및 뇌 과학자들이 갓난아이나 유아의 생각을 알기 위해 그들 정신 내면으로 들어가길 원한다고 생각해 보면, 우리는 보스의 주장에 그렇게 광분하지 않을 것이다. 유아의 마음조차 우리가 잘 모르니까 모든 "어린 시절의 역사"는 식물이나 나무의 역사와 마찬가지로 완전하지 않다.

보스는 식물에게 문자가 있다며 이 문자에 "토률리피"라는 이름까지 지어 붙였다. 보스는 타자기의 기능도 함께 겸할 수 있는 현악기에 대해 설명한 후 소제목에서 다음과 같은 질문을 던졌다. 식물이 부끄러움을 탈까? 그는 자신의 질문이 어디에서 비롯되었는지 설명하며, 식물이 말로 표현하지 않는 것은 부끄러워하는 사람들이 반갑잖은 질문 공세에 대응을 안 하는 것과 같다고 한다. 보스가 가장 큰 상처를 받는 것은 식물이 그에게 말을 하지 않는다는 것이 아니라 식물이 자신들의 상처를 제대로 표현할 수 없다는 점이다. 보스는 결국 식물이 청각장애인이나 마찬가지라는 생각에 이른다. 생명의 정의는 생명체가 신체적 상처에 보이는 즉각적인 반응이다. 그의 질문은 계속된다. 식물은 상처에 자극을 받을까? 식물은 자신의 상처를 어떻게 세상에 소통할까? 그런 소통을 어떻게 기록할 수 있을까? 그것을 종이에 기록하면 식물의 역사를 알 수 있을까?

그래서 보스는 식물을 꼬집고 고문하며 그들의 반응을 다양한 도구로 기록함으로써 상처의 역사를 보여주기 위한 작업을 시작한다. "조금만 상처를 입으면 작은 동요가 일어 펜은 위아래로 약간만 흔들리지만, 더 큰 상처는 더 긴 선을 만든다."[81] 그리고 식물은 다시 그의 자식 같은 존재가 된다. "식물이 상처를 회복하려면 적어도 30분은 소요된다. … 만약 아이들이 학교 선생님으로부터 회초리질을 당한 후, 더 크고 더 현명해지리라 보장할 수 없는 것과 마찬가지로 식물도 상처를 입고 나서 성장을 멈추기도 한다. 실제로 두 경우 모두 성장에 방해를 받는다." 이 위대한 식물 애호가가 자신이 사랑하는 대상에게 비밀을 드러내려고 고통을 겪게 만든 일은 읽는 내내 충격이었다. 나는 식물이 감옥이나 법정 또는 종교 재판소에 놓여있는 장면을 떠올렸다. 보스가 그 일에 죄책감을 느꼈다면, 상처받은 식물을 위한 병원은 왜 생각해 내지 못했는지 마음이 아팠다.

*

다르질링에 있는 보스의 산속 집은 이제 그의 생활 습관의 기록을 보여주는 박물관으로 변모해서, 그가 매우 교양 있는 사람이었다는 사실 말고 다른 무엇도 알 수가 없다. 사람 손이 아니라 세월의 광을 입은 나무 벽과 바닥은 이 가문에 흐르던 사랑, 나무 세계와 교감했던 보스의 오랜 사랑은 그 흔적조차 남아있지 않다.

산속 집에서 가파른 경사진 길을 걸어 내려오면서 몇 번 발을 헛디뎠다. 머리로는 기억하는데 몸은 쉽게 잊는 탓인지, 내 발과 다리는 가파른 경사가 주는 저항을 잊어버렸다. 그러다 넘어졌다. 다치지는 않았지만 자존심은 좀 구겨졌다. 다 큰 어른 중에 자신의 의지와 상관없이 넘어지는 걸 좋아할 사람이 누가 있겠는가? 하지만 뒤따라오던 라이 씨가 아빠 같은 목소리로 나를 향해 소리쳤다. "여자들은 조심해야 해요. … 까딱하다간 유산 같은 것도 할 수 있으니까요." 나는 갑자기 화가 치밀었다. 방금 했던 그의 발언이 얼마나 부적절한 것이었는지 보여주려고 고개를 돌려 그를 빤히 쳐다보았다.

알아채지 못했는지 그는 아랑곳하지 않고 말을 이어갔다. 한술 더 떠서 그럴듯한 관용구까지 갖다 붙였다. "나무는 강해야 합니다. 그렇지 않으면 어떻게 열매를 맺을 수 있겠어요?"

보스가 프레지덴시대학교 학생들을 대상으로 한 강연에서 했던 말이 바로 떠올랐다. "우리의 모토는 '비록 열매를 거두지 못할지라도 심는다'입니다."

만약 보스가 살아있었다면, 혹시 식물도 원치 않는 아이를 낙태시키는 메커니즘이 있는지 물어봤을 것 같다.

정원이 품은 욕망

연인들은 남모르는 호젓한 장소에서
자신들만의 아늑한 나무 아래서 섹스를 하기에,
그들은 더 이상
정원이 필요치 않다.

—〈새들의 사랑〉, 망게쉬 나익

사티야지트 레이의 단편영화가 끝날 무렵, 어린 소년 피쿠가 정원에서 엄마를 부른다. 조금 전 그는 엄마의 애인에게서 스케치 연필과 그림책 꾸러미를 받았다.[82] 피쿠를 현장에서 내보내고 싶었던 그의 엄마는 새로운 놀이를 만들어냈다. 새 색연필 상자에서 적당한 색을 골라 피쿠에게 주고 정원에 있는 모든 꽃을 그리게 했다. 피쿠는 늙고 병든 할아버지께 전날 밤 부모님이 부부싸움을 했다는 말을 전했다. 이 어린 소년은 이해할 수 없는 긴장감에 휩싸였다. 피쿠가 아직 모르는 사실은 아빠가 엄마의 "남자친구"에 대해 알게 되었다는 것이다. 출근 준비를 하는 아빠는 거울 앞에서 넥타이 매듭을 매만지며 아무렇지 않은 듯 엄마에게 질문 하나를 툭 던진다. "오늘 당신 애인이 놀러 오는 날 아닌가? 내가 말이야, 베개 위에서 그놈의 머리카락을 발견했거든. 그 머리카락은 분명 내 것은 아니었다고."

피쿠의 엄마는 애인이 자신의 어린 아들에게 뇌물로 바칠 색연필을 갖고 도착할 때까지 이 사실을 비밀로 한다. 사실이 드러난다고 해서 그 두 사람을 서로 떼어놓을 수는 없었다. 물론 피쿠는 이 모든 상황을 이해하기에는 아직 어리기에 뇌물로 주는 색연필을 덥석 받았다. 하인들(넓은 집과 잘 유지 및 관리되는 거대한 정원을 가진 이 중상류층 가정에는 하인이 꽤 많이 있었다)은 카드 게임을 하고 있고, 피쿠의 할아버지는 벌써 세 번이나 찾아온 치명적인 심장마비로 고통을 겪고 있었다. 새로운 색을 발견한 화가 피쿠는 빨간 꽃과 노란 금잔화, 붉은 태양, 그리고 분홍색 연꽃을 그렸다. 그리고 나무에 핀 하얀 플루메리아 꽃과 정원의 작은 연못에 떠 있는 하얀 연꽃을 발견한 그가 엄마가 있는 곳을 향해 외친다. "엄마, 하얀 꽃은 검은색 잉크로 그려야겠어요. 이 상자에는 흰색이 없어요." 사티야지트 레이의 카메라는 소리의 움직임을 따라 정원에 있는 어린 소년에게서 집 1층에 있는 엄마의 침실로 올라간다. 그곳에 엄마와 애인이 침대에 누워있다. 레이는 몸을 포개고 있는 남자와 여자의 벗은 상반신만 관객에게 보여준다. 엄마는 포옹에서 벗어나려

한다. 하얀 꽃을 그리는 데 검은색을 쓰겠다는 어린 아들의 순진한 제안이 그녀의 도덕성을 깨운 것이다. 그녀의 애인은 짜증이 났다. 자신의 몸과 시간, 게다가 뇌물까지도 쓸모없이 낭비됐다고 불평한다. 빗방울 하나가 피쿠의 작은 그림 위로 떨어지고 그것은 이내 거의 모든 것을 바꾸어 버린다. 피쿠의 그림 속 세상에 떨어진 빗방울 하나로 물 위에 떠 있던 새하얀 연꽃이 검게 번지고 말았다. 곧이어 피쿠는 자신이 정원에서 꽃을 그리고 있는 사이에 할아버지가 돌아가셨다는 사실을 알게 된다. 이 단편영화는 레이가 두 가지 "것들"을 사용하는 방식에 주목할 만하다. 그는 순진무구함에 결부된 어린아이와 꽃을 그리고 그들 간의 상호적 치환 가능성에 초점을 두고 있다. 가령 꽃을 아이로, 아이를 꽃으로, 아이들, 그리고 간음이라는 관계, 그 관계의 일시성과 짧고도 비대한 생명의 상호적 치환 가능성을 보여준다. 흰색을 칠하는 데 사용되는 검은색에 대한 의문과 그들이 추구하는 철학적, 도덕적 내러티브는 꽃처럼 "순수한" 것에 결부됨으로 인해 실체를 얻는다. 물론 레이가 정원의 공간을 이용해 간음을 표현한 것은 이번이 처음이 아니다. 그보다 더 많은 정원 장면이 등장하는 또 다른 영화에서 차룰라타가 정원에 있는 그네를 타는 장면은 꽤 상징적이다. 벵골어 번역가 아루나바 신하는 타고르의 이 소설을 다른 두 편과 함께 묶어 《세 여인》이라는 모음집으로 번역한다. 차룰라타가 등장하는 〈부서진 둥지〉와 샤르밀라와 우르미말라 자매가 나오는 〈두 자매〉 그리고 니라자가 등장하는 〈정자〉, 이 세 편의 소설 모두에서 타고르가 정원 모티프를 사용했음을 알 수 있다.

먼저 차룰라타를 살펴보자. 외롭고 감상적이고 다정하면서도 창의적이고 상상력이 풍부한 그녀는 부유한 신문 편집자 부파티와 결혼한다. 그러나 그녀는 시동생이자 젊은 시인 아말에게 감정적으로 더 친밀감을 느낀다. 두 사람의 관계는 문학과 정원을 통해 형성된다. 〈부서진 둥지〉의 일부 발췌문을 통해 이를 알 수 있다.

> 부파티의 집 뒤에 있는 땅을 정원이라고 부른다면 그것은 과장된 표현이다. 어쨌든 이 정원의 주요 식물은 암바렐라 나무였다. 차루와 아말은 이 부지를 개발하기 위한 자기들만의 모임을 구성한다. 그들은 함께 도면을 그리고 계획을 세워 꿈에 그리던 정원을 생각해 낸다.
>
> "형수님, 마치 옛날 공주들처럼 당신이 우리 정원에 물을 직접 주세요." 아말이 말했다.
>
> "아, 그리고 거기다가 오두막을 지을 거예요." 차루가 덧붙이며 대답했다.
>
> 아말은 격식을 갖춰서 종이와 연필, 자, 나침반을 사용해 정원의 지도를 그렸다.
>
> 그들은 매일 함께 그들의 비전을 제시하면서 약 스물네 개의 지도를 그렸다. … 처음 계획은 차루가 매달 받는 월급

중 일부를 사용해 정원을 조금씩 가꾸어나가는 것이었다. 부파티는 집에서 일어나는 그 어떤 일에도 눈길 한 번 주지 않았다. 정원이 모두 완성되면 그를 깜짝 놀라게 해줄 참이었다. 아마도 그는 아내와 동생이 알라딘의 램프라도 이용해서 일본에서 정원을 통째로 옮겨 왔다고 생각할 것이다. 이들의 계획은 모리셔스에서 정향나무 씨앗을, 카르나타카에서 샌달우드 씨앗을, 그리고 실론에서 계피 씨앗을 얻는 것이었다. 그러나 아말이 인도와 영국 시장에서 일상적으로 볼 수 있는 씨앗으로 대체하자고 제안하자 차루는 시무룩해 보였다. "그럼, 정원은 필요 없어요." 그녀가 말했다. 이것은 비용을 낮추는 방법이 아니었다. 견적과 더불어 자신의 상상력도 억제해야 하는 일이 차루에게는 너무 어려운 일이었고, 형이 무슨 말을 하든 아말 역시 받아들일 수 없었다.

"그럼, 형수님. 정원에 대해 형님이랑 상의하는 편이 더 좋겠어요. 형이라면 분명히 거기 들어갈 돈을 대줄 거예요."

"당신과 내가 함께 정원을 만들 거예요. 형한테 말하면 하나도 재미없어요. 그 사람한테 말하면 그냥 영국인 정원사에게 에덴동산 같은 정원을 주문할지도 몰라요. 그럼, 우리 계획은 어떻게 되겠어요?"

… 그들 계획의 큰 즐거움과 아름다움은 단지 그들 자신에게만 집중된다는 것이었다.[83]

많은 오해와 일련의 사건으로 인해 아말은 그녀를 떠나고, 신문 편집자인 남편 부파티도 떠나보낸 그녀는 아이도 없이 홀로 남겨진다. 그녀가 느끼는 절망과 황폐함의 깊이를 헤아려 볼 수 있다. 대화를 통해 상상으로 만들었던 정원 말고는 아무것도 만들어진 것이 없듯이 차루의 생각, 죄책감, "먼 땅에서 다른 남자를 꿈꾸는 아내를 못내 지울 수 없는 마음"은 그녀를 벽이 없는 방에 가두었다. 타고르가 그녀에 관한 이야기를 하기 위해 결국 식물의 삶에서 은유를 이용한 것은 참으로 놀랍다. "산불에 쫓기는 겁에 질린 짐승." 정원에서 숲까지, 불은 참으로 긴 여정을 지나온다.

차룰라타와 마찬가지로 〈두 자매〉에서 샤르밀라는 "아이를 낳지 않았고, 어쩌면 아이를 가질 희망을 포기한 상태"였다.[84] 남편이 바와니푸르에 집을 구입한 후 샤르밀라의 한때는 너무나도 뚜렷했던 "자기희생"이 이제는 간접적으로 드러난다. 집을 꾸미고, 정원을 가꾸고 … 그의 사무실 책상 구석에 있는 파란색 크리스탈 꽃병에 금잔화가 담겨있다. 11월 14일, "샤샨카의 생일이자 샤르밀라의 인생에서 가장 중요한 날" "그들의 집은 특별히 꽃으로 장식되었다." 샤르밀라가 알 수 없는 병에 걸리자 여동생 우르미는 그녀를 돌보고 언니의 집에서 쓰는 가정용 기계를 관리하기 위해 그녀와 함께 지내러 온다. 타고르는 샤르밀라가 여동생에게서 자신의 모습을 보기 시작하는 과정을 보여주기 위해 과일나무의 꽃 비유를 사용하고, 마치 자연스러운 진행 과정인 것처럼 나무 열매들 사이의 관계를 보여준다. "우르미가 사랑스러운 손으로 사과 껍질을 벗기고 썰 때, 오렌지를 예쁘게 담을 때… 석류의 껍질을 깔 때… 샤르밀라는 동생에게서 자신을 보는 것 같다." 점차 샤르밀라는 자신에게도 있는 천진함으로 우르미가 샤샨카에게 사랑을 받았다는 것과 함께 끔찍한 사실을 깨닫는다. "이제 나는 곧 죽게 될 거야. 내가 뭔가를 이루었다 해도 그를 행복하게 만드는 데 성공하지 못했어. 그렇다고 우르미가 내 자리를 차지한다는 건 아니야. 나도 그녀의 자리를 대신할 수 없듯이. 내가 떠나면 그 사람은 상처를 입을 수 있지만 그녀가 가버리면 그 사람은 모든 것을 잃게 될 거야."[85] 우르미는 엄격하고 추상적인 삶의 철학을 가진 학자 니라드와 약혼한 상태였다. 그리고 그들의 관계에는 어두운 그늘이 있다. "우르미는 대지에 달라붙어 있지만 빛을 빼앗긴 채 이파리가 색을 잃은 나무와 같았다. 그녀는 왜 약혼자가 자신에게 제대로 된 편지 한 통조차 쓰지 못하는지 궁금해하며 때때로 조바심을 냈다." 우르미가 불행한 나무라면 샤르밀라는 자신의 정원에서 뽑혀도 꽃을 피울 자격이 있는 "여신"이었다.

남편 샤샨카는 그녀의 초상화를 외제품 가게에서 산 멋진 스타일의 액자에 담아서 사무실의 자신의 의자 맞은편 벽에 걸어두었다. 정원사는 매일 아침 꽃병에 신선한 꽃을 담아 그녀의 초상화 앞에 두었다. 바로 여기서 이분법적 사고가 드러난다. 이미 생명이 단절된 꽃은 아내 샤르밀라를 위해 꽃병에 꽂았다. 그리고 정원에서 피어나는 꽃은 처제인 우르미를 위한 것이었다. 그들이 나들이 계획을 세울 때 샤샨카는 서커스를 제안하고 우르미는 식물원을 선택한다. "결국 샤샨카는 정원에서 우르미에게 잘 피어있는 해바라기를 보여주다가 갑자기 우르미의 손을 잡으며 내가 너를 사랑하는 거 너도 분명히 알고 있지? 하고 물었다. 그리고 네 언니는 여신이야, 라고 말한다." 그러나 결국 타고르는 "정원에 피는 꽃"보다 꽃병 속의 꽃을 그리고 바깥보다 안을 더 중요하게 여긴다. 처제가 떠난 후 갑자기 사업이 파산했다는 사실을 알게 된 샤샨카는 아내에게 돌아오고 평생 빚쟁이 신세가 된다.

이 모음집의 세 번째 소설인 〈정자〉에는 다음과 같은 서문이 있다. "자식이 없던 그녀가 온 마음을 쏟았던 그 정원에서 추방당했다. 그건 정말 잔인한 이별이었다."[86] 이것은 자녀가 없는 부부 아디트야와 니라자에 관한 이야기다. "아디트야는 화훼업으로 유명해졌다. 그들의 결혼 생활에서 니라자와 남편은 한마음으로 정원을 돌보았다. 피고 지는 꽃의 아름다움은 서로에게 늘 새로운 즐거움을 선사했다. 이민자가 고향 친구들에게 편지 오는 날을 기다리듯 이 부부도 계절이 바뀔 때마다 꽃과 식물을 맞이하기 위해 기다렸다."

니라자는 몸이 좋지 않은데 이는 타고르가 소설에서 자식이 없는 여성들에게 내리는 저주처럼 보인다. 소설이 시작될 때 우리는 그녀가 정원 아래쪽 난초 화단을 향해 난 창으로 “피켓을 타고 올라가는 만개한 덩굴 꽃”을 바라보고 있는 것을 발견한다. “다른 모퉁이에 놓인 놋쇠 항아리 안으로부터 튜베로즈 한 다발이 풍기는 은은한 향기가 무거운 공기 속을 떠다니고 있었다.” 그것은 마치 차룰라타, 샤르밀라 그리고 니라자처럼 자식이 없는 여성들이 타고르의 세계에서 자녀와 동일시되는 꽃으로 삶을 채우는 것을 보여준다. 이 여성들은 부유한 남편의 방종함으로 인해 오히려 그들 자신이 아이처럼 되어간다.

나는 이 소설들을 번역한 아루나바 신하에게 타고르가 쓴 많은 소설 중에서 왜 이 세 편을 모음집으로 선택했는지 물었다. 그는 이 소설들을 관통하는 주제가 간음이라고 말했다. 그런 측면에서 보자면《세 여자》라는 제목에 짓궂은 농담이 숨어있는 것 같다. 이들 이야기 속에는 세 명이 넘는 여자들이 등장한다. 그렇지 않으면 어떻게 간음이 성립할 수 있겠는가? 이것이 바로 연애 관계의 수학이다. 결혼은 일 더하기 일이라는 계산이며 잉여의 개념을 거부한다. 그렇다. 다른 유기체들, 집, 자녀, 친척, 계획 그리고 종종 정원 등은 공동 기업과 결혼에 다 속해있다. 그러면서도 그들은 소품일 뿐이다. 결혼 생활의 균형을 방해하는 것은 또 다른 인간 성인이 부부의 공간으로 들어오는 것뿐이다.

바로 그런 이유로 타고르는 간음의 공간을 집 안쪽에서 정원의 통제된 초목이 우거진 공간으로 옮겼던 것일까? 하지만 이 소설들에서 정원이 필요한 이유가 간음 때문만은 아니다. 그것은 바로 "세 여자"에게 아이가 없다는 사실이다. 타고르의 글에서 정원을 가꾸는 것은 육아의 가장 "자연스러운" 대체물이다. 부유하고 바쁜 남편을 둔 이 여성들은 때때로 모국어 뱅골어로 쓰인 소설에 열중하며 여가를 즐기기도 하지만, 그녀들의 병(타고르는 결코 그것을 명확하게 밝히지는 않지만 아마도 외로움과 우울증 때문일 것이다)은 그녀들 자신을 간접적이고 아주 열정적인 정원사로 변모시킨다. 독자들은 자신이 좋아하는 작가를 진단도 내리고 치료도 해주는 경이로운 조합으로 여기고 싶어 한다. 그래서 나도 식물에 대한 나의 강박적인 관심이 내가 자식이 없는 탓인지 타고르를 찾아 묻고 싶었다.

여기, 〈정자〉라는 작품에 타고르의 생각이 드러난다.

> 모두 니라자가 아이를 가질 것이라는 희망을 버린 지 오래다. 그들은 가네쉬라는 남자에게 그들의 시설에서 살도록 장소를 마련해 준다. 가네슈의 어린 아들은 끊임없는 공격에 시달리고 있었다. 이는 니라자의 좌절된 모성적 열정을 자극하기 시작했고 그녀는 임신을 하게 된다. 그녀 내면에서 모성의 영혼이 꽃 피었고, 새 생명의 서광 속에서 마주한 지평선이 분홍빛으로 빛났다. 니라자는 나무 밑에 앉아서 새로 태어날 아기를 위해 백 가지 다른 무늬를 넣은 옷을 바느질하느라 여념이 없었다.

중병을 앓고 있던 니라자와 아디트야는 한때 정원을 가꾸는 데 마음 잘 맞는 동업자이자 식물을 함께 키우는 부모이기도 했다. 그녀가 꽃을 통해 그들 관계의 바로미터를 읽는 것은 흥미롭다. "그가 처음으로 매일 아침 규칙적으로 가져다주던 꽃을 깜빡했어요. 나는 매일 몸이 안 좋아지고 있다고요." 그녀는 남편에 대해 불평을 한다. "아디트야는 하루 업무를 시작하기에 앞서서 언제나 손으로 꺾은 꽃을 아내의 침대 머리맡에 두고 갔다. 니라자는 날마다 남편이 꽃을 가져다주길 기다렸다. 그런데 이제 아디트야는 매일의 특별한 꽃 선물을 사랄라에게 보내기로 했다."

니라자는 남편의 사촌이자 새로운 정원 도우미인 사랄라가 마음에 들지 않았다. 병에 걸려서 전적으로 사람들에게 의존하는 처지가 된 그녀가 이 다른 여성을 모욕할 수 있는 유일한 방법은 식물학에 대한 자신의 지식을 이용하는 길뿐이었다.

"이 꽃의 이름을 아세요?" 니라자는 괜히 물었다.
사랄라는 모른다고 쉽게 대답할 수 있었지만, 자존심이 상한 그녀는 잠자코 있다가 "아마릴리스"라고 대답했다.
"이런 아무짝에 쓸모없는 사람 같으니!" 니라자는 부당한 분노를 드러내며 그녀의 기를 꺾어버렸다. "그건 그랜디플로라잖아요."
"아마도요." 사랄라가 부드럽게 대답했다.

"아마도라니, 무슨 소리죠? 그랜디플로라가 맞는다니까요! 내가 틀리기라도 했다는 말인가요?" 사랄라는 니라자가 이의를 제기하려 일부러 잘못된 이름을 사용했다는 걸 알았다. 다른 누군가를 괴롭히며 자신의 상처를 잊으려는 것이었다.[87]

타고르는 몇 번이고 아이 보살피기와 정원 가꾸기라는 같은 은유를 되살려냈다. "그녀는 아주 가까이 있지만 또 아주 멀리 있기도 한 그 정원, 자식이 없던 그녀가 온 마음을 쏟았던 바로 그 정원에서 그녀는 추방당했다." 남편의 또 다른 사촌 라멘이 그녀를 방문했을 때, 그가 그녀를 "숲의 여신"이라고 불렀다. 니라자는 그에게 사랄라와 결혼을 하라고 요청하며 이렇게 축복했다. "당신 정원의 여신이 당신의 가슴에 영원히 머물기를…"

이 결혼이라는 은유가 자신이 고안한 생각이 아니라는 것을 독자들에게 상기시키려는 듯이 타고르는 여성과 꽃에 대한 생각의 전통을 아디트야의 목소리로 환기시킨다. "고대에는 여자들의 발길에 닿은 나무가 꽃을 피우곤 했다. 꽃은 여자들의 입맞춤 세례를 받고 생기가 돌곤 했다. 나의 정원은 고대 시인 칼리다사의 시대로 돌아갔다. 당신이 걷는 길 양쪽에 무수히 많은 색채의 꽃이 피어났다. 장미 정원은 봄바람 속에 당신이 흩뿌려놓은 와인에 취했다. … 당신이 없었다면, 이 꽃들의 천국은 괴물 같은 상인들의 침략으로 들끓었을 것이다. 당신이 나의 천국의 여왕이라서 나는 운이 좋다."

물론 다양한 종류의 정원사들이 있기 마련이다. "메쇼마샤이는 꽃을 키우는 방법만 알았지 사업을 키우는 방법은 모르셨지"라고 아디트야는 사랄라에게 그녀의 아버지에 대해 이야기한다. 그러나 다른 종류의 정원사들은 얼마든지 있고, 그들과 정원과의 관계는 더욱 정서적이기도 하다. 니라자는 남편에게 다음과 같이 간청한다. "난초 화단은 당신과 내가 함께 만든 우리의 공간이라고요. 사랄라는 그곳에 들어갈 권리가 없어요. 만약 그녀에게 뭔가를 해주고 싶다면 당신의 정원 전체를 넘겨주세요. 제발 정원의 그 작은 부분만큼은 나의 기억을 위해 남겨두세요. 그동안 우리가 함께 지내온 오랜 세월이 있는데 이런 정도의 권리는 내가 주장할 수 있는 거잖아요." 바로 직전에 아디트야는 니라자에게 자신의 삼촌이자 그녀의 아버지인 메쇼마샤이가 난초에 관심이 많다고 얘기한 바 있다. "삼촌은 난초를 얻기 위해서 술라웨시섬, 자바, 심지어 중국까지도 사람들을 보내셨어요. 그러니 그분의 딸 사랄라가 난초에 대해서는 나보다 훨씬 더 잘 이해하고 있소." 나는 타고르가 사랄라를 난초와 연관 짓는 것이 의미심장하다고 생각한다. 난초는 주류 담론에서는 계속 "이국적인" 꽃으로 등장한다. "여느 여성들"은 일테면 그 전통에 속해있어야만 한다.

아디트야는 니라자의 고통에 아연실색하며 그에 대한 책

임이 자신에게 있음을 깨닫기 시작한다. 그가 사랄라의 정원 가꾸기 재능을 무조건 칭찬했던 것이 아내의 질투심에 불을 질렀던 것이다. 그래서 아내는 영어책에서 모호한 꽃의 특이한 이름을 찾아보고 사랄라에게 그 꽃들을 식별할 수 있는지 물었고, 사랄라가 틀린 이름을 대면 요란한 웃음으로 조롱했다. 타고르는 식물 삶의 비유를 통해 간음의 기하학을 조율했다. 그래서 남편과 아내는 서로에 대한 소유욕과 정원의 소유권을 통한 부부 관계를 드러내고 있다.

"네루, 더 이상 울지 말아요. 내가 어떻게 해야 할지 말해줘요. 사랄라가 정원 일에 관여하지 않길 바라는 거요?"
니라자는 손을 뿌리치며 말했다. "난 아무것도 원하지 않아요. 당신 정원이잖아요."
"네루, 그게 나 혼자만의 정원이라고요? 아니, 어떻게 그런 말을 할 수 있소? 우리 사이가 언제부터 멀어진 거요?"
"이토록 망가진 내 영혼이 당신이 그토록 끔찍이 아끼는 사랄라에게 어떻게 맞설 수 있겠어요? 내가 몸이 이런데, 당신이나 정원을 돌볼 힘이 어디서 나겠어요?"

그들 부부의 씁쓸한 논쟁이 계속되다가 아디트야가 멋진 선언을 한다. 만약 제삼자가 부부의 공간으로 들어와서 니라자를 방해하고 있는 것이 간음이라면, 그는 정원을 그의 "사랑의 라이벌"이라고 생각했어야 했다. "우리가 결혼한 이후로 당신은 정원을 목숨만큼이나 소중하게 여긴다는 것을 나는 알게 되었소. 그때부터 나는 정원을 나 자신과 다르지 않다고 생각했소. 만약 그렇지 않았다면, 나는 당신이 아끼는 정원과 심하게 다투었을 테고 결코 견디지 못하고 정원과 사랑의 라이벌이 되었을 거요. 당신이 잘 알 거요. 내가 정원을 내 안에서 어떻게 녹아들게 했는지 그리고 어떻게 내가 정원과 하나가 되었는지 말이오. 정원이 내 몸보다 작은 것도 아니잖소?"

정원이 내 몸보다 작다고?

그러나 그의 어떤 말도 아내의 마음을 돌려놓지 못했다. 아내는 말한다. "왜냐하면 당신은 나보다 그 여자를 더 사랑하잖아요."

니라자의 말이 틀린 말이 아니라는 것은 다음 장에서 분명해진다. 라멘이 최선을 다해 사랄라에게 구애를 하자 아디트야는 정원을 묘사하며 그녀를 향한 자신의 감정에 대해 말한다. "이 지구상에 지난 그 시절을 땅에서 파낼 수 있는 삽이 있을까? 23년 동안 꽃봉오리 속에 숨겨져 있던 것이 오늘 피어나고 있어. 왜 나는 너를 보지 못했으며 왜 나는 결혼하는 실수를 했을까?" 나중에 그는 마치 참회라도 하듯 "작은 장미색 밤나무 꽃다발"을 사랄라에게 가져간다.

아내의 깊은 슬픔으로 아디트야는 꽃과 채소 씨앗을 재배하는 새로운 사업 부서를 시작하기로 결심한다. "마닉탈라에 정원 딸린 적당한 집을 하나 발견했소." 그는 아내에게 편지를 쓴다. 그리고 그는 "사랄라를 그곳에 정착시켜 그 부서를 담당하게 할 것"이라고 썼다. 일련의 오해 끝에 우리는 사랄라가 체포되었다는 것을 알게 된다. 그녀는 총독 관저에 들어가 총독 부인의 보석함을 훔치려 했다. 한편 니라자는 그들 결혼의 상징과도 같은 그녀의 정원을 다시 건강하게 되돌리기 위해 최선을 다하고 있었다. "내가 몸이 아프니까 내 정원이 병상 위에 있어야 한다고 말하는 건가요?"

몇 가지 부탁의 말이 이어진다. "정원의 지도를 가져오고, 정원 일지도 부탁해요. 가기 전에 정원 흙을 좀 밟아두려고요. 이제 며칠 동안 이곳은 오직 나만의 정원이 될 거예요. 그러고 나서 이 정원을 당신에게 선물하겠어요." 이것은 정원, 남편, 결혼 그리고 자신의 삶에 대한 모든 소유권이 얼마 남지 않았음을 직감한 여인의 입에서 나온 말이다. "당신이 꼭 기억해 주길 바라요. 여기는 내 정원이고 나만의 정원이에요. 나는 절대 권리를 포기하지 않아요." 니라자는 살고 싶어 했다. 그녀는 아디트야에게 죽음에 대한 그의 간접 경험이 무엇인지 물었다. 이 책들 속에 그런 게 있기나 한가? 그녀는 자신의 정원으로 고개를 돌렸다. "정원은 저 자리에 있어요. 나는 절대 포기하지 않아요. 그런 일은 일어나지 않아요." 니라자는 사랄라에게 만나자고 요청했고, 사랄라가 도착한다. 니라자는 방에 아무도 들이지 못하게 하고 사랄라와 단둘이 남았다. 소설의 마지막 페이지에 나오는 이 내용은 예측이 쉽지 않다.

그녀는 사랄라의 손을 꽉 움켜쥐고 한층 날카로워진 목소리로 악을 썼다. "너를 위한 공간은 없어. 너같이 악독한 계집에게 줄 공간 따위는 없단 말이야. 나는 여기 남을 거야. 나는 남는다고."

쇠약해진 잿빛의 몸 위에 헐렁한 옷을 입은 그녀가 갑자기 침대에서 벌떡 일어났다. 그녀는 다 갈라진 목소리로 비명에 가까운 절규를 쏟아냈다. "나가, 지금 당장 여기서 나가라고. 그렇지 않으면 날마다 내가 네 심장을 부숴 버릴 거야. 네 피를 다 빨아먹어 버릴 거야."

그리고 그녀는 바로 바닥에 쓰러졌다.

아디트야는 그녀의 목소리를 듣고 방으로 뛰어 들어왔다. 그때 생명이 꺼져버린 니라자의 마지막 말은 영원한 침묵 속으로 빠져들었다.

소설을 덮자마자 두 가지 생각이 떠올랐다. 첫 번째는 어릴 적 보았던 타판 신하 감독의 〈반차람의 정원〉이었다. 꽃과 과일이 가득한 큰 정원을 소유한 늙은 정원사 반차람은 죽지 않는다. 두 세대에 걸쳐 정원의 소유권을 탐내던 부유한 집주인 아버지와 아들이 모두 죽고 그들 중 한 명은 정원을 맴도는 유령이 되었다. 욕심 많은 손자가 정원을 소유할 수 있다는 말을 듣고 근처에 숨어있었다. 하지만 예전부터 살아온 늙은 반차람은 죽지 않았다. 어떻게 그가 이 정원, 자신만의 정원을 두고 떠날 수 있겠는가? 나는 니라자가 "유령"이 되어 한때 그녀의 정원이었던 곳에 출몰하지 않을지 궁금해졌다.

또 한 가지 떠올랐던 것은 내가 가끔씩 남편에게 하는 부탁이었다. "내가 죽은 후에도 내 식물을 잘 돌봐줘야 해." 만약 내가 자식이 있었다면 남편에게 똑같은 부탁을 했을 것이다. 하지만 내가 죽을 때쯤 자식들은 이미 성인이 되었을 테니까 매일의 관심과 보살핌이 필요하지 않을 것이다. 그렇지만 나의 식물 아이들은 아무리 자란다 해도 생존을 위해서 항상 누군가의 이타주의에 의존해야 한다. 그래서 나는 나의 식물 아가들이 걱정됐다. 자기 성찰의 그 강렬한 순간에 나는 나의 "죽은 몸"의 미래가 불현듯 궁금해졌다.

어쩌면 나도 역시 소유욕에 사로잡힌 채 내 식물들을 돌보는 사람으로 돌아와서, 그러니까 정원의 유령이 되어 떠도는 건 아닐까?

7

숲에서 길을 잃다.

〈숲에서 길을 잃다〉, 파블로 네루다

숲에서 길을 잃는다는 것

이렇게 큰 나무 군락에 처음 방문했을 때, 세 살 반쯤 된 조카가 우리가 있는 곳의 이름을 물었다. 대화는 이렇게 이어졌다.

"이 장소의 이름이 뭐예요?"
"숲이라고 해."
"여기서 쉴 수 있다는 뜻이네요."

아이는 단어의 명백한 어원을 쪼개었고, 우리는 의자의 날카로운 가장자리로 고쳐 앉았다. 나는 그전까지 숲forest을 "휴식for rest"이라고 생각해 본 적이 없다.

모든 숲속에서 어린 소년은 길을 잃는다. 우리는 어린 소년들을 찾으러 왔다.

"숲 한가운데는 길을 잃은 사람만이 찾을 수 있는 예상치 못한 공터가 있다."[88] 이 글귀는 토마스 트란스트뢰메르의 작품에 나온다. 사실, 우리는 길을 잃기 위해 숲에 왔다. "길을 잃다"에는 두 가지 의미가 있는데 하나는 숲에서, 또 다른 하나는 문명 속에서 길을 잃는 것을 의미한다. 숲은 필연적으로 이분법의 그 절반으로 존재할 수밖에 없는 것처럼 보인다. 다른 한쪽에는 도서관이나 박물관, 대학이나 체육관이 있고, 교육자의 시선으로 보면 나무 대 책의 구도다. 방글라데시에서 내가 가장 좋아하는 작가 중 한 명인 비부티부샨 반됴파댜이는 20세기 전반기에 글을 쓰면서 이분법을 깨달아 자신의 삶과 글에서도 그 사이를 오갔다. 그는 1924년부터 1930년까지 비하르 바갈푸르 지역의 숲과 미개간지에서 영지의 부관리인으로 일하면서 6년을 거주했다. 그는 숲에 있으면서 자신이 했던 경험을 숲을 박탈당한 사람들과 나누고 싶다는 열망을 키웠다. 1928년 2월 12일자 일기를 보면 숲에 대한 글을 쓰고 싶은 그의 바람을 엿볼 수 있다. 그는 성실하게 일기를 작성했고, 풍성한 내용의 기록은 비밀스러운 식물 세계와 하늘에 대한 맛깔스러운 호기심으로 특징지어진다. "나는 버려진 삶의 이미지처럼 혹독하고 역동적이지만 용기로 빛나는, 정글의 삶에 관해 쓸 것이다. 외딴 숲속에서 말을 타고, 어두운 길에서 방향을 잃기도 하고, 작은 쉼터에서 고독한 생활을 하고…"[89] 비부티부샨에게서 나 자신을 인식한다. 즉 숲에서 길을 잃게 만든 존재를 인식한다.

*

은둔자와 사상가들이 숲으로 가서 고요함에 굴복하는 이유는 무엇일까?

모든 것이 정지된 듯한 편안함에 둘러싸인 채, 숲속에 서서 숲에도 자아가 있는지 궁금해졌다. 나는 한때 숲을 이끄는 자아에 압도당한 적이 있다. 그건 최면 치료사가 설명했듯이 태몽일 수도 있고 인류 역사와 인류 역사 바깥 역사의 충돌이거나 혹은 아무것도 아닐 수도 있다. 1000년 전 숲에 서 있던 여인과 나는 같은 사람일 수 없다. 숲의 삶과 창의성 사이에는 그것이 영적이든 지적이든 연관성이 있다는 것은 더 이상 의문의 여지가 없다. "숲은 예술가가 될 어린 소년을 기다리고 있다"라고 비부티부샨은 1925년 8월 바갈푸르에서 일기장에 썼다. 어떤 예술가도 조사하지 않고, 어떤 기업가도 병에 담아 판매하지 않는 숲의 공기는 어떤 것일까?

비부티부샨의 소설 《아론녹》(숲 또는 숲에 사는 사람이라는 의미—옮긴이)은 베다의 숲에 관한 책 〈아란야카〉에서 제목을 따왔다. 번역가 림리 바타차리야는 서문에서 "숲의 파괴는 대서사시 《마하바라타》의 첫 번째 장 〈아디 파르바〉에 꼭 필요한 서막"이라고 일러준다. 칸다바숲이 불길에 휩싸여 공터가 되면서 웅장한 도시 인드라프라스타가 더 큰 분쟁의 장이 되는 것을 막는다. 인도 문학 텍스트에서 숲에서 보낸 시간은 유배나 자발적 또는 강제적, 일시적 체류 같은 수많은 "숲 에피소드"의 배경이 되고 혹은 주인공이 마침내 은퇴해서 돌아오는 공간이 되기도 한다.

나에게는 이 점이 숲의 삶에 대한 진정한 미스터리였다. 인간은 어떻게 숲을 소중한 보금자리이자 동시에 벌 받는 감옥으로 바꾸기도 했을까? 《아론녹》에서 콜카타에서 교육을 받은 벵골 출신의 남자들은 숲에서 살아야만 자신을 발견할 수 있었다. 예를 들어 《마하바라타》의 "판다바 형제"와 아내 드라우파디가 그랬던 것처럼 《라마야나》의 라마는 아내와 동생을 동반해서 숲으로 유배를 떠난다. 이런 숲에서의 생활을 "반바스"라고 한다. 젊은 남학생들은 스승의 숲속 암자 타포반에서 스승으로부터 정치와 전쟁, 언어, 논리, 철학을 배우며 10여 년을 보낸다. 또한 쉰 살을 넘긴 사람들이 숲에서 은퇴 후 은둔 생활을 하는 바나프라스타가 있다. 어린 시절 겨울 소풍 때에만 숲을 방문했던 나는 이것을 일종의 벌 받는 일이라고 생각했다. 왜냐하면 나는 숲속 생활이 고난으로 가득하며, 우리가 여행에서 마주친 가난한 사람들이나 우리가 식사를 마치면 먹을 것을 바라며 기다리는 노숙자들의 삶 같을 것으로 생각했다. 그러니 익숙한 안락함을 박탈당한 그런 고단한 삶이 풍요로운 결과를 낳을 거라고 내가 어찌 알 수 있었겠는가?

숲에는 꿈에 비유할 수 있는 무언가가 있다.

달빛이 어리는 숲을 둘러싼 경이로움과 아름다움을 이 꿈과 연결 지을 수 있다. 어렸을 때 나는 달빛이 비치는 숲을 "엑스레이 숲"이라고 불렀다. 이는 엄마가 내가 나이 들어서까지도 친척들에게 자랑스럽게 이야기하는 일화다. 그 푸르스름한 달빛의 느낌을 아직도 잊을 수 없다. 달빛이 불필요한 막을 시야에서 걷어내 숲 안에 있을 때면 나무의 내면과 내부의 삶을 드러내는 비밀 암호에 몰래 접근하는 기분이었다. 그것은 마치 교령회나 수술대 위에 올라온 숲의 창자를 짧은 시간 동안 보여주는 프레젠테이션과도 같았다.

《아론녹》의 주인공 사트야가 달밤에 숲과 마주할 때 즉각 마법이 시작된다. "나는 결코 그날을 잊을 수 없었다. 고요한 그 밤 달빛 아래 서서 나는 미지의 요정 왕국을 우연히 발견했다고 느꼈다. 어떤 인간도 이곳에 일하러 오지 않을 것이다. 인간들의 발길이 끊긴 이곳은 요정들의 운동장이었다. 내가 허락도 없이 들어온 건 옳지 않은 행동이었다." 사람들은 숲을 초록색 담요로 생각하길 좋아하지만 내가 아는 숲은 파랗다. 달빛이 비치는 밤에 지상으로 떠오르는 것은 바로 푸른색이다. 그리고 이것은 거울에 비친 이미지가 아니라 하늘과 연관이 되는 바로 그것이다. 엄마나 아빠가 혈연이 아닌 관계와 책임에 의해서 연결되는 것처럼 말이다. 초록색이 아닌 파란색이 경이로움과 마법의 색이다. 나는 어릴 적 숲 공기에 대해서 내가 사용한 표현을 아직도 기억한다. 그건 내가 새롭게 발견한 과학과 경이로움을 결합한 신조어였다. "파란 산소." 보름달 아래 숲이 살아

나는 것에 관한 무언가가 있었다. 라빈드라나트의 가장 인기 있는 노래 중 하나인 〈달빛이 비추는 밤의 환희〉에는 보름달이 뜨는 밤에 모두가 숲으로 가는 흥겨운 장면이 표현돼 있다. 사트야는 "벵골에 있는 동안 그토록 우아한 달빛이 공포와 고립, 암울함을 불러일으킬 수 있는지 몰랐고, 매번 **우울**이라는 단어만 떠올랐다"라고 말한다. 이런 이유 때문에 사람들이 숲으로 가는 걸까? 극도의 우울감을 달래기 위해서? 우리 안에 있는 정제된 슬픔을 조율하기 위해서? 그렇다면 달빛을 받은 숲은 감정이 있을까?

"그때 나는 끔찍한 고립의 한가운데에 있었다. 보름달이 떠오를 때는, 내가 마치 아름답고 신비로운 미지의 동화의 나라를 여행하고 있는 것 같았다." 사트야가 유배를 원하거나 고독을 찾던 것은 아니었다. 그런 것들을 필요로 하기에는 그의 나이가 너무 어렸다. 그러나 막상 고독 속에 있는 자신을 발견하고 나니 그는 외로움에 시달렸고, 지금의 많은 사람이 그러하듯 그때의 사트야에게도 숲이 중요했다. 숲에서 사트야가 교육받는 모습을 보면서 내 안에도 비슷한 피로감이 자랄까 봐 불안감이 올라왔다. 하지만 곧 내가 사트야보다 좀 더 현대적인 학생이라는 것을 깨달았다. 사트야가 숲에서 주로 받았던 교육은 고독 속에 머무는 것이었고, 나는 내가 추구하는 교육을 받고 내가 만족할 만큼 익혔다. 숲속에서의 고독은 다른 장르의 외로움과는 달라야 한다. 그렇지 않다면 왜 사트야와 그를 따르는 많은 사람이 인기 있는 아두닉 방글라의 노래에 나오는 남자처럼 고독을 고통스러우면서도 아름답게 느끼는 이유는 무엇일까? "숲 바닥은 꽃으로 덮여있고, 달빛이 가수와 숲을 호사스럽게 씻어주지만" "당신이 좋아하는 것은 무엇인가?"라는 수사학적 질문이 남아있다. 고독을 이렇게 좋아할 수 있을까?

숲은 왜 그렇게 고독과 관련이 깊은 걸까? 하는 질문도 이어진다.

나는 학생들에게 소로의《월든》을 가르쳤는데, 이따금 숲속에 고독한 나무가 있을지 궁금해하는 학생이 있었다. 고독한 나무는 외로운 나무일까? 그리고 외롭지 않다면 숲속 어디에서 친구를 찾는 것일까?

고독과 더불어 침묵 속에서 교육이 이루어진다. "고독solitude"과 "침묵silence"의 어족을 구성하는 치찰음의 속삭이는 소리처럼 벵골어 또한 의존성에 대한 비슷한 이야기를 가지고 있다. "니르자운nirjawn"은 사람들이 없는, 사람이 살지 않음을 뜻하고 "니스타웁도nistawbdho"는 소리가 없다는 의미가 들어있다. 둘 다 훈련이 필요한데, 사티야는 우리 모두와 마찬가지로 상반되는 개념의 소리와 소음, 그리고 그 근원이 되는 사람과 군중에 대해 교육받았다. "숲 전체를 감싸고 있는 기묘한 고요함을 상상해 보라. 당신이 직접 경험하기 전까지 상상할 수도 없는 그런 고요함 말이다."

*

야심이 들끓는 업계와 직업적 성공의 폭력성에 내가 느꼈던 환멸감이 나를 여기로 데려왔다. 숲에서 다른 나무들과 더불어 사는 나무가 되고 싶다는 나의 대책 없는 낭만적 욕구가 이 상상의 공동체주의로 나를 이끌었다. 이곳에서 자기 절제 그리고 그와 관련한 자기만족이 변함없는 윤리로 작용한다. 당연히 육체적 어려움은 있었지만, 심리적 투쟁은 거의 없었다. 나에게는 숲이 도시와 공유했던 광대한 야망에 대한 환상이 없었다. 둘 다 영토 확장에 대한 탐욕이 불타고 있었고, 가만히 있다가 침입자 되기에 십상이었고, 둘 다 쉬운 개종이 필요했다. 따라서 숲과 도시 모두에 기생충이 필요했다.

하지만 나를 숲으로 이끈 것은 "다름"이었다. 숲에도 국적이 있을까? 비부티부샨은 숲에서 이러한 국수주의와 배타주의 범주의 무의미함을 발견한 것 같다. 모든 식물 생명체를 포함하여 숲에 사는 거주자들은 바라타바르샤(인도 고전 문학의 신화적인 황제이자 힌두교도가 자신들의 나라를 부르는 이름이기도 하다—옮긴이)가 누구인지, 어디에 있는지 알지 못했다. 오직 한 가지 투쟁만이 이곳 사람들에게 중요한 것 같았다. 영국에 대항하는 그 어떤 자유 투쟁의 소리도 이 장소에는 들어오지 않는다. 이들이 대항해야 할 적은 정글의 나무들이었다. 숲은 농업을 위해 땅을 양보해야만 하고 땅은 경작되어야 한다. 열정과 고통이 존재한다. 그래서 많은 도덕적, 언어적 표현들이 숲에 접두사로 붙는다. 삼림 벌채, 조림이라는 죄, 속죄.

우리 문화권의 많은 사람이 집을 원룸의 고급 스튜디오로 생각해서, 출입구 표시나 프롬프터, 상주하는 사람이 없는 무대 같은 극장이나 기능별로 방을 배정(침실과 욕실, 부엌 등)하지 않는 공간으로 여기고 있기에, 숲에서 길을 잃을 가능성에 직면하면 어쩔 수 없이 집이 없어졌다는 느낌이 생기기 시작한다. 이것이 있는 그대로의 숲이 되기 위해서 우리가 숲과 관계 맺는 첫 번째 단계다. 그렇게 함으로써 우리는 점차 연인이 되어가기 때문이다. "어느 날 저녁 가장 오래된 산업 지역 아즈마바드에서 열린 측량 캠프에서 돌아오는 도중에 길을 잃었다"라고 사트야는 처음 길을 잃었던 경험을 설명했다.[90] 사티야지트 레이의 〈아푸〉 삼부작 중 한 유쾌한 에피소드에서 아푸는 누나 두르가를 찾는 동안 근처 정글에서 길을 잃는다. 어린 소년은 과일나무와 그 나무에 매달려 있는 거미줄 같은 기생 식물이 끔찍하게 무서웠다. 그는 유령과 괴물을 상상하고 아이만이 할 수 있는 죽음을 상상한다. 인간을 사냥꾼으로 만들고, 사실상 나무들의 집합체일 뿐인 숲을 길들이고 정복하려는 욕망을 갖게 하는 것이 숲의 본능이다. 그러나 더 중요한 것은 아마도 숲이 스스로의 마음을 갖고 있음을 인식하는 것이다. 숲은 인간을 능가할 수 있는 지적인 우월감을 가지고 있어서 인간을 숲에서 그저 "경계하는 동물"로 만들어버린다. 여기서 숲은 남성의 정신 연령을 스포츠맨과 은둔자로 구분한다. 스포츠맨은 숲과 경쟁하기 위해 몸을 이끌고 오고, 은둔자는 낡은 정신을 묻어버리고 오래된 폐허에서 새싹이 돋아나는 것을 지켜본다.

우리는 숲과 관련한 영화에서 정글과 그 예측 불가능성을 반영하는 거울로써 인간의 얼굴을 본 적이 있다. 이 영화들은 대부분 스릴러로 온갖 두려움과 공포가 존재하는 정글에서 탈출할 방법을 찾고 있다. 그러나 하지만 사트야와 트란스트뢰메르가 말했듯이 이곳에서만 길을 잃을 수 있다는 것이 바로 숲이 주는 선물이다. 실제로 지구상에 길을 잃을 수 있는 곳이 얼마나 많이 남아 있을까? 데이비드 왜거너의 시 〈길을 잃다〉에서 숲은 분실물 찾기 게임의 능동적인 참가자가 된다.

> 고요히 서 계세요. 당신 앞의 나무와 옆에 있는 덤불은
> 길을 잃지 않았습니다.[91]

숲의 내부에서 식물과 인간의 차이를 상기시켜 주는 좋은 시다. "당신 앞의 나무와 옆에 있는 덤불은/길을 잃지 않았습니다"라니. 나무는 움직일 수 없기에 길을 잃지 않는 것일까? 그렇다면 길을 잃는다는 것은 움직임의 작용일까? 이 경우 패자는 나무와 우리 중 누구일까?

거의 길을 잃을 가능성이 없는 포스트 GPS 시대에는 심지어 여행사가 고객을 즐겁게 하기 위해 "길 잃기" 모듈을 고안할지도 모를 일이다. 그러나 길을 잃어본 사람만이 더 깊은 숲으로 들어가 길을 잃는 것 외에는 해결책이 없음을 알고 있다. 현명한 사람들은 그것을 인식하고 숲을 통해 마음을 유추하며 영구적인 주소지를 두지 않고 숲을 마음의 안식처로 삼았다. 나무의 정체와 반대되는 흐름이 있다. 분실물 찾기라는 빈틈없는 관료주의에 의해 구축된 우리 삶의 균형은 숲에 의해 전복된다. "인생의 여정 도중에 내가 어두운 숲속에서 올바른 길을 잃었음을 발견했다." 로버트 핀스키가 번역한 단테의 시다. 이것은 내가 평생 답하려고 노력했던 질문을 던진다. 숲속에 "올바른 길"이 존재할까?

"자신을 잃어버린다"라는 것은 지극히 낭만적이고 심지어 엘리트주의적인 생각이다. 숲에서 길을 잃는다는 것은 이 생각의 연장선에서 시작된다. 나는 행복한 희생자로서 이렇게 말한다. 길을 잃기 위해 숲에 들어갔을 때마다 당시에는 스스로 인정하지 못했지만 숲을 나가는 길이 있을 거라는 것, 즉 집과 숲을 연결할 수 있는 어떤 기하학적 구조가 존재한다는 것을 알고 있었다. 이것은 뱃사람의 믿음 즉 배를 정박할 수 있는 둑이 어딘가에 반드시 있을 거라는 믿음과 비슷하다. 하지만 배는 바다에서 길을 잃고, 인간은 거의 평생을 숲에서 빠져나올 길을 찾으려 노력해 왔다. 숲에서 길을 잃는 것은 주로 이방인의 예술이다. 육지의 생명체인 인간은 바다에서 길을 잃을 수 있지만 물고기는 그렇지 않다. 그래서 근방에서 삶과 생활을 찾아 낯선 숲으로 왔다가 길을 잃고, 결국 그런 자신의 모습을 발견할 때 죽음의 문턱에 서게 된다. 파트나 출신의 가난한 남자가 락벌레를 사육할 수 있는 삼림지를 찾으러 왔지만, 숲속에서 길을 잃고 폭염과 물 부족에 시달린다. 숲의 출구가 어디인지 몰라 헤매다 지칠 대로 지쳤다. "그는 도움을 요청하려고 했다. 그러나 그가 어디에서 사람들을 찾을 수 있었을까!"

이 마지막 질문은 중요한 철학적 역설의 연장선상에 있다. "나무가 숲에 쓰러졌는데 아무도 그 소리를 듣지 못한다면, 나무가 소리를 낼까?" 18세기 초에 글을 쓴 조지 버클리가 《인간 지식의 원리론》에서 한 질문이다. 알버트 아인슈타인과 닐스 보어를 비롯한 철학자 및 물리학자들도 갖가지 변화된 형식으로 같은 질문을 던졌다. 질문에 대한 대답은 소리와 소리의 진동에 대한 과학적 설명에서부터 사건이 외부 세계에 미치는 영향에 관한 형이상학적 추측에까지 이르고 있다. 만약 비부티부샨의 주인공 파트나 남자가 숲에서 죽는다면 정말 죽는 것일까? 아니면 길을 잃는 것의 다른 버전일까? 숲속을 혼자 걷다가 그림자가 드리워지거나 누군가 따라온다는 느낌이 든 적이 있다. 혼자라는 걸 알면서도 완전히 혼자가 아니라는 느낌 말이다. 외로움은 아마도 질병으로 그 병의 원인이자 상태를 나타내고 어쩌면 숲의 상상 속 정령으로 변모하는 것일 수도 있다. 홀로 있어도 원룸 아파트 거주자보다는 숲속 방랑자가 외로움에 대한 두려움이나 질문이 더 많은 법이다.

> "말해봐요, 여기서 혼자 사는 게 싫지 않아요? 아무 데도 가지 않고, 아무것도 하지 않고… 그게 마음에 드세요? 단조롭고 지루하지 않나요?"
> 자이팔은 다소 놀란 표정으로 나를 쳐다보면서 말했다.
> "내가 왜 신경 써야 하죠, 후주르? 전 괜찮아요. 저는 전혀 신경 쓰지 않아요."[92]

숲에서 우리가 인간을 발견할 때 느끼는 불안은 약간 아이러니하고 제한된 세계관이다. 우리가 세상을 구성하는 이웃의 다양한 기질에 무관심한 사회적 존재이기 때문이다. 누군가 호랑이에게 숲을 떠나서 마법 같은 동물원을 찾아가라고 요청한 적이 있는가? 사트야가 초반에 자신의 운명을 숲에 묶어둔 사람들을 찾고 어려움을 겪은 일은, 오로지 숲만이 자신들의 세상인 사람들의 삶과 대조된다. 도시 거주자에게 이주와 여행은 차이를 낳는 한 방안일 수 있지만, 숲에 사는 존재들에게는 차이가 삶의 본질에 꼭 요구되는 것이 아닐 수도 있다. 과연 새가 매일 아침 다른 색의 하늘을 찾거나 나무가 다른 색의 햇빛을 찾을까?

휴가와 "변화"의 필요성은 우주여행에 대한 욕구이며, 다른 장소에 대한 욕구다. 숲을 통한 여행은 종종 시간 여행의 구식 버전이다. 주목받지 못한 역사의 퇴적물이 나무의 그루터기, 줄기, 이끼, 이파리에서 드러나니까. 그리고 발자국이 화석과 섞인 토양에 드러나는 것이 가장 놀라운데, 토양은 살아있으면서도 표식이 없는 묘지이다. 자연으로 돌아가라는 루소의 다소 무뚝뚝한 말은 숲으로 가서 조상들의 복잡하지 않은 삶, 즉 시간 여행의 버전을 살라는 의미였을지도 모른다. 숲은 시간의 초월성을 갖고 있어서 사트야는 숲에서 크리슈나와 같은 신화적 인물을 보거나 심한 가뭄의 한가운데서 자무나강을 상상할 수도 있다. 바로 모든 숲을 힌두교 성지 브린다반으로 바꾸어 놓을 수 있는 것이 숲의 시간적 초월성이다. "브린다"는 힌두교에서 신성시하는 홀리바질을 의미하며, 약효가 뛰어난 것으로 알려져 있다. "반"은 숲을 뜻한다. 크리슈나의 탄생과 어린 시절과 관련 있고, 연인 라다와의 연애와 관련된 브린다반은 그에 대한 여러 전설과 이야기의 본거지이다. 이곳은 차이타니아 마하프라부에 의해 발견될 때까지 세상에 알려지지 않았다. 16세기 초 신비주의 성자 마하프라부는 크리슈나의 생애와 관련된 장소를 추적하고 찾아내는 일에 착수했다. 찰스 R. 브룩스는 그의 저서 《인도의 토끼 크리슈나》에서 "모든 크리슈나파 교리의 목표가 되는 이상적인 마음을 브린다반이라고 부른다"고 적었다.[93] 사람들이 숲에서 찾는 것이 브린다반이든, 크리슈나파 교리든 정확히 무엇을 찾을 수 있는지에 대한 좋은 지침이다.

신앙이 된 숲

"마음의 상태"로서 숲은 아마도 모든 나무를 좋아하는 사람들의 종교일 것이다. 그들은 숲에서 시간을 보내며 변화와 회심을 느끼는 광신적 종교 집단 같다. 일본어로 "신린요쿠"라는 아름다운 단어가 있는데, 삼림욕 또는 숲에서 목욕을 한다는 뜻으로 그 의미가 매우 시적이다. 그래서 이 단어를 언급하는 것만으로도 시시각각 기분이 바뀌는 경험을 하는 것 같다. 크리슈나의 낭만적인 장난기, 지혜, 특별한 공감 능력, 동료애, 통찰력 있는 정치술까지 모두 숲의 산물이 아닐까?

우리는 제도화된 다양한 종교의 인류학적 기원에 대한 교육이 부족함에도 숲 종교와 사막 종교의 기질과 가르침의 차이를 직관적으로 알고 있다. 숲에서 보살핌을 받고 자란 어린 소년의 이야기는 다양한 버전이 있다. 때로 그 소년은 타잔이고, 어떤 때는 모글리이고, 여느 때에는 크리슈나이다. 이 모든 이야기가 모두 친부모 없이 자라는 소년이라는 사실에 주목할 수밖에 없다. 어린 시절의 부모 역할을 했던 숲은 스승으로 바뀌고 나중에 소년은 발바닥에 굳은살이 생기며 점차 독립성을 갖게 된다. 내가 숲을 필요로 하는 만큼 숲도 나를 필요로 한다. 이 공생 관계의 필요성을 이해하는 데 몇 년이 걸렸다. 예를 들어 동부 히말라야 산기슭의 수크나숲에서 나는 놀랍도록 행복했고 평온했다. 그러면서도 긴 시간 잠이 든 숲을 방해하는 침입자가 된 것 같아서 죄책감을 느꼈다. 이것은 내가 어렸을 적 서사시에 나오는 마왕 라바나의 동생이자 거인 전사인 쿰바카르나를 상상해 보라는 요청을 받았을 때 느꼈던 감각이다. 쿰바카르나는 1년의 반은 잠만 자고 나머지 반년 동안 폭식으로 세월을 보냈으므로, 나는 필연적으로 졸린 숲 같은 악령을 상상하게 되었다. 숲이 깨어나면 재앙이 될 거라고 나는 확신했다.

숲에서 움직이는 것은 마치 부모가 잠든 사이 놀이를 하는 것과 같다. 나는 나쁜 장난을 하다가 들키는 일이 없도록 몰래 돌아다녔다. 부모를 깨우면 놀이는 거기서 끝이 나고 어쩌면 벌을 받을 수도 있다. 모든 소리는 경고를 알리는 신호였고 모든 발걸음은 함정이었다. 숲의 노출된 표정과 내면의 개성이라는 두 가지 삶은 너무 모순적이어서 어떻게 이해해야 할지 몰랐다. 나의 흥미를 거의 끌지 못하는 숲과 관련된 문학과 영화도 있었다. 그 외부 세계가 지나치게 분주하게 돌아갔기 때문이다. 다른 하나는 "휴식을 위한" 고요한 숲이었는데, 적나라하게 드러난 숲에서 나는 매우 편안한 느낌을 받았다.

나는 숲에서 길을 잃은 어린 소녀의 이야기는 왜 없는지 궁금했는데, 아마도 이것이 독서의 젠더적 특징을 처음 의식하게 된 계기였을 것이다. 사트야는 숲을 지나가는 여성들을 발견하지만 그들을 어떻게 이해해야 할지 몰랐다. "문득 숲 문명의 상징인 나이 많은 한 여성이 떠올랐다. 그녀의 조상들은 대대로 숲에서 살아왔다. 나는 그 나이 많은 여성이 무슨 생각을 하고 있었는지 알아내기 위해서 나의 1년 치 급여를 희생할 각오가 되어있었다." 나는 숲속 소녀가 어린 소년의 장난기를 쫓는 긴장감과 함께 등장인물로서의 평온함을 가져다주지 않았을까 하는 생각이 들었다. **숲속의** 여자는 쉽게 **숲의** 여자로 변하고, 사냥꾼들이 숲의 야생동물들을 불구로 만들고 죽이면서 숲의 야생성을 길들이듯이 남자들도 비이성적인 욕망으로 숲의 여자를 길들여야만 한다. 숲의 여인은 아주 매력적이고 신비함과 에로티시즘으로 물든 인물로서 도시적 상상력을 넘나들면서 사냥꾼의 상상 속에서 호랑이 같은 존재가 되어 길들여져야만 한다.

숲이라는 아름다운 망각

수닐 강고파디아이의 소설을 원작으로 한 영화 사티야지트 레이의 〈데이즈 엔드 나이츠 인 더 포레스트〉는 상상할 수 없는 일을 해냈다. 영국 태생의 인도 영화배우 시미 가레왈이 주말 휴가를 맞아 콜카타에서 숲으로 온 세 청년의 집단적 욕망의 표적이 된 부족 여성 "둘리"를 맡았다. 인접한 숲속 방갈로에는 두 자매가 있는데, 자매 중 한 명은 샤르밀라 타고르가 배역을 맡아 자연스러운 세련미로 연기했다. 낯선 이방인들이 공통점을 찾아 일시적인 우정을 느끼듯이 일시적인 보헤미안들은 옆집의 매력적인 여성들과 동석을 한다. "숲속 기억력 게임"의 소품처럼 설정된, 교양 있는 도시 여성의 지성과 부자연스러운 어두운 피부를 가진 부족 여성이 독주를 들이키는 모습이 순식간에 이분법적으로 대비된다. 이들 중 한 남자가 숲속 여인에게 성적으로 끌리면서 사회적 상황과 숲의 균형을 뒤엎는 에로틱한 긴장감이 조성된다. 남자는 둘리에게 성추행을 시도하고, 불미스러운 일이 발생하지만, 남자들이 숲을 떠날 즈음에는 표면적으로 상황이 봉합된다. 나는 이 영화에서 두 가지를 포착했는데 하나는 숲속 방갈로로, 벵골인과 숲의 관계를 다른 어떤 것과도 비교할 수 없을 정도로 잘 표현한 소품이다. 다른 하나는 숲이 도시 사람들에게 미치는 영향이다. 숲은 마치 연금술처럼 그들의 심신을 조절하고, 문화를 정화 시킨다. 즉 정글 사람이나 숲속의 야수 같은 그들의 잠재된 본성을 뒤늦게 일깨우는 것이다. 정원에서의 간음이나 숲속에서의 관능적 욕구는 식물의 세계를 인간 자신과 같이 부도덕한 식물로 만드는 것 같다.

〈데이즈 엔드 나이츠 인 더 포레스트〉는 숲에 적절한 예절이 있고, 또 항상 있어야만 한다는 것을 우리에게 알려준다. 산스크리트 어원을 가진 "아란야"는 이제 교과서에서만 볼 수 있는 문명화된 단어다. 우리가 쓰는 흥미로운 구어체로는 숲을 의미하는 명사 "정글"과 "봉bon"에서 파생된 형용사가 있다. 예를 들어 장난꾸러기 아이는 정글의 "정글리"라고 쉽게 불리며, 억양을 조금만 바꾸면 거친 야수 같다는 의미가 된다. 마찬가지로 길들지 않은 낯선 꽃은 숲과 같은 "부노buno"로 불리며 그 특징을 설명하는 경우가 많다. 나무의 존재는 알 수 없는 이유로 인간의 축적되고 조건화된 예의와 세련됨을 벗겨내고 야수처럼 변하게 하는 것 같다. 숲의 어떤 점이 인간을 일시적으로 사회적 진화 경로에서 거꾸로 돌아가 더 동물적인 존재가 되게 하는 것일까? 숨기고 드러내는 숲의 양면성이 인간을 부추겨 원시 버전으로 되돌아가게 하는 것일까?

시간, 역사, 진화 생물학, 욕망의 억압에 대한 모든 질문이 숲속 "해방" 생활을 배경으로 한 문학 속 "부족" 여성의 모습에 응축되어 있다. 숲은 뭔가를 망각하게 만드는 환각제 비슷한 형태인 것 같다. 이 점에서 우리가 알고 있는 숲은 우리의 영구 거주지가 될 수 없고 책임과 결과 사이에 존재한다. 결혼식 전날 밤의 총각 파티는 깨져야 할 금기와 제한으로 가득 차 있다. 그것이 바로 숲속 생활의 해방이다. 로마에서 로마인이 되는 것이 아니라 정글 속의 정글 사람이 되는 것이다.

숲이 키운 여성 모델과 거의 직접적인 대조를 이루는 것이 반킴 찬드라 차토파디아이의 소설 《카팔쿤달라》의 순수하고 타락하지 않은 여성 캐릭터다. 숲에서 그대로 자란 카팔쿤달라는 인간과의 접촉으로 오염되지 않았다. 부족의 여인이 숲의 야생성을 자신의 내면에 순화시키는 반면 이 브라만 소녀는 잘못을 저지르지 않는 식물의 순수함에 물들어 있다. 이 이분법은 모든 문학에 영향을 준다. 문득 혼자 숲에 가려는 내 계획을 조롱하던 선배 동료의 말이 떠올랐다. "홀로 숲에 가는 여자는 혼자 호텔에 묵는 여자와 같아."

1981년 이스라엘 청년이 문화와 국적이 다른 낯선 사람 세 명과 함께 볼리비아 열대우림에서 길을 잃은 이야기를 다룬 요시 긴스버그의 회고록 《로스트 인 더 정글》과 같은 실화 서사에서도 한 소녀가 구세주로 등장할 정도로 숲속 여인은 낭만적인 아이디어다. 긴스버그는 폭포 아래로 떨어진 후 완전히 혼자가 되어 길을 잃었고, 숲에서 나는 먹거리로 생존하고 동물과 싸우기도 했지만, 무엇보다 더 이상 걸을 수 없을 때 자신의 발에 대한 믿음을 잃지 않았다. 그러던 중 "기적"이 일어났다고 그는 이 책에 대한 인터뷰에서 말했다. "2일 동안 저는 한 소녀와 함께했습니다. 그녀가 제 옆에 나타났어요. 내가 무너지고 포기한 바로 그 순간에 그 일이 일어났기 때문에 그녀를 불러낸 것이 나의 상상력이었다고 해도 기적이나 다름없겠죠."[94] 긴스버그가 숲에서 얻은 교훈은 단순한 것이었다. "저는 아주 단순한 사람이 되었습니다. 단순한 것들이 저에게는 가장 소중합니다. 저는 지금 제가 가진 것들에 큰 의미를 부여하지 않습니다. 죽음을 만났을 때의 그 느낌은 저를 한시도 떠난 적이 없습니다."

*

《아론녹》의 사트야는 숲속을 돌아다니며 주민들과 교류하면서 숲에 인간을 나무로 변화시키는 힘이 있다는 것을 더욱 분명하게 느낀다. "마치 산림 관리인 자이팔 쿠마르의 영향과 한없이 자유롭고 속박 없는 주변 자연의 무언가가 나를 자이팔처럼 초연하고 차분하고도 냉정한 생명체로 탈바꿈시키고 있는 것 같았다."[95] 이것은 단순한 삼림욕이 아니라, 지렁이가 흙을 먹고 흙을 먹은 지렁이는 흙이 되는 것과 같다. 숲속의 이 아름다움의 정체는 정확히 무엇일까? "가족이라는 틀에 갇혀 살아야 하는 사람들은 이 아름다움을 보지 못하는 것이 낫다. 사람을 미치게 만드는 아름다움. 나는 조금도 과장하지 않았다. 이 치열한 아름다움은 용기 없는 사람들을 위한 것이 아니다."[96] 한때 나는 이 아름다움을 정원사가 없는 상태 즉 보살핌을 받지 않은 아이들의 아름다움이나 학교가 아닌 삶에서 교육받은 사람들의 지혜와 비슷하다고 생각했다. 나는 사트야처럼 이것이 부분적으로 예상치 못한 것, 불확실성, 그리고 두려움과 관련이 있다는 것을 깨달았다. "두려움은 내 주변의 아름다움의 가장자리를 날카롭게 만들었다." 아마도 이것이 숲의 아름다움의 원천일 것이다. 관리의 부재와 그러한 환경이 가져다주는 자유로움, 수평선까지 펼쳐진 물과 들판에서 느끼는 친근함, 일시적으로 버려진 것에서 오는 아름다움. 사트야의 비유를 빌리자면 그것은 달콤함과 숭고함, 툼리 음악의 아름다움과 치열함이 뒤섞여 있고, "방해받지 않는 고요의 평화"와 압도적인 광대함이 혼재되어 있지만 무엇보다도 "인간의 흔적이 없는" 아름다움이다.

숲에 들어온 우리 모두와 마찬가지로 사트야는 독학자이기에 스스로 교육에 열심이었다. 숲에서의 삶의 방식을 "단순함"이 아닌(숲에 사는 사람들은 자신들의 삶이 단순하다고 생각했을지 모르겠지만) 이동성으로 전환한 것이 숲을 흥미로운 거주지로 만들었다. 숲속에서 살아가는 사람들은 나무들이 고정되어 있다는 것과는 대조적으로, 일과가 끝나면 일과를 시작한 장소로 돌아가야 한다는 생각을 뒤집는 삶을 산다. 새벽에 한 장소에서 시작해서 해 질 녘에 다른 장소에서 끝날 수 있고, 이를 귀가라고 생각할 수도 있다. 그러므로 숲에서 산다는 것은 자발적으로 후회 없이 숲에서 길을 잃는 것이다.

*

도시와 도시민이 어쩌다 숲과 숲속 거주자보다 현명한 존재로 여겨지게 되었는지는 언젠가 분명히 사라지고 도덕적 교훈으로 받아들일 주제이지만, 다른 한편으로는 숲이 과연 평등한 장소였을까, 하는 의문이 들기도 한다. 이 순진하고 무지한 질문을 숙고하기 위해 나는 매번 멈춰 서서 스스로에게 물어야 했다. 인도 공산당의 명백한 폭력성이 숲의 생명과 숲에 사는 사람들에 대한 국가의 탄압과 학살에 대한 불가피한 반응이며, 숲을 지키려는 강력한 의지의 산물일까? 이 글에서 나는 동물 중심주의를 넘고 인간과 동물, 국가와 정부라는 관점을 넘어 숲의 식물 생활에 그러한 정치철학을 불러일으키는 무언가가 있는지 살펴보고자 했다. 식물 철학자 마이클 마더는 식물 정치 즉 "식물 민주주의"에 대해 이야기한다. 《로스앤젤레스 리뷰 오브 북스》와의 인터뷰에서 마더는 이렇게 말했다.

> 결과적으로 제 질문은 "우리 자신을 정치적 식물로 생각한다면 어떨까?"입니다. 식물과 동물의 가장 큰 차이점은 식물은 유기적 단위 즉 각 부분이 일관된 전체의 요구에 종속되는 자기 폐쇄적 생명체가 아니라는 점입니다. 따라서 국가를 유기적 전체로, 개인을 다소 하찮은 기관으로 동일시하는 초기 파시즘에서 벗어나려면 정치를 식물적 모델로 전환해야 합니다. 이 운동의 결과는 독립적이지 않으면서 식물 사회의 전반적인 성장에 참여하는 나뭇가지들처럼 무정부적 확장을 이끌어낼 것입니다. 이러한 생물 정치는 유기체적 구조의 한계 내에서 논리적으로 기대되는 희생 정신과 양립할 수 없습니다. 대신 개인과 집단 간의 갈등이나, 명확한 구분이 없는 상호 지원적인 환경 속에서 모두가 번영할 수 있도록 장려할 것입니다. 저는 이것이 식물이 주는 가장 중요한 정치적 교훈이라고 생각합니다.[97]

각각의 나무는 자신을 숲의 일부로만 보는 것을 거부한다. 이는 아론녹과 인도 동부의 숲에 사는 사람들이 자신들을 바라트바르샤 국가의 일부로 보는 것에 초연한 것과 유사하다. 숲의 나무들은 버려지는 것이나 가라앉는 배에서 도망치는 것이 무엇인지 알지 못한다. 이웃에게 질병이 찾아와도 그들은 도망치거나 도망칠 수 없고 도망치지 않는다. 전염은 두려워할 것이 아니다. "반독립성을 유지하는 나뭇가지와 잔가지의 무정부적 증식" 즉 국민 국가의 시민에게 기대되는 "희생정신과 양립할 수 없는 정치 시스템"은 내 생각에 숲이 그 속에 사는 동물과 식물을 육성하는 정신이다. 매튜 홀은 그의 저서 《사람으로서의 식물》에서 우리가 식물을 소외시키는 이유가 식물에는 폭력성이 결여되어 있기 때문이라고 지적한다.[98] 숲에 사는 사람들이 침입하는 정치 체제에 저항하지 않는 것처럼 식물 생명체의 반항과 항의의 부족으로 인해 수 세기 동안 둘 다 소외되어 왔다. 만약 식물에게 주체성이 있어서 움직이고 깃발을 치켜들고 인간을 대상으로 유혈 사태를 일으킬 수 있다면, 식물은 지금과 같은 대우를 받지 않았을 것이다. 인간은 수 세기 동안 늘 있는 하늘처럼, 식물이 보이는데도 보지 않고 존재하는데도 인식하지 못하는 질병을 겪고 있다. 만약 나무가 "눈에는 눈 이에는 이"라는 윤리를 적용하면 쓰러진 나무마다 옆에 사람의 시체가 있을 것이다. 나무가 집주인이라고 상상해 보라. 나무를 뿌리째 뽑는 것이 쉬운 일일까? 마더는 식물이 봉건 영주라고 상상해 보라고 말한다. "윤리적 문제는 우리가 지역에 미치는 영향을 소외시키거나 무력하게 여길 때 발생한다. 식물들은 봉건 제도의 노예와 같이 자신들이 자라는 환경에 완전히 구속되어 있는 것처럼 보인다. 이처럼 봉건 영주 역시 자신들이 경작하는 농작물들과 다르지 않게 농노들을 대우했을 것이다. 이탈과 추방에 대한 찬사는 이동성을 능동적 주체성과 연결하고, 한 장소에 고정하는 것을 "주체 없는 덩어리"의 수동적 존재와 연결하는 동전의 양면성과 같다."

*

외로움에는 나름의 치료 방법이 있다. 가장 가까운 동맹이자 부산물이 명상이다. 숲이 사색의 방향을 어떻게 자기 자신과 자신의 삶을 구성하는 사소한 것들로 바꾸어놓았는지에 사트야가 일인칭으로 이야기하는 글을 읽다 보면, 현자들이 숲속에 암자를 세운 이유가 이해된다. "이 외로운 숲속에서만 사소한 것 하나하나에 명상하고 놀랄 기회를 얻을 수 있었고, 그런 미세한 감각을 이끌어내는 숲만의 분위기가 있었기 때문이다."[99]

나는 잠시 멈춰서 자문했다. 숲이란 정확히 무엇일까? 결국 숲은 집합명사일 뿐이고, 나는 수년 동안 그 집합명사를 두려움과 무관심으로 대하고 있었다. 나무와 숲의 차이가 인간과 의회 또는 정부의 차이와 비슷할까? 그리고 더 중요한 것은, 사회와의 관계에서 고독한 개인이 그러하듯 숲에 있는 나무가 다른 나무들에 둘러싸여 있다는 것이 나무에게 중요했을까? 프랑스 철학자 미셸 세르는 그의 책 《창세기》에서 단일체의 헤게모니에 대해 썼다.

단일성은 적어도 두 가지 점에서 눈부신데, 그 합과 분열이 그것이다. 우리는 그 전체가 단수여야 하며, 또한 주어진 버팔로나 양의 수로 구성되어야 한다. 우리는 원칙, 시스템, 통합을 원하며 원소, 원자, 숫자를 원한다. 우리는 그것들을 원하고 그래서 만들고 … 환원할 수 없는 개체는 지평선처럼 사라진다. 우리는 구체적인 것을 잃고 세상을 잃었다.[100]

세르는 여기서 숲을 위한 나무에 관해 이야기하지 않는다. 사물을 집단으로 묶는 심리적 조건은 숲에서 위안을 찾게 만들 수 있지만, 숲은 세르의 특수성 개념도 시험한다. 숲을 구성하려면 나무 몇 그루가 필요할까? 나는 통계가 아닌 다른 것, 한 장의 수표가 아니라 수표책을 말하는 것이다.

내 생각에 사람들이 숲에 가는 이유는 숲이 그들에게 안성맞춤인 곳이기 때문이다. 나무에는 생일이 있지만 숲에는 생일이 없기 때문이다. 사람들이 숲에 가는 이유는 인간이 아는 온갖 것들 중에서 오직 숲만 달력에 얽매이지 않기 때문이다. 정글에서는 돈이 쓸모가 없기 때문에 숲에 간다. 인간은 자신의 영원한 자아라고 생각하는 것의 일부를 내려놓기 위해 숲에 간다. 숲의 변화무쌍한 본질과 무상함, 건축과 문명의 영속성을 "이건 그녀의 명의로 하겠어요"와 같은 표현에서도 발견할 수 있었다. 나무는 그렇게 자신의 "재산"

을 자손에게 물려주지 않았다. 자신의 삶을 만들고 자신의 영토를 표시하는 것은 아이의 몫이었다. 그리고 "법", 합법성의 본질, 인간의 정의 체계는 나에게 "부자연스럽고" 우스꽝스럽게 보이기 시작했다. 그런 식으로 운영되는 상속 시스템은 정말 있을 수 없고, 있어서는 안 되는 것이었다. 이것이 내가 숲에서 얻은 가장 큰 교훈 즉 물질적 상속의 부당함에 대한 깨달음이었을 것이다.

*

나는 며칠 동안 숲속에서 《아론녹》를 다시 읽으며 나무와 함께 생활하고 나의 생체 시계를 나무의 시계에 맞추려고 노력했다. 내 몸이 이곳에서 나름의 표현을 개발하고 있었다는 사실을 깨닫는 데 오랜 시간이 걸렸다. 몸은 끔찍하게 자신감이 없었고, 마음도 너무 순응적이었다. 나는 숲이 그런 내게 도전을 걸어온다는 것을 직관적으로 느꼈다. 중산층의 도덕성은 식물 생명에게는 아무런 의미가 없는 세계다. 여기서 숲 공간의 고유한 남성성을 언급하지 않을 수 없다. 숲의 높은 나무 첨탑을 남근이라고 불렀던 시인이 누구인지 지금은 기억이 나지 않는다. 소로가 될 생각은 없었지만, 이 외딴 절벽에서 내가 아는 언어로 된 사람의 말과 비슷한 소리를 들었다. 그 소리의 맥락과 기원을 조사하고 싶은 충동을 느꼈을 때 그 소리는 사라졌다. 나무에서 마른 낙엽이 떨어지는 것을 바라보면서 문자가 구전보다 우위에 있는 것처럼, 또 도시가 숲보다 우위에 있는 것처럼 느껴지기도 했다.

내가 느꼈던 감정에 향수병이라는 표현은 적절하지 않지만 나는 집으로 돌아가는 여정이 그리웠다. 그럴 때마다 나는 종종 이 숲으로 왔던 길을 떠올린다. 가족은 내가 머무는 기간을 조정하길 바라며 나를 내려주었다. 이번 여정 중 운전기사 바블루는 별 뜻 없이 자신이 고아라는 사실을 우리에게 말해주었다. 엄마는 모두를 불편하게 만들려는 듯 그가 그렇게 보인다고 속삭였다. "그렇게 보이는 외모"의 특징이 무엇인지 물어본다면 엄마는 무적의 논리로 일관하셨을 것이다. 나는 엄마잖아, 딱 보면 안다니까. 우리 중 누구도 그녀의 추론에 관심을 보이지 않았다. 하지만 우리가 방금 지나온 거대한 나무들에 비해 키가 작은 나무들이 있는 숲 속에 들어서니 엄마의 말이 떠올랐다. 조림 사업에 의해 심어진 나무들도 고아가 아니었을까?

여성에 대한 끔찍한 폭력의 역사가 있는 나라에서 지내는 내 가족은 나의 안전을 걱정했다. 처음에는 호랑이에게 잡아먹히는 것과 남자에게 살해당하는 것 중 어느 쪽이 더 낫겠냐고 내가 농담을 건넸다. 내 농담을 듣고 웃는 사람은 없었다. 그들은 나같이 소심한 여자가 정글로 모험을 떠났다는 충격에서 아직 헤어 나오지 못하는 것 같았다. 그들의 오래된 질문들이 답도 없이 나에게 떠올랐다. 묻고 답하는 선

문답적 본질의 세계에 길든 가운데 문득 떠오르는 이런 것 역시 숲이 가르쳐준 것이었다. 숲에서는 누가 안전할까? 아니면 숲의 역사는 무엇이었을까? 나무에게 진실 혹은 거짓이란 무엇일까? 숲속에 있다는 것은 영원한 카르페 디엠 속에서 사는 것 같은 느낌이다. 내가 미래를 지키고 방어해야 할 의무에서 벗어난 나무가 된 것처럼 느껴졌기 때문이다. 나무로 변하고 싶은 욕망을 억눌러야 하는 나의 자의식을 이겨낼 수 없었다. 비가 내리기 시작해 나무들 위로 쏟아져 내렸다. 비가, 온 사방에 떨어지는 비가 나와 나무를 같은 방식으로 적시는지 궁금했다. 고목을 바라보며 불안에 시달렸다. 혹시 그들이 치매에 걸린 걸까? 나무의 윗부분이 아랫부분의 어린 줄기에게 보이는 무심함, 그 초연함조차도 나에게 불편감을 안겼다. 저 고목들은 어린 시절과 젊은 시절을 잊어버린 것일까?

숲 관리인이 나를 방문하러 온 적이 있었다. 그는 인간은 언제나 숲속의 유배자며, 반바스도 마찬가지라고 농담을 던졌다. 한 공간에 임의로 나무를 군집시켰다는 그의 말은 숲을 인류 문명의 "업적"으로 말한 것과 같다. 그에게 이 숲의 역사에 관해 물었더니, 그는 현재는 나무들이 들어찬 이 땅의 독립 이후의 삶 외에는 아는 것이 없다고 했다. 성장과 파괴에 대한 통계 데이터 외에 우리 숲의 역사는 없는 걸까? 한 나라의 역사에 숲의 역사가 포함되지 않는 이유는 무엇일까?

때때로 이런 숲과 같은 자연 서식지에서 내쫓긴 동물은 미쳐버린다고 그 관리인은 나에게 말했는데, 그는 마치 그것이 언젠가 내게 매우 중요한 정보가 될 것처럼 전달했다.

"그럼 나무들은요?" 나는 "두뇌" 없이 살아가는 존재인 나무들에 관해 물었다.

그 관리인은 보호림 속에 사는 나무의 관료적인 삶을 보여주고 싶어 했는데, 그것은 민족 국가에서 살아가는 우리들의 현대적인 삶과 닮아있었다. 그가 숲을 종류별로 나누어 전문 용어를 늘어놓는 통에 나의 마음은 점점 갈 곳을 잃었다. 이 보호림에서 다른 공원이나 숲으로 식물들이 옮겨질 때 각 식물의 특성에 따라 이동과 수송 인증서가 발부되었는지 그에게 빨리 물어보고 싶었다.

그러나 그의 말은 끝날 줄을 몰랐다. 내가 문학 교육을 받았다는 사실을 막 알게 된 그는 산림청에서 수십 년 동안 만들고 편집한 네 줄짜리 운율을 낭송하기 시작했다. 식물에 대한 과시적이면서 도덕적인 사랑을 제외하고는 그 운율에는 추천할 만한 내용이 거의 없었다. 내가 그런 운율을 듣고 웃어 보이자 그는 내가 진가를 인정했다고 생각한 것 같았다. 그러나 나는 시인들이 숲속을 가득 메운 청중에게 시를 낭독하는 문학 축제를 여는 우스꽝스러운 상상을 하며 웃어버린 것이다. 다만 청중은 사람 대신 항상 그렇듯이 집중 모드로 서 있는 나무들로 구성되어 있다.

그가 자신과 산림부서에 대한 자화자찬을 끝내자 나는 그에게 한때 학교 교육의 필수 요소였던 숲속 아슈람에서의 수업이 왜 산림부서의 계획에 포함되지 않았는지 물었다. 그는 미소만 지을 뿐 대답은 하지 않았다. 나중에 우리가 떠나려고 할 때 그는 지금까지 사용했던 목소리보다 훨씬 낮은 목소리로 말했다. "우리 아버지의 삼촌이 방글라데시에 있는 그런 아슈람 같은 학교에서 공부를 하셨어요. 물론 그때는 방글라데시가 아니었죠. 그분은 내가 태어나기 전에 돌아가셨기 때문에 한 번도 본 적이 없는데, 우리 아버지에게 말씀하셨대요. 아슈람에서 그들에게 가장 많은 가르침을 주었던 것은 산스크리트어와 수학에 능통한 스승이 아니었대요. 그 숲속 아슈람의 진정한 스승은 나무들이었다고요."

갑자기 그 남자가 내 친척인 양 살갑게 느껴졌다. 숲의 나무들은 에칼라비야(《마하바라타》에 등장하는 장수로, 스승에게 헌신적이었던 것으로 유명하다—옮긴이)였다. 나무들은 자신을 인정하지 않는 사람들을 위해 자신의 중요한 부분을 희생했다.

나는 숲의 북쪽 언저리 쪽을 보다가 밭에서 일하고 있는 한 농부를 발견했다. 그는 소와 땅, 두 가지를 동시에 달래고 있었다. 그의 간청은 둘 다 움직여 달라는 것이었다. 갑자기 그와 그의 농기구가 나에게 인접한 숲과는 반대되는 말로 바뀌어 다가왔다. 인간 행위의 가시성, 식물 세계와의 물물교환 시스템에 대한 필요성, 그리고 무엇보다도 식물 세계를 이미 갖추어진 기성품으로 기대하는 것. 이 모든 것은 숲이 주는 선명한 자유와는 대조적이다. 농업 노동에서 인간의 통제력을 보여주는 것, 숲 안의 사무실과 작업실이 완전히 보이지 않는 것 사이의 이러한 대조는 평일에 사무실에 갇힌 직원들에게 숲을 매력적으로 만들었다. 그래서 속박의 사슬을 끊고 자유를 즐기는 소리가 숲속 여행의 소음을 만들고 있다.

하지만 숲의 원시적인 혁명 정신에도 불구하고 식물 세계에는 유명인이 없다. 이런 점에서 식물이 갖는 명성이나 기술 따위는 나에게 중요하지 않았다. 사실 이 보호림의 관리인이 숲에서 발견된 어떤 나무 종에 대해서 "세계적으로 유명한"이라는 표현을 썼을 때 나는 웃음을 터뜨렸다.

*

숲에 머무는 동안 나무를 통해 배운 또 하나의 교훈이 있었다. 그건 실수의 본질에 관한 것이었다. 작년 겨우내 추위로부터 몸을 보호하기 위해 여러 겹의 모직 옷을 입었다. 재작년에 폐렴으로 고생한 적이 있었기 때문에 나는 항생제 없는 겨울나기를 간절히 희망하고 있었다.

나의 희망은 무너졌다.

바이러스가 침투할 수도 있었던 그 한 가지 취약점을 찾아내는 데 여러 날이 걸렸다. 늦겨울 저녁에 밖에서 친구와 5분 동안 대화를 나눈 일이 있었다. 살인자가 단 한 번의 잘못된 행동으로 선한 행위를 모두 지워버리는 삶의 본성에 짜증이 났다. 그날을 제외한 모든 날을 조심조심 지냈음에도 불구하고, 나는 감기에 걸렸다. 식물의 특성이 바로 이렇다. 식물은 정상 궤도를 벗어난 삶을 알지 못한다. 나무들의 세계에는 규칙에도 예외가 없었다. 나무들에게 일상은 지루한 것이 아니었다. "뭔가 다른 것을 해보자" 또는 "틀에서 벗어난 것"은 나무들에게는 낯선 것이었다. 의심이라는 짐과 희망의 무게는 식물에게 영향을 미치지 않았다. 이점 또한 내가 나무가 되고 싶었던 이유다.

물론 문제도 있다. 식물의 세계에는, 특히 숲에서는 위생 개념이 없다는 것이다. 그리고 이 식물 공동체에는 더러움과 청결의 구분이 없다.

하지만 숲이 얼마나 많은 것을 주는지, 얼마나 쉽게 식물이나 나무가 자라게 하는지를 알면서도 우리는 숲을 죽이고 있다. 우리는 우리가 가장 사랑하는 사람들을 죽인다. 부처를 알기 위해서는 부처를 죽여야 한다. 그래서 사트야가 숲에서 무엇을 그리고 얼마나 많이 얻든 원래의 숲으로 변해가든 그는 숲을 파괴해야만 한다. "그러나 나는 나르하바이하르의 숲이 오래 가지 못할 것을 알았기에 슬펐다. 나는 그곳을 너무나 사랑했지만 내 손으로 그곳을 파괴했다. 2년만 지나면 사람들이 다시 정착하고, 그 땅은 추악한 돈과 더러운 숙박업자들이 차지할 것이다. 사다나의 열렬한 명상 수행 방식을 통해 수백 년에 걸쳐서 나르하바이하르가 만들어졌다. 자연은 자신의 손으로 직접 이곳을 사랑스럽게 만들었다. 이 아름다운 숲과 멀리 보이는 구불구불한 공터도 완전히 지워질 것이다."[101]

사트야의 이면에는 내가 가장 좋아하는 두 명의 숲속 남자가 있는데 한 사람은 문학 작품에서, 다른 한 사람은 외부에서 가져온 것이다. 20세기 중반에 나온 장 지오노의 유명한 이야기 《나무를 심은 사람》이 있다. 일인칭으로 쓰인 이 프랑스 소설은 40년 전 화자가 "알프스산맥에서 프로방스로 이어지는 고산 지역에서 높은 산을 걸어 길고 긴 여행을 하고 있었다"라는 서술로 시작한다. 이곳은 척박한 땅으로 "야생 라벤더 외에는 아무것도 자라지 않는 곳"이다. 목이 마른 그는 근처 마을에서 물을 마시려 샘이나 우물을 찾았지만 모두 말라 있었고 사람들은 오래전에 도망갔거나 집을 버리고 떠나버렸다. 5시간을 걸어도 물은 나오지 않고, 그는 "작고 검은 실루엣"을 발견하고 외로운 나무로 착각한다. 가까이 다가간 그는 그 형상이 양치기임을 알게 되었고 그 양치기는 그에게 물을 건네준다.

양치기의 삶은 고독해 보였다. 그는 거의 말을 하지 않고 한때 제련과 광업에 종사한 것으로 보이는 가족들 소유의 버려진 집에서 깔끔한 생활을 이어오고 있었다. 저녁 식사 후의 활동을 제외하고 그에게 특별한 것은 없었다. "양치기가 작은 자루를 가져와 식탁 위에 도토리 한 무더기를 쏟아부었다. 그는 도토리를 하나하나 집중해서 좋은 도토리와 나쁜 도토리를 구분하기 시작했다. 좋은 도토리 한 무더기가 충분히 쌓이자 그는 수십 개씩 세면서 작은 도토리나 약간 금이 간 도토리를 골라냈다. 완벽한 도토리만을 골라 두 자루를 채우고 나서야 그는 멈추었고 우리는 잠자리에 들었다."[102]

양치기는 그에게 자신의 초라한 오두막에서 쉬게 해주고 양을 치는 동안 동행할 수 있게 해주었다. 서술자는 양치기가 쇠막대를 가지고 다니는 것을 발견했다. 양들이 풀을 뜯기 위해 흩어진 후, "그는 쇠막대를 땅에 밀어 넣어 구멍을 만들고 그 자리에 도토리를 심고 구멍을 다시 채우기 시작했다. 그는 참나무를 심고 있었다. 나는 그에게 그 땅이 그의 소유인지 물었다. 그는 아니라고 대답했다. 그는 누구의 땅인지 알아내는 데 관심이 없었다. 그는 세심하게 주의를 기울여 도토리를 심었다."[103] 양치기는 지난 3년 동안 십만 개의 도토리를 심었지만 이 만개만 싹을 틔웠다. 그는 이 중 절반만 살아남을 것이고, 그러면 이 지역에는 만 그루의 참나무가 자랄 것이라고 했다.

이 남자의 이름은 엘제아르 부피에로, 저지대에서 농장을 운영하던 그는 아내와 아들을 잃고 이 땅의 고독 속으로 숨어들었다. 그리고 토양을 지탱할 만큼 큰 나무와 초목이 부족해 땅이 죽어가는 것을 보고 안타까워하며 사랑하게 되었다고 한다. 1915년 전쟁이 끝난 후, 서술자는 그곳으로 돌아왔을 때 엘제라르가 살아있는 것을 보고 놀랐다. 이제만 그루가 넘는 참나무가 그곳을 완전히 바꿔놓았다. 참나무는 엘제아르의 생계 방식도 바꾸어 놓았다. 그는 이제는 양치기가 아니라 양봉가가 되어있었다. 양들은 엘제라르가 심은 새로운 식물을 먹고 자랐고 반면에 벌들은 수분이라는 습관을 통해 나무의 성장을 도왔다. "창조는 일종의 연쇄 반응으로 이루어지는 것 같았다. 그는 걱정하지 않았다. 단순하게 반복되는 일을 억척같이 해내고 있었다. 우리는 마을로 돌아가는 길에, 인간의 기억 이후로 메말랐던 개울에 물이 흐르고 있는 것을 보았다."[104]

시간이 흐르자 사람들 특히 관료들은 이 "자연적인" 숲이 어떻게 갑자기 생겨났는지 궁금해하기 시작했다. 산림 관리원들이 이곳을 방문해 엘제아르에게 조언을 하고 제한 조치를 내리기 시작했지만 그는 자신의 일을 계속했다. 한 사람이 혼자서 숲을 조성하는 것이 가능하다는 사실을 아무도 몰랐고 심지어 믿지도 않았다. 서술자는 엘제아르가 죽기 2년 전인 1945년에 마지막으로 그를 만났을 때 그 삭막했던 사막이 농업과 버스 서비스, 부락과 마을을 갖추고, 사람과 동물과 새들의 집이 되고, 새로운 물의 신비를 품은 녹색 경제로 변모한 모습을 보고 놀라움을 금치 못했다.

장 지오노의 이야기가 우화이긴 하지만 그토록 많은 독자가 실제 삶의 기록으로 착각할 정도로 진솔하게 서술되어 있다. 나는 이 책을 처음 읽었을 때 척박한 환경에서 그 모델을 재현하고 싶다는 영감을 받았다. 과일을 파는 사람이

썩은 과일 몇 개가 나무로 자라기를 바라며 길가에 버렸다는 이야기를 들은 적이 있다. 그는 자신이 이렇게 "심었던" 망고나무와 잭프루트나무의 위치와 주소까지 알려주었다. 우리 모두의 내면에는 숲을 심을 수 있는 엘제아르가 있다는 것은 사실이었다. 하지만 자다브 파엥의 이야기를 접했을 때 나는 믿기지 않았다.

파엥은 현실의 엘제아르이며,[105] 지오노의 우화에 대해 전혀 알지 못했던 그는 삶이 예술을 모방하는 신비롭고 놀라운 방식으로 혼자서 숲을 만들었다. 《나무를 심은 사람》이 영어권 세계에 소개된 지 정확히 10년 후에 자다브 파엥은 아삼 지역에서 태어났고, 브라마푸트라강 모래톱에서 죽은 파충류를 발견했을 때가 그의 나이 열여섯이었다. 그는 파충류의 죽음은 이 지역에 나무가 없기 때문이라는 것을 깨달았다. 하지만 아삼의 임업 당국이 대나무를 심기 위해 200헥타르의 토지를 확보할 때까지 관료들은 무관심으로 일관했다. 자다브는 5년 동안 이 프로젝트에 참여했다. 그는 프로젝트가 끝난 후 떠난 사람들과는 달리 계속해서 지난 32년 동안 황량한 모래톱이었던 아루나 차포리에 나무를 심어 현재 550헥타르의 숲을 조성했다. 2008년 코끼리 무리가 근처에 있던 정착촌을 파괴한 후 그가 조성한 숲에서 피난처를 찾자 그는 국가 수상을 하고 인정을 받기 시작했다. 인도에서 네 번째로 높은 민간인 훈장 파드마 슈리가 최근 그에게 수여되었지만, 아마도 "인도의 숲의 남자"라

불리는 그가 받은 가장 사랑스러운 인정은 그 숲이 그의 별명 "물라이"(선구자를 의미하는 힌디어—옮긴이)를 따라 "물라이 카토니 바리"로 명명되었다는 점일 것이다.

엘제아르와 자다브의 자급자족 기술 사이의 유사점은 놀랍다. 아난야 보르고아인과의 인터뷰에서 그는 다음과 같이 말한다. "이 보호구역은 파리에서 스위스까지 이어지는 거리만큼 길어요. 하지만 과학적인 방법보다는 현지의 지혜와 실용적인 적용으로 편안하게 재배하기 때문에 유지 관리에 문제가 없습니다. 저는 직원이 없습니다. 저는 묘목 위에 대나무 받침대를 세우고, 그 위에 구멍이 뚫린 토분을 얹는 것으로 시작했어요. 그러면 물이 새서 아래쪽 식물에 물을 줄 수 있었죠. 또한 흰개미, 개미, 지렁이 등의 곤충을 이용해 토양의 비옥함을 높였죠."[106] 그는 정원을 스스로 자생할 수 있는 숲의 시스템으로 바꾸는 데 성공했다.

그래서 《아론녹》에서 내가 가장 좋아하는 캐릭터는 사트야가 아니라, 낯선 식물을 수집하고 새로운 공간에 심는 데 집착하는 주갈프라사드이다. 숲은 헤르메스와 같은 존재로, 여러 상태를 오가며 변이와 변환의 모습을 보여준다. 나무를 심는 것은 죽음을 죽이고 불멸을 얻을 수 있는 유일한 방법이며, 주갈프라사드는 이 사실을 잘 알고 있다. 주갈프라사드는 "미친 사람"이자 숲의 농부인 모순적인 존재다. 주갈프라사드에 대해 읽으면 읽을수록 내가 닮고 싶었던 사람이라는 생각이 들었다. 소설 속 한 인물이 주갈프라사드를 두고 가족을 돌보지 않고 "숲속에서 방황하는" 놈팡이라고 말할 때, 숲속의 도인을 특징짓는 기질과 야망을 그 안에 담을 수 있는 단어가 없을까 궁리했다. "이 남자는 아무런 소유권이 없는 광활한 삼림지대를 아름답게 가꾸기 위해 자신의 시간과 돈을 투자하고 있었다. 이 모든 작업은 이기적인 동기가 전혀 없었다"[107]라고 사트야는 말한다. 낯선 식물을 발견해 롭툴리아 지역의 숲에 도입하는 것이 유일한 야망이었던 그는 이제는 생태학자에게 악몽으로 여겨질지도 모른다. "외래" 식물은 종종 토양의 질소 균형을 깨뜨리기 때문이다. 하지만 주갈프라사드의 숲에 대한 헌신에 마음이 흔들리지 않을 수 없었다. "한 지역에서 볼 수 없었던 꽃과 덩굴식물, 나무를 소개하고 싶었습니다. 저는 평생이 일을 해왔습니다. 나는 이 일을 하는 데는 젊었을 적 열정 그대로입니다."

주갈프라사드가 있는 곳에는 사트야가 있고, 모든 숲에는 고향을 잃은 나무의 뿌리가 있다. 사트야는 "아마도 사람들이 더 이상 숲을 볼 수 없는 때가 올 것입니다. 그들이 볼 수 있는 것은 농작물 밭이나 황마나 면화 공장의 굴뚝뿐일 것입니다. 그때 사람들은 마치 순례하듯 이 외딴 숲으로 올 것입니다. 아직 오지 않은 이 사람들을 위해 숲이 방해받지 않고 자연 그대로 보존될 수 있게 해주세요" 하고 빌었다. 그리고 인간이 정착할 수 있도록 숲을 개간한 후 선견지명의 순간에 말한다. 그것이 남아있는 숲에 대한 진실이다. 어렸을 때 나는 동물에 관한 "숲의 왕"과 나무에 관한 "나무의 왕" 이 두 가지 문구를 끊임없이 접했다. 숲에 살면서 사티야가 식물 생명을 파괴한 이야기를 읽으면서 그 유토피아가 멸종했다는 사실을 깨달았다. 인간이 새로운 "식물의 왕국"이 된 것이다.

마르크스주의 시로 주로 기억되는 방글라데시 시인 수바시 무코파디아이는 라마 신의 숲으로의 여정과 그 숲에 사는 사람들에 관한 시를 썼다. 이 시는 라마와 그의 아버지 다샤라타 사이의 대립을 중심축으로, 아버지가 어떻게 숲에 사는 은둔자를 찾아갔어야 했는지 그리고 미래의 왕이 될 청년이 숲에서 시간을 보내는 부자연스러움에 대해 이야기한다. 내가 성인이 된 초기에 이 시를 좋아했었는데, 오랜 고독의 시간을 보내고 난 후 숲을 나올 때 이 시가 떠올랐다. 숲에서의 시간은 라마의 삶과 운명을 바꾸어놓았다. 숲에서의 시간이 나도 변화시켰을까?

숲으로 들어가는 사람과 숲에서 나오는 사람은 같은 사람일까?

8

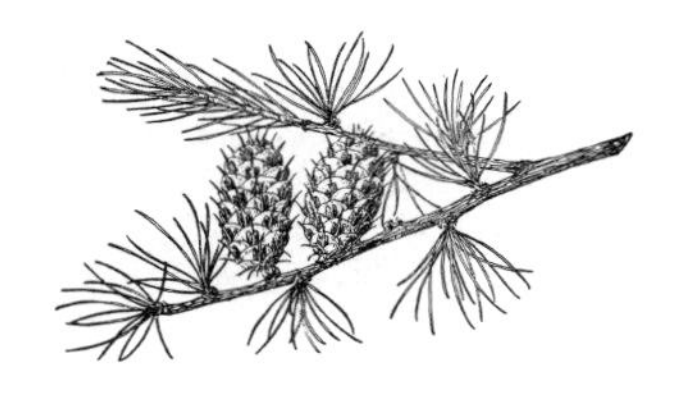

푸른 숲 나무 그늘에.

〈뜻대로 하세요〉, 윌리엄 셰익스피어

나무 아래, 행복한 땅

살면서 한 번도 생일 선물을 요청한 적이 없다. 그래서 생일 같은 건 관심을 가져본 적이 없는 남자에게 생일 선물 얘기를 꺼내는 일은 특히 어려웠다.

"나는 말이야, **저** 나무 아래에서 마흔 살이 되고 싶어." 내가 말했다.

여느 여자들처럼 나도 오랜 세월을 함께한 남편이 내 목소리에서 고딕체로 된 말뜻을 해석할 수 있을 거라 믿었다. 여느 남자와 마찬가지로 남편은 곁눈질로 나를 흘깃거리며 앞선 대화에서 자신이 놓쳤을지도 모르는 단서를 찾으려고 애썼다.

우리는 침실에서 이야기를 나누고 있었다. 그곳은 집에 있을 때 내가 가장 많은 시간을 보내는 공간이기도 한데 방이 유난히 컸다. 시원한 북쪽 공기를 들여오기 위해 열어둔 커다란 창문 옆에는 큰 나무가 서 있다. 키가 180센티미터가 넘는 남편보다 훨씬 큰 나무라서 의식적으로 "크다"라는 단어를 사용했다. 하지만 그것은 죽은 나무였다. 교회 근처 길가에 버려진 그 나무를 발견한 순간 죽은 동물이나 죽은 사람에게서는 없는, 죽은 식물 생명체에게만 느낄 수 있는 애정과 매력에 무작정 마음이 끌렸다. 얼마 지나지 않아 나무는 우리 침실에 당당히 입성했고, 목수가 지주를 대주어서 나무는 죽음도 빼앗아 가지 못한 당당한 위엄으로 똑바로 서 있게 되었다. 잎이 없는 나무 아래에는 이제 눈을 감은 부처 동상이 앉아있다.

남편은 나무를 바라보다가 나에게로 시선을 돌렸다. 그는 짐짓 혼란스러워 보였다. 자신의 아내가 저런 나무 밑에 앉아 마흔을 맞이하고 싶다는데, 누가 그런 걸 거절하겠는가? 특히 남편의 성격상 내가 서른 번째 그리고 서른아홉 번째 생일을 어떻게 맞이했는지, 의자에 앉았는지 테이블 아래에 웅크리고 앉았는지 기억도 못 할 것이다.

"물론이지." 남편은 잠시 생각한 후 대답했다. 그는 꽤 행복해 보였다.

'나'는 그 나무 아래에 앉고 싶었지만, 그걸 남편에게 다시 묻지는 않았다. 그에게 물어보지 않았다. 아직은 그랬다.

"그럼, 보리수를 볼 수 있도록 당신이 나를 좀 데려다줄래?" 내가 물었다.

나는 여행을 즐기지 않는 사람들의 내면이 어떻게 작동하는지 알고 있다. 화원에서 어린 식물을 사거나 낯선 사람과 친해지게 만드는 것과 오래된 나무를 만나러 600킬로미터 이상을 여행하는 것은 전혀 다른 차원의 일이었다. 나는 그의 침묵에서 즐거움과 뒤섞인 그의 침묵의 소리를 듣고 있었다.

"그럼, 물론이지," 그는 확신에 찬 어조로 다시 말했다.

"그런데, 왜 숲으로 가지 않는 거지?" 그날 밤늦게 남편이 내게 물었다.

"음, 그건 마치 사과와 오렌지를 비교하는 것과 같은 얘기야." 나의 대답에는 살짝 짜증이 묻어났다. 남편은 고독한 나무와 숲의 차이를 모르는 건가?

하지만 남편이 잠든 후 내가 왜 그렇게 짜증이 났었는지 궁금해졌다.

나의 궁금증에 대한 답이 떠올랐을 때 자는 남편을 얼른 흔들어 깨우고 싶은 충동이 일었지만 참았다. 잠결에 몸을 뒤척이던 남편에게 내가 말했다. "사람은 말이야, 길을 잃기 위해 숲으로 가는 거야. 그리고 보리수를 보러 갈 때는 자기 자신을 찾기 위해서 가는 거라고."

반쯤 잠든 남편은 "둘 다 뭔가 빠진 것 같은데"라고 대답했다. 그날 밤은 잠을 제대로 이루지 못했고, 밤이 되면 엄습하는 혼자라는 외로움을 더욱 깊이 느꼈다. 온 세상이 아기를 정말 사랑한다고 생각했던 때가 있었다. 하지만 나이가 들수록 우리가 좋아하는 사람의 수는 점점 줄어든다. 생일로 점철된 죽음을 향한 우리의 여정은 고독에 대한 준비다. 숲 대신 고독한 나무를 선택하는 것에 관하여 남편이 했던 질문이 문득 떠올랐다. 숲 대신 나무를 선택하는 것은 우리가 사랑하는 사람들의 수가 줄다가 오로지 나 자신만 사랑하게 되는 그 과정과도 견줄 수 있을 것 같았다. 다른 관점에서 보면 이것은 우리가 세상을 통제할 수 없으므로 오직 자기 자신에게만 초점을 맞추는 불교에 대한 나의 겸손하고 자의적인 해석이었다. 그래서 숲이 아니라 나무를 선택하는 것이다.

*

나무 아래에 앉거나 서서 사색에 잠기다 보면, 몇 가지 생각이 떠오른다. 나는 양쪽으로 암탈라 지역과 파쿠르탈라 지역의 경계선 근처에서 자랐는데, 전자의 지역 이름은 말 그대로 "망고나무 아래"라는 뜻이고, 후자는 거의 같은 뜻을 가진 교차로 이름으로 무화과과 나무가 있다는 점만 다르다. 아래를 뜻하는 "탈라"는 나무 이름에 흔히 붙는 접미사로 부락, 동네, 심지어 촌락과 마을의 이름을 짓는 데도 사용되었다. 그 이름들 안에는 나무와 나무 그늘의 생태를 중요하게 여겼던 세상과 오랜 역사의 향기가 배어있다.

나무 아래에서는 "아무 일도 일어나지 않지만" 무언가는 일어나고, 무언가는 반드시 일어나며, 그 무언가는 너무 미묘해서 우리 눈으로는 변화를 알아차리지 못한다. 벵골 시인 수닐 강고파디아이는 〈나무 아래서〉라는 시에서 종교의 역사, 혐오의 역사, 라마 신과 라빈드라나트, 교회와 시크교도의 예배당 구루드와라, 방글라데시의 도시 치타공과 인도 서벵골주의 반쿠라 상공의 하늘, 그리고 국가 간 경계나 동화 속의 국경에 대한 그들의 무관심을 자세히 이야기하고 있다. 그는 힌두교와 무슬림 공동체의 두 청년 카나이와 카말에게 전화를 걸어 "늙은 바보"들의 광기가 주도하는 인류 역사의 행렬을 함께 지켜보자고 요청한다. "그리고 우리는 나무 아래에서 그들을 비웃어 버립시다"라고 말한다. 끝내 두 세계의 극과 극 즉 어리석은 행동의 폭력으로 가득 찬 인류의 역사가 나무 아래 "아무 일도 일어나지 않는" 세계와 대조를 이루며 수면 위로 떠오른다.

시인들은 항상 나무 아래에서 무언가를 발견하는 것처럼 보인다. D. H. 로렌스도 현대사의 열광적인 행진에서 비슷한 대조를 발견한다.

> 아몬드나무 아래, 행복한 땅
> 프로방스, 일본, 이탈리아는 휴식을 취하고
> 부지런히 내디디고 지나가는 발걸음의 발 구르는 소리 들리고
> 우리 주변에서 노는 시골 소녀들은 손뼉을 친다.[108]

이 시의 제목은 〈마을에서 온 편지: 아몬드 나무〉이다. 이 시의 "프로방스, 일본, 이탈리아는 휴식을 취하고"라는 구

절에서 우리는 분주히 돌아가던 문명이 작업장과 전쟁터에서 노동을 마치고 나무 아래에서 휴식을 취하는 것을 발견한다. 로렌스는 이러한 경험의 수확에 대해 나무 아래는 "행복한 땅"이라고 명확하게 표현한다. 그 주변에는 손과 발, 젊은이와 노인의 움직임이 있지만 그 아래에는 일시적이고 행복한 망각의 휴식이 있다.

다음은 셰익스피어가 희곡 〈뜻대로 하세요〉에서 기념했던 노래다. 내 어린 시절의 기억은 아버지가 바리톤으로 부른 이 대사에 주석으로 달려있다. 아버지는 인도-방글라데시 국경의 작은 마을 나무 그늘에서 자랐다.

푸른 숲 나무 그늘에
나와 함께 누워 즐거운 그 소리로
사랑스러운 새의 노래에
화답하며 노래하고 싶은 사람아
어서 오라, 어서, 이리로 오라.
여기 침입자가 오지 않나니
우리의 훼방꾼은 오직
겨울과 폭풍뿐이로다.

세속의 야심을 모조리 버리고
넓은 하늘 아래서 나날을 살아가며
들과 산에서 양식을 구하고

얻은 것으로 만족하는 자여
어서 오라, 어서, 이리로 오라.
여기에는 적이 오지 않나니
우리의 적은 오직
겨울과 그리고 폭풍뿐일세.[109]

나무 아래에 서본 사람이라면 세속적인 야망을 즉각적으로 포기하는 것을 누구나 익히 알고 있을 것이다. 나무 아래에 있는 것은 이성적 사유로부터 휴식을 취하는 일이다. 관료가 나무 밑에서 서류를 정리하는 모습을 본 적이 있는가? 서류 가방을 든 부처가 나무 아래에 앉아있다고 상상해 보라. 야망을 버리는 것, 체계 없이 흘러가는 시간, 라이벌이나 적을 태우지 않은 마차, 동물을 살아가게 하는 산소와 이산화탄소의 교환은 말할 것도 없고, 이 모든 것이 나무 아래에서의 삶이 주는 선물이다.

부처와 보리수

마하보디는 무화과나무의 일종으로 인도보리수, **신성한 무화과나무**라고 불린다. 산스크리트어 교수인 동료에게 부다가야 여행에 대해 말했더니, 그는 내가 부처에 앞서 보리수가 지닌 풍부한 종교적 역사를 잊지 않기를 바란다고 했다. 나는 그가 하고자 했던 말에 특별히 관심을 두지 않았지만 그는 그 주제에 지나친 열정을 가진 듯 보였고, 내가 존 마샬을 알기를 원했다. 존 마샬은 하라파와 인더스 계곡 유적을 발견한 고고학자로 모헨조다로에서 숭배를 받는 보리수에 관해 적었다. 나의 동료 교수는 "무화과나무"나 "인도보리수"라는 단어를 사용하지는 않았다. 이 나무에 대해 그가 사용했던 단어는 팔리어로 "말이 서 있다"라는 뜻의 "아슈바타"였으나 지금은 방글라데시 단어가 되었다. 그는 무화과의 어원은 최고 존재인 브라만과 관련이 있다고 했다. 그가 이어서 이야기들을 들려줬다. "죽음의 신 야마는 '삼억 삼천의 신들'과 마찬가지로 이 나무 아래에서 시간을 보냈고, "소마 그릇과 신성한 불 의식"이 이 나무에서 만들어졌어요." 그의 지식의 출처는 디팍 쿠마르 바루아의 《보리수》와 부다가야의 마하보디 사원이었다. 그는 내게 그 책을 건네주었고, 나는 즉시 탐독하기 시작했다.

바루아는 무화과나무에 대한 뒷이야기와 사소한 정보, 다양한 언어로 된 무화과나무의 이름과 그 어원 그리고 무화과나무를 탄생시킨 맥락을 수집하는 데 많은 에너지를 쏟았다. 그는 또한 무화과나무를 "일반적으로 착생하는" 식물 표본으로 묘사하며, 잎의 윗면은 반짝이고 "건조할 때 아랫면은 미세하게 결절되어 있다"고 설명했다. "잎의 모양은 난형-환형이며 위쪽으로 좁아진다" "짙은 색의 열매를 맺는다" "나무는 약 30미터 높이까지 자라며 길고 유연한 잎자루에 매달린 잎은 작은 바람에도 바스락거린다"고 설명했다. 심지어 바루아는 나뭇잎에 영적인 차원을 부여했다. 그는 불교의 신념과 수행에 관한 L. A. 데 실바의 저서를 인용하여 자신의 요점을 설명했다. "이 나뭇잎의 신비한 떨림과 바스락거리는 소리는 신성한 정령의 흔들림과 성스럽거나 초자연적인 소통의 속삭임일 것이다."

뉴잘파이구리에서 파트나로 그리고 파트나에서 가야로 가는 기차 안에서 나는 경전과 민담 등 다양한 출처에서 수집한 이야기를 통해 남편과 함께 보리수와의 만남을 준비했다. "불순물"은 언제나 맛있는 재료가 되기 마련이므로 민담이 더 흥미롭기는 했다.

고타마는 스물아홉 살, 정확히 나보다 10년이나 젊은 나이에 가족, 왕국, 안락함 등 모든 것을 버리고 진리를 추구하기 위해 출가했다. 인간의 고통에 환멸을 느끼고 그 원인에 대해 호기심을 가졌던 고타마는 고통을 없애는 방법을 찾기 위해 생각할 수 있는 곳을 찾을 때까지 계속 걸었다.

고타마는 가야의 기차역에서 약 6마일 떨어진 우루벨라 마을에 들렀다. 도착하자마자 그가 느꼈던 "쉼"과 "안식"은 불경에 다양한 방식으로 기록되어 있었다. 디팍 쿠마르 바루아의 서술은 다음과 같다. "현존하는 부처 곧 고타마 부처의 보리수는 그가 태어난 날에 싹이 트였다고 하여 사하자타라고 불렸다. 고타마는 불성을 닦기 위해 노력하는 보살 또는 우루벨라의 사라수 숲에서 하루를 보내고, 저녁에는 넓은 길을 따라 신들과 함께 보리수를 향해 걸어갔다. 그 아래에서 고타마는 굳은 결심으로 가부좌를 틀고 앉았다. 그는 내 몸은 피부와 힘줄과 뼈가 마를지라도 완전한 깨달음을 얻기 전에는 이 자리를 떠나지 않으리라, 라고 말했다. 위대한 보살은 오랜 세월 신성시되어 온 신성한 무화과, 아슈바타 아래에 앉아서 결심했다."[110]

《율장》에 따르면 부처는 일주일 동안 감사하는 마음으로 이 나무를 바라보았고, 이후 신도들에게 이 나무를 숭배하도록 했다. 이 정보는《마하보디 기도문》에서 수집한 것이다.

부처께서 7일 동안 눈물로 참배를 드렸다는 보리수 왕에게 머리를 숙여 경의를 표하고, 부처께서 마왕 마라를 물리치셨나이다. 마침내 사성제를 깨달은 나무들의 왕에게 절하고, 부처께서 참배를 드렸다는 마하보디에게 절하였나이다.

그러나 고대 인도어 학자이자 작가 베니마드합 바루아의 불교 기도문 번역본에 수록된 나무들의 목록에서 알 수 있듯, 보리수가 부다가야에서 숭배하는 유일한 나무는 아니다. "나는 먼저 깨우침의 장소에, 두 번째로 아니메살로카나(끝까지 응시하다—옮긴이)의 장소에, 세 번째로 칸카마나(걸으면서 명상하다—옮긴이)의 장소에 경의를 표한다." 그리고 다른 나무들의 이름에도 경의를 표한다. 아자팔라니야그로다 물라 차이티야 즉 "인도보리수가 무리 지어 정돈되어 있는 신전", 무탈린다 물라 차이티야 즉 "무탈린다 나무 아래에 있는 신전", 그리고 "라자야타나나무 아래에 있는 신전"인 라자야타나 차이티야.

남편은 내가 불교 설화집 《자타카》와 경전을 인용해 무슨 말을 하는지 추측해 내는 데 그리 오래 걸리지 않았다. "왜 형상이나 우상, 유물이 아닌 나무를 숭배하는 거지?" 부처는 왜 나무를 자신을 대신할 수 있는 존재로 허락하셨을까?

칼링가보디 자타카는 아대륙을 여행하느라 자주 자리를 비우는 부처를 만나지 못한 스라바스티 사람들의 실망감에 대해 이야기한다. 이 이야기에서 마음이 넓기로 유명한 상인 아나타핀디카는 고타마의 사촌이자 그의 초기 제자 중

한 명인 아난다에게 부탁한다. "세존께서 제타바나 비하라에 계시지 않으면 그곳은 텅 비어있고 사람들은 참배할 대상이 없는 것처럼 보입니다. 세존께서 종일 부재하시는 동안 세존을 지속적으로 참배할 수 있는 영구적인 방안을 마련할 수 있는지 여래께 여쭤봐 주세요." 당시에는 "시신 유물 성지" "기념 유물 성지" "일반 유물 성지" 이 세 가지 중 하나를 숭배하는 것이 일반적이었다. 부처는 이 모든 선택지를 거부하고 아난다에게 우루벨라의 보리수 씨앗을 가져와 제타바나 사원 주변에 심어달라고 부탁했다. 아나타핀디카가 씨앗을 심자 기적 속에서나 가능할 것 같은 일이 벌어졌다. 씨앗은 거의 즉시 식물로 변했고 기적처럼 나무로 변했다. 코살라 왕은 나무를 팔백 개의 금은 항아리로 둘러쌌다. 달콤한 냄새를 풍기는 물을 담은 항아리마다 푸른 연꽃이 피어났다. 이 나무는 역사에 "아난다보리수"로 남아있으며, 스라바스티의 향당 유적지 근처에서 볼 수 있다. 칼링가보디 자타카는 "스승의 현존을 그 자체로 상징하는 나무"라며 부처와 보리수 사이의 동등성을 명확히 밝히고 있다.

보리수 나뭇가지가 스리랑카까지 여행한 이야기도 이와 매우 비슷하다. 《선견율비바사》는 우루벨라 마을에서 스리랑카로 이동하는 동안 보리수에 가해진 폭력의 역사를 오늘날 우리에게 전해준다.[111] 이 서술에서 빼놓을 수 없는 것은 아쇼카 황제의 역할이다. 다음은 디팍 쿠마르 바루아가 서사시 《대왕통사》의 서술을 번역한 것이다. "스리랑카의 다르마소카 왕은 보리수를 보리만다에서 자신의 손으로 자르기를 고집했고, 겐지스강으로 내려갈 배에 그 나무를 직접 싣고는 탐랄립티의 승선 장소까지 동승했다. 그는 나무와 헤어지면서 많은 눈물을 흘리고는, 열한 명의 여승과 함께 신할라로 가던 딸 상가미트라에게 나무를 보살피도록 맡겼다. 마힌드라가 승려의 계를 줄 수 있으나, 법에서는 여자만이 여승에게 계를 줄 수 있었다."

밤사 문학은 스리랑카 보리수와 그 여정 그리고 나무를 심고 뿌리를 내리는 과정을 신화화하여 불신이 우리 지각에 중요하지 않게 되었다. 그런데 오히려 나는 우리의 나무 사랑을 부추기는 오늘과 같은 환경적 종말의 위협이 없었던 수천 년 전, 나무를 신념 체계의 핵심으로 삼았던 그 문화가 궁금해진다. "이 모든 기적을 조금의 망설임이나 비판도 없이" 부처의 추종자 마하나마에 대한 그의 예리한 인식에도 불구하고 나무에 대한 경외감을 생생하게 전달해 주는 바루아의 문자 그대로의 번역을 다시 인용한다.

> 열여섯 개의 다른 카스트에서 온 열여섯 명의 사람들이 이 나무를 옮겼으며, 이들은 준비된 웅장한 회관에 나무를 안치했습니다. 그는(스리랑카의 왕 데바 남 피야 티사) 그 신성한 나뭇가지에 스리랑카의 주권을 부여했고, 자신은 3일 낮 3일 밤 동안 회관 문에 보초를 서며 나무에 풍성한 선물을 제공했습니다. 해가 떠오를 무렵 나무는 도성의 북문

옆으로 운반되었습니다. 행렬을 지어 북문을 통과했고, 남문을 벗어나 원래 심어졌던 그 자리로 아름다운 마하메가의 정원으로 옮겨졌습니다. 가장 화려한 의상을 입은 열여섯 명의 왕자들이 나무를 맞이할 준비를 하고 서 있었습니다. 그러나 인간의 손에서 풀려난 나뭇가지는 갑자기 공중으로 솟아올라 군중의 놀란 시선 앞에 떠 있고 여섯 개의 광선 후광이 비추었습니다. 해 질 녘에 나무는 다시 땅으로 내려와 토양에 스스로 뿌리를 내리고 7일 동안 구름이 보호하여 그늘을 드리우고 유익한 비를 내렸습니다. 순식간에 열매가 자랐고 왕은 섬 전체에 경이로운 보리수, 영원한 구원의 약속을 전파할 수 있었습니다.

이 모든 일이 부처가 돌아가시고 200여 년이 지난 후 일어난 일이며, 나무가 그런 기운을 간직하기 위해서는 특별한 공동의 믿음이 필요했다는 것을 기억해야 한다. 그렇다면 비하르 지역에서 흔한 이 보리수가 다른 나무보다 더 특별한 이유는 무엇일까? 우상보다 나무를 믿으려면 더 많은 믿음이 필요한데 말이다.

*

고타마와 식물 생명체 사이에는 끊임없는 연관성이 대두된다. 바산투 비다리는 〈부처와 관련된 숲과 나무〉라는 제목의 다소 흥미로운—카탈로그에 가까운—에세이에서 주로 《삼장》《아타카타》《자타카》 같은 불교 문헌을 인용하며 육십일 개 이상의 숲을 언급하고 있다. 그는 또한 고타마 부처가 "바나"(숲의 거처)를 좋아했다고 쓰고 있다. "부처님은 여행 중에 보통 연못 근처나 도시 암라바나(망고나무 정원), 아말라카바낫(인도 구스베리) 숲, 아란디야바나(자연 숲)에서 밤을 보냈다"라고 한다. 이어서 부처는 "마흔다섯 번의 우기 중 스물한 번의 우기를 보내며 많은 경전을 설하신" 스라바스티의 제타 왕자의 숲 제타바나와 "부처가 깨달음을 얻은 후 처음으로 아버지 슈도다나를 만난 곳"인 가비라위의 니아그로드와나를 언급한다. 부처가 많은 우기를 보낸 바이살리, 우루벨라, 가비라위의 마하바나, 부처의 탄생지 룸비니 숲, 빔비사라 왕이 처음 부처를 만난 카장갈라 영토의 죽림정사와 도시 라즈그리하가 그곳이다. 암라바나는 한 수행자가 부처에게 선물한 것으로, 부처의 아들 라훌이 상당 기간 머물렀다고 전해지는 곳이며 부처가 생애 마지막 해를 보내던 곳이다.

부처의 삶은 다른 방식으로도 나무와 얽혀있다. 그의 어머니 마야 부인이 아쇼카나무를 안고 싯다르타를 낳았다고 전해진다. 다음은 비다리가 일본 작가 B. D. 쿄카이의 《부처의 가르침》에서 인용한 글이다. "여기(룸비니)는 온통 아쇼카 꽃뿐이었다. 그녀는 기쁨에 겨워 오른팔을 뻗어 나뭇가지를 뽑았고 그렇게 해서 왕자가 탄생했다."[112] 물론 깨달음은 보리수 아래에서 이루어졌고, 깨달음 이후 부처가 발우 네 개 중에서 첫 번째 공양을 받은 곳도 이곳 보리수 아래이다. 실제로 부처는 사라수 두 그루 사이에서 죽었다고 전해진다. 비다리는 "이 패널(현재 콜카타 인도 박물관에 소장되어 있다)에서 부처님은 사라수 두 그루 사이에 펼쳐진 소파에 누워있습니다. 오른쪽으로 누워 한쪽 다리를 다른 쪽 다리 위에 얹고 있는 모습입니다"라고 알려준다. 고타마와 망고나무, 반얀트리에 대한 불교 설화가 있다. 나무 아래에 앉는 것은 부처님의 영적 삶과 불가분의 관계처럼 보인다. 비다리는 고타마의 첫 번째 "선정禪定"에 대해 이렇게 기록하고 있다. "청년이 아버지의 궁전에서 살던 어느 날, 왕을 대표해서 자바사과나무 아래 앉아 쟁기질 대회를 참관하고 있었다. 앉아있는 동안 그는 요가 호흡을 연습하고 첫 번째 선정에 들었다. 얼마 후 수행원들이 돌아왔을 때, 근처에 있던 다른 나무의 그림자는 움직였지만 자바사과나무의 그림자는 명상하는 왕자 위에 고정된 채로 있는 것을 발견했다." 싯다르타가 깨달음을 얻은 후 아버지를 처음 만났을 때도 나무 밑에 앉아있었는데, 그 나무가 바로 반얀트리였다. 후에 그의 아내가 될 야쇼다라의 구혼 축제 스와얌바라에서 싯다르타가 쏘아 올린 화살이 일곱 그루의 타다나무를 지나쳐 결국 사라졌다. 비다리는 부처님에 관한 문헌에서 반복적으로 등장하는 식물과 나무에 대한 긴 목록을 언급하는데, 아대륙에서 온 친숙한 식물 이름 중 네팔어로 고추를 뜻하는 "쿠르사니"에 대해 써 놓은 것을 보고 놀라웠다.

하지만 이것이 전부는 아니다. 존 S. 스트롱은 〈간다쿠티: 부처님의 향기로운 방〉이라는 에세이에서 부처님이 하루 중 많은 시간을 보냈다고 전해지는 여래향실에 대해서 썼다. "부다고사는 재가자들이 매일 오후 향수와 꽃 등을 공양하며 부처를 공경하기 위해 향당에 오곤 했다"[113]라고 언급한다. 하지만 이 향당은 부처가 가는 곳마다 신도들이 부처를 위해 향을 뿌린 방을 지어주었기 때문에 영구적인 거주지는 아니었다. 예를 들어 이런 거처 중 하나는 정원사 수마나가 지은 것으로 나와 이름이 같아서 묘한 짜릿함을 느꼈다. "정원사 수마나는 세존을 만나 연꽃을 공양하기로 결심한다. 먼저 그는 두 줌의 꽃을 스승에게 던졌다. 그러자 이 꽃들이 정자의 커튼처럼 공중에 매달렸다. 그다음에 던진 두 줌의 꽃은 스승의 왼쪽으로 내려와 그대로 공중에 매달렸다. 이렇게 해서 모두 여덟 줌의 꽃이 사방에서 세존을 둘러싸고 있었다. 그 앞에는 마치 그가 들어갈 수 있도록 문이나 있는 것 같았다."

그러나 그런 향기로운 방은 부처가 머물지 않을 때도 부처를 위해 지어졌다. 스트롱은 《원만존자전》에서 발췌한 많은 인용문을 통해 보리수 꽃이 향을 풍기는 향당도 부처를 위해 만들어졌다고 말한다. 스트롱은 부처가 스라바스티로 가서 비어있는 스로나파란타 왕국의 푸르나를 예로 들어 설명한다. 푸르나는 향당을 지은 후 부재중인 부처를 방으로 불러들여 전물 꼭대기에 올라가 향을 피우고 부처가 있는 스라바스티 방향으로 꽃을 던진다"라고 적었다.

부처의 사촌 아난다는 한때 스라바스티에 있는 우루벨라에 보리수의 씨앗을 심어 그 나무가 자신의 몸의 두 배가 되도록 하라는 부처의 가르침에 순종했던 인물로 제타바나 사원의 향당을 비슷한 방식으로 대했다고 전해진다. 아난다는 부처가 열반에 든 뒤 그곳에 도착하여 열 가지 권능을 가진 부처께서 한때 거하셨던 향당에 경의를 표하고는 문을 열고 의자를 내려서 먼지를 깨끗이 털고, 향당을 쓸고, 빛바랜 화환 쓰레기를 버리고, 의자와 침상을 옮겨서 제자리에 다시 놓고, 세존의 생전에 수행됐던 모든 일을 수행했다. 그리고 화장실을 쓸고 물을 준비하는 등의 작업을 하는 동안 향당에 절을 하며 이렇게 말하곤 했다. "세존이시여, 지금은 씻을 시간이며 법을 설할 시간이고 사자처럼 누워 계실 시간입니다."

향기와 아름다움, 그리고 은밀한 상징성을 위해 꽃을 채택한 극락은《법화경》에서 "순수하고 깨끗하며 돌, 모래, 자갈이 없고 꽃으로 뒤덮인 곳"으로 묘사된다. 스트롱은 이곳을 "미래의 부처님 나라"라고 부르는데, "그런" 행복의 땅인 극락은 부처에 따르면 이 지상에서의 삶과 대조를 이루며 고苦 즉 고통의 철학으로 이어진다. 동남아시아에서 온 승려들이 요가 자세를 취하고 있는 듯한 모습을 볼 수 있었던 부다가야의 바즈라사나 선방禪房에는 이곳이 향당이었음을 암시하는 비문이 새겨져 있다. 고고학자 알렉산더 커닝엄이 "하늘로 향하는 계단 모양의 고결한 수행이 이루어졌던 집"[114]이라는 비문을 통해 이곳이 봉헌된 장소임을 알아냈다. 이것은 불교의 미래 땅이 꽃으로 이루어진 땅이라는 스트롱의 주장을 뒷받침하는 것으로, 거친 표면도 없고 돌이나 자갈도 없으며 항상 깨끗하게 청소되고 꽃향기로 그윽한 공간이다. 내가 부다가야에서 마주했던 것이 바로 장뇌와 향 그리고 과시적인 꽃 공양 등 달콤한 향기를 강조하는 사치스러운 문화였다. 연꽃을 중심으로 한 아름답고 정교한 꽃다발이 모든 부처의 동상 앞에 놓여있었고, 승려와 비구니, 관광객들은 곳곳에 헌화했다. 그러나 가장 인상적인 것은 고타마가 깨달음을 얻고 산책을 마친 후 푸른 연꽃이 피어났다는 불교의 전설을 매일 재현하는 것이었다. 힌두교가 지배하는 연꽃의 상징성 속에서 살다 보니 나는 부처의 가르침에서 연꽃을 얼마나 중요하게 여겼는지 잘 몰랐다. 《샤타파타 브라흐마나》는 연꽃에 대해 이렇게 말한다. "연꽃은 물을 의미하고 이 땅은 그 잎사귀이니 여기 연잎이 물 위에 펼쳐져 있듯이 이 땅도 물 위에 펼쳐져 있다."[115] 파드마사나는 연꽃으로 변하는 방법의 하나이다. 척추를 세우고 다리를 접는 것만으로 이렇게 쉽게 연꽃으로 변할 수 있다니 그 순수함이 매력적으로 느껴졌다. 그리고 그 정도의 자기기만으로는 충분하지 않듯 우리를 할퀴는 세상의 슬픔, 고통에 흔들리지 않고 부처처럼 여여한 행을 실천하도록 노력할 수도 있다. "물속에서 태어나고 자란 연꽃이 수면 위로 올라와 물에 더럽혀지지 않는 것처럼 세상 속에서 태어나 세상에 의해 완전히 성장했던 여래도 세상에 영향을 받지 않고 사셨다."

*

부처의 가르침을 읽으면서 인간에게 요구한 탐욕과 욕망, 그리고 고통을 일으키는 모든 것 특히 우리를 통제에 집착하게 만드는 허영심, 이런 것들을 덜어낸 삶이 사실은 나무의 삶이라는 것을 알기 시작했다. 극단적인 금욕주의와 쾌락주의 사이의 치우치지 않는 선택을 하라고 조언한 중도는 부처가 우리에게 나무처럼 되라고 주신 말씀인 것 같았다. 모든 생명체 중에서 탐식하지도 고행하지도 않고 욕심도 거식증도 없는 것은 오직 식물 생명체뿐이니까. 나무는 극단의 극한에서 살지 않고, 생존할 수도 없으며 무엇보다 일련의 고통에서 벗어나는 데 성공했다. 올바른 견해와 올바른 행동, 올바른 노력과 올바른 집중 등을 강조하는 팔정도의 모든 것이 나무에 딱 어울리는 것 같았다. 심지어 "올바른 말"을 강조하는 점까지도. 시인 샨티데바는《입보리행론》에 이렇게 썼다. "나무는 거친 말을 하지 않고, 인위적으로 기쁘게 하려 하지 않는다. 나무와 더불어 행복하게 사는 사람들과 언제쯤 함께 살 수 있을까?"

J. B. 디사나야카는 그의 저서 《문화의 물》에서 부처가 한 손에 꽃을 들고 제자들을 향해 윙크하던 법회에 대해 썼다.[116] 그 모든 승려 중 마하카샤파만이 고타마의 뜻을 이해했다. 선불교에서는 이를 꽃과 꽃 사이의 소통과 같은, 마음과 마음의 소통에 대한 비유로 해석하기도 한다. 따라서 부처님께서 말씀하신 팔정도의 "바른말"은 결국 나무와 나무 사이의 소통과 같이 말 없는 소통일 수 있다.

부처님께서는 친절하고 호의적인 사람은 지친 여행자를 편안한 그늘로 맞이하는 반얀트리와 같다고 말씀하셨다. 《밀린다왕문경》은 나무로 변하라는 가르침을 보다 직설적으로 말한다. "나무가 그늘을 드리울 때 자리를 구분하지 않듯이 우리는 도둑, 살인자, 적, 자기 자신 등을 구분하지 말아야 한다." 부처의 생애를 자세히 알려주는 《불소행찬》에서 영적인 삶의 수행을 나무에 비유하여 "나무의 섬유질은 인내, 꽃은 덕, 가지는 인식과 지혜라 했는데, 그것은 결단에 뿌리를 내리고 부처의 가르침으로 결실을 맺는다"고 했다.[117] 불교의 가르침 중 거의 모든 곳에서 나무에 대한 숭배를 엿볼 수 있는데, 나무가 열매를 맺는 능력을 찬양하는 것보다 그늘을 제공하는 능력에 대한 감사로 더 많이 표현된다. 이 깨달음은 내가 원래 찾고자 했던 것 즉 나무 아래 앉아있는 것의 특별한 점이 무엇인지에 대해 생각하게 해주었다. 나무와 나무 그늘의 관계에서 불교도들은 감사의 비유를 발견한다. 안쿠라는 《천궁사경》에서 "그늘에 앉거나 누워있는 나무는 가지 하나도 꺾어서는 안 된다. 꺾으면 친구를 배신하고 악을 행하는 자가 되기 때문이다"라고 가르친다.

있는 그대로의 나무를 위한 나무라는 점에 주목한 부처는 모든 나무의 "동일성"과 실용주의를 통해 당시 힌두교 사회의 계급주의에 반대하는 주장을 펼쳤다. 《칸나카탈라경》에서 부처는 파세나디 왕에게 마른 티크나무와 마른 망고나무 또는 마른 무화과나무를 땔감으로 사용할 때 구별할 필요가 없다고 했다. 마찬가지로 카스트 제도를 바탕으로 한 사람을 다른 사람과 구별할 수 있는 근거는 아무것도 없다. 우담바라—무화과나무의 일종—는 대부분의 불교 스승들이 가장 좋아하는 나무다. 숨겨져 있는 꽃은 은유에 쉽게 활용되기 때문에 불교의 스승들은 이 꽃을 무아無我에 대한 교훈으로 삼는다. 다음은 《니파타경》에 있는 삽화에 대한 설명이다. 무화과나무에서 헛되이 찾는 꽃처럼 어떤 존재의 영역에서도 실체를 찾을 수 없는 구도자는 뱀이 낡은 껍질을 벗듯 이곳에서의 삶을 포기한다. 《청정도론》의 이 가르침에서는 삶의 핵심을 찾는 것의 허무함을 오로지 식물의 삶에서만 예로 들어 설명한다. 갈대에는 고갱이가 없으며 피마자 열매 오일, 무화과나무 꽃, 아세타바차나무, 질경이 줄기, 물방울 등도 마찬가지다.

*

다른 숭배의 대상과 마찬가지로 나무 역시 나무에 헌신하는 사람들의 상상력과 삶이 지배되는 것을 질투하는 사람들의 증오를 감당해야 했다. 《쿠날라바다나》에서 아쇼카 황제가 보리수에 집착하는 모습과 보리수에게 자신이 가장 좋아하는 보석을 바치며 애정을 표현하는 모습을 발견했다.

아쇼카는 종종 궁전을 떠나 보리수 아래에서 밤을 보내곤 했는데, 이 비밀스러운 사랑은 자연스럽게 아내의 의심을 불러일으켰다. 질투심 많은 티슈야라크샤 여왕은 보리수를 또 다른 아내인 "사팟니"라는 여인으로 착각하고 보리수를 죽여 없애라고 명령했다. 마술, 부적, 주문, 그리고 불로 그 나무를 시들게 했다. 이에 아쇼카는 매일 우유로 나무를 목욕시키는 것으로 대응했고, 5년 동안 수천 개의 우유와 향수를 담은 그릇으로 나무를 숭배했다. 중국의 여행 작가 히우엔 창은 샤샨카 왕이 "시기심에 사원을 파괴하고 보리수를 베어 땅속 샘물까지 파헤쳐 버렸다며 나무가 겪은 힘들고도 폭력적이었던 생애에 대해 기록했다. 그러나 샤샨카 왕은 나무뿌리의 바닥까지는 도달하지 못했고, 이후 그는 그것을 불로 태우고 사탕수수 주스를 뿌려 나무를 완전히 파괴하고 싶었다. 그로부터 몇 달이 지난 후 아쇼카 라자의 마지막 종족이자 마가다의 왕 푸르나바르마라는 이 소식을 듣고 한숨을 쉬며, 지혜의 해가 지고 부처의 나무만 남았는데, 이것마저 파괴했으니 이제 무슨 영적 생명의 근원이 있겠는가? 했다. 그가 소 천 마리의 젖으로 나무뿌리를 목욕시키자, 밤에 나무가 다시 살아나서 약 3미터 높이까지 자랐다. 왕은 나무가 다시 잘릴까 봐 두려워서 7미터 높이의 돌벽으로 나무를 둘러쌌다."[118] 나무가 마치 인간의 라이벌인 양 나무에 대하여 폭력을 가했던 일은 보리수에 관한 모든 불교 문헌에서 찾아볼 수 있다.

나무와 관련해서 또 발견한 것들이 있었는데, 얼마 전 스리랑카의 한 유쾌한 승려로부터 부다가야의 무화과나무가 고타마나 부처의 것이 아니라는 사실을 알게 되었다. 고타마 이전의 모든 부처 역시 자신만의 보리수를 가지고 있다. 비파시는 나팔꽃나무, 시키는 흰 망고나무, 벳사부는 사라수, 크라쿠찬다는 시리사, 카나카무니는 우담바라, 그리고 카샤파에게는 반얀트리가 있었다. 뭔가 흥미로운 일이 일어나고 있는 것 같았다. 힌두교의 신과 여신들은 "바아온" 또는 탈것이라고 불리는 자신만의 동물을 가졌다. 두르가는 사자, 락쉬미는 부엉이, 사라스와티는 백조, 카르티케야는 공작, 가네샤는 생쥐를 가졌다. 이것은 식물보다 동물의 생명을 우선시하는듯한 힌두교의 특권을 전복하기 위한 의도적인, 심지어 수정주의적인 반대였을까?

여기에는 또 다른 의미가 있다. 부처가 여러 생애를 거쳤듯이 보리수 역시 여러 생애를 거쳤다. 내가 부다가야에서 만져본 나무는 고타마가 깨달음을 얻었다는 보리수가 아니다. 고고학자 알렉산더 커닝엄은 고타마가 처음 이 나무 밑에 앉은 이래로 이 보리수는 적어도 20세대에 걸쳐 존재했을 것이라고 믿었다. G. P. 말라라세케라의《불교 백과사전》에 따르면 "1811년 이곳을 방문한 뷰캐넌은 이 나무가 활기차게 자라는 것을 보고 그 나이를 백 살로 추정했다. 1861년과 1871년에 이곳을 방문한 커닝엄은 10년 사이에 주요한 가지가 사라지고 줄기가 빠르게 썩어가는 것을 발견했다. 1876년 폭풍이 불었을 때 보리수의 남은 가지가 넘어져 담장 위로 쓰러졌고, 죽은 나무를 대신해 어린 새싹이 돋아나면서 현재 존재하는 보리수가 탄생하게 되었다."[119] 커닝엄은 스리랑카 아누라다푸라에 있는 보리수를 잘라 부다가야로 가져올 것을 명령했고, 내가 본 숭배를 받고 있던 나무가 바로 이 보리수다.

나뭇가지 하나가 아쇼카의 딸 상가미트라와 함께 지금의 스리랑카 실론으로 건너가 그 섬에 새로운 종교를 창시하고, 섬의 문화적, 정신적 삶의 중심이 되는 나무를 탄생시켰다. 이 나무는 실론의 국기로 자리 잡게 된다. 1000년도 더 지나서 스리랑카 나뭇가지 하나가 우루벨라로 돌아왔고, 순례자 수천 명을 데리고 왔다. 만약 부처가 그 보리수라면 아대륙 여러 곳에서 보리수 아바타를 통해 부처의 수많은 환생이 일어났을 것이다. 스리랑카에서 "이(아누라다푸라의 보리수) 나무에서 얻은 묘목 서른두 그루를 선정된 서른두 곳에 나눠주고, 심도록 하는" 지속적인 관행은 K. G. 세나데라가 그의 저서《소원 성취의 불교적 상징》에서 말한 것처럼 나무의 수많은 환생, 그 많은 아바타의 또 다른 버전이라고 할 수 있다.

불교 경전에 나무에 관한 또 다른 이야기도 있다. 한 승려의 실수로 나뭇가지가 잘린 나무의 영혼이 부처에게 아이를 잃었다고 불평을 했다고 한다. 그 즉시 나무와 그 가지를 자르지 말라는 지시가 승단에 도입되었다. 보리수에 대한 자세한 전기를 담고 있는 고대 산문시《보디밤사》는 신성한 보리수에 어떻게 칼을 꽂을 수 있을지, 칼을 꽂지 못하면 나뭇가지가 스리랑카에 어떻게 닿을지 고민했던 아쇼카의 번민에 관해 이야기한다. 왕이 고민하던 중 나뭇가지가 저절로 떨어지면서 이 문제는 결국 해결되었다.

나무는 부처를 상징하기 때문에 자를 수 없다. 그것이 곧 부처이기 때문이다.

부처를 상징하는 나무라는 이 환유적 관계가 흥미로웠고, 무엇이 이 관계를 탄생시켰는지 궁금했다. 이 주제와 관련하여 학자들로부터 거의 도움을 얻지는 못했다. 예를 들어, T. W. 리스 데이비즈는 다음과 같이 다소 쉬운 해석을 내렸다. "부처 자신은 결코 직접적으로 표현되지 않고 항상 오래된 조각 같은 상징 아래에 있다. 그러므로 우리가 가진 것은 나무 자체나 그 안에 있어야 할 영혼이나 정신이 아니라 스승의 상징으로서, 또는 그 옛날 추종자들에 의해 존경받은 스승이 결국 부처가 되었다고 믿은 나무 아래 있다는 자부심이었다."[120] 식물과 사람이 하나처럼 보이게 하는 동일한 정서는 불교의 가르침에도 나타난다. 공덕이 있는 사람은 거대한 반얀트리처럼 성장하고, 공덕이 없는 사람은 길가의 나무처럼 키가 작고 발육이 부진한 상태로 남는다.

무화과나무는 비를 내리고, 아이를 낳는 것과 관련이 있는데 내게는 이것이 하나의 행위처럼 느껴지기도 한다. K. G. 세나데라는 "칼루 데바타 반다라라는 신이 이 나무에 깃들어 있다고 말한다. 칼루는 비구름의 색깔인 검은색을 뜻한다"고 했다. 무화과나무가 구름의 생성 양식에 어떤 영향을 미치는지는 식물학자와 기상학자들이 연구해야 할 문제이지만, 무화과나무와 관련된 다산 의식을 보면 부처가 무화과나무에 대해 어떤 말씀을 남겼을지 궁금해지기도 한다. 보리수는 남자아이의 어머니가 될 뿐만 아니라 왕의 운명을 품고 있다고도 한다. 보리수 주위에서 펄럭이는 신화의 깃발은 터무니없는 것이 아니라 귀에 거슬리는 상상력을 자극할 뿐이다. 보리수는 공동체가 위험에 처하면 피를 흘리고, 시든 가지를 통해 통치자의 실각이나 죽음이 임박했음을 알리고, 사람들은 친척이 아프면 7일 동안 하루에 일곱 번씩 보리수에 물을 준다고 한다.

무화과나무 꽃은 《법화경》의 두 장에 언급되어 있다. 항상 눈에 보이는 무화과나무 꽃과 이 세상에 출현하는 부처, 이 두 가지는 드물게 발생하지만 언제나 서로 연관되어 있다. 틱낫한 스님도 부처를 꽃에 비유하면서 "우담바라 꽃은 줄기에서 떨어졌지만 여전히 향기가 있다"라고 말했다. 꽃이 나무에서 떨어져도 꽃의 향기는 사라지지 않듯이 우리의 깨달음에 대한 잠재력도 사라지지 않는다. 틱낫한 스님은 다음 문장의 해설을 전면에 내세웠다. "부처님은 모든 사람이 부처이고, 모든 사람이 우담바라 꽃이라고 가르쳤다."[121]

이 모든 일 뒤에 모든 이미지와 상이 만들어진 이후 부처의 외모에 대한 설명에 도달하는 것이 조금 의아했지만《아함경》의 한 페이지를 펼쳤더니, 거기에 나무에 비유된 고타마가 있었다. "가을의 황금빛 대추가 맑고 빛나는 것처럼, 막 줄기에서 떨어진 야자수 열매가 맑고 빛나는 것처럼. 선한 고타마의 모습이 얼마나 고요한지, 그의 안색이 얼마나 맑고 빛나는지, 참으로 놀랍고 경이롭다."[122]

부처님은 죽었습니다.
하지만 부처님을 만나면
다른 신을 만들거나
다른 악마를 참수하지 말고
나무 아래서 그저 차를 마셔보세요.

선승 의현의 짧은 불교 시에도 이런 말이 있다.

부처가 제자 아난다에게 보리수가 자신을 대신할 수 있다고 말한 것과 같은 철학 아닐까? 이 분야에서 가장 중요한 철학자 중 한 명인 아난다 쿠마라스와미도 사람과 식물의 관계를 특별한 것으로 표현했다. "특히 깨우침을 얻은 한 사람의 세계상으로 무화과나무 한 그루를 지정한 것이 주목할 만하다. 부처의 무화과나무가 보이지 않는 부처의 본질을 상징하도록 선택되었기 때문이다. 그것은 부처의 비전에 대한 영속적인 근거이다." 우리는 부처를 볼 수 없지만 나무는 볼 수 있다. 우리는 부처의 축복을 받을 수 없지만 보리수 그늘에 앉을 수는 있다. 적어도 불교의 기원과 실천에 대해 내가 실질적으로 이해한 바는 불교는 좋은 의미에서든 나쁜 의미에서든 자기중심의 종교다. 불교는 수행자들에게 자기 자신에게만 집중하라고 요구하면서 우리에게 나무가 되라고 요구한다. K. G. 세나데라는 이렇게 말한다. "보리수 뜰에 들어선 승려는 마치 부처 앞에 있는 것처럼 겸손하게 나무를 공경해야 한다."[123]

그래서 나에게 부처는 나무였고, 늘푸른나무였음을 확신하게 되었다.

나는 보리수가 부다가야의 진정한 명물이기 때문에 나무 아래에 앉았을 때 어떤 효과가 있는지, 이 특별한 나무가 해탈에 도움이 되는지 알아보기 위해 부다가야에 갈 것이라고 나 자신에게 말했었다. 그러나 마치 요새의 장벽같이 나무를 둘러싸고 있는 관료주의는 나무를 만지지도 그 아래 앉지도 못하게 만들어 놓았기에 내가 마음먹었던 일은 경험하지 못했다. 하지만 태국 승려로부터 쓸모없을 수도 있는 정보 하나를 찾았을 때 그 실망감은 적어도 일시적으로나마 사라졌다. 우리는 불교 유적지 바르훗에 있는 보리수 조각에 대해 이야기를 나누고 있었는데, 스님이 갑자기 보리수의 네 가지 "수호신" 즉 베누와 발구, 오조파티에 관련하여 고고학자 커닝엄을 언급했다.

그리고 네 번째 수호신을 수마나라고 불렀다.

9

나무는 영원한 시체다.

《마조나쇼판》, 스리자토

죽음을 노래하는 나무들

나무는 슬로우 모션으로 죽지 않는다. 나무가 쓰러지는 것은 충격적인 사건이다. 마야 안젤루는 그 트라우마를 정확히 인식하고 있다는 사실을 자신의 시에서 보여줬다.

거대한 나무가 쓰러질 때
먼 언덕의 바위들이 흔들리고,
키 높은 수풀 속에서
사자는 몸을 웅크리고,
코끼리도 육중한 몸으로
안전을 찾아 느린 걸음을 뗀다.
—〈큰 나무가 쓰러질 때〉[124]

인간과 달리 식물 세계에는 적어도 두 가지 종류의 기대수명이 있다. 짧은 생을 마치기 전에 봄이나 여름에 꽃을 활짝 피우는 일년생, 심지어 계절에 따라 꽃을 피우는 식물도 있다. 우리 마음속에서 나무의 압도적인 아름다움은 종종 짧은 수명과 연관되어 있는데 이는 고목의 죽음에 수반되는 비극적인 상실감과는 전혀 다른 것이다. 나에게 죽은 나무는 죽음의 무자비함을 상기시킨다. 나무가 죽어 바닥에 누워버리면 베개 따위는 참으로 쓸모없는 것임을 깨닫게 되니까.

*

2015년 4월 25일 유난히 우울하고 흐린 날, 정오 무렵 실리구리에 지진이 발생했다. 남편이 가장 먼저 아래층으로 내려와 문과 대문을 열어 아버지와 내가 따라갈 수 있도록 했다. 시아버지는 일흔아홉이셨지만 다행히도 나이에 비해 건강하셨다. 그러나 계단이 급류처럼 흔들리고 움직이자 그는 더는 땅을 믿고 걸어 나갈 수 없다는 것을 알게 되었다. 나는 시아버지의 손을 잡아당기고 끌다시피 했지만 시아버지는 두려움으로 인해 정신이 마비되고 나중에는 발이 마비되어 저항했다. 내가 가까스로 시아버지를 집 밖으로 모시고 거리로 나서니 지진을 피해 나온 군중들이 흥분된 목소리로 지진 얘기를 하고 있었다. 곧 지진이 멈췄다. 그러다가 이내 다시 시작되었다. 테라스의 샹들리에가 그네처럼 움직이고 창문이 덜컹거리고 문이 갑자기 자동으로 작동하는 등 집이 흔들리고 있었다. 건물 바로 앞에는 나의 남편만큼이나 오래된 오렌지재스민나무가 흔들리고 있었다. 긴 가지가 뻗어있었고, 많은 사랑을 받는 노란 꽃이 활짝 피어있었다. 두 번째 지진이 발생하고 다시 거리로 뛰쳐나갔을 때, 아홉 송이가 달려있던 나무에 꽃이 한 송이만 남아 있는 것을 우연히 발견했다. 나머지 꽃송이들은 지진의 힘에 견디지 못하고 떨어져 나간 것이었다. 그날은 아무것도 할 수가 없었다. 땅의 흔들림이 멈춘 후에도 나의 다리는 계속 후들거렸다. 공포에 질린 시아버지의 얼굴과 함께 몇 가지 다른 일들이 뇌리에서 사라지지 않았다. 하나는 부모님이 어디 계신지 전화를 걸기 위해 휴대폰은 잊지 않고 챙겼으면서도 식물들은 집안에 모두 남겨두고 나갔다는 죄책감이었다. 다른 하나는 지진이 나무에 어떤 영향을 미쳤는지 묻지 않았던 무심함이었다. 우리는 자연재해가 사람, 동물, 건물에 미치는 영향은 걱정하지만 나무에 미치는 영향에 대해서는 거의 신경을 쓰지 않는다!

*

시어머니가 돌아가셨을 때 남편은 죽은 자를 애도하는 힌두교 의식을 따르기를 거부했다. 친척들은 시골 출신인 남편의 행동에 화를 냈다. 그들은 이런 불순종으로 인해 사회에서 배척당할 것이라고 말했다. 격렬한 슬픔에 지친 남편은 논쟁을 거부했다. 그는 강제로 슬픔의 애도 기간을 14일로 한정하는 결정은 하지 않기로 했다. 그래서 남편은 흰 도티와 면 숄을 걸치지 않았고 맨발로 걷지도 않았으며, 매일 아침 면도를 했고 일요일마다 손톱을 자르고, 열한 번째 날에는 머리를 삭발하는 의식도 따르지 않았다.

우리는 아직 신혼이었다. 그런 상황에서 꼭 필요한 배우자가 되라고 교육을 받은 적은 없지만, 나는 남편의 옹호자가 되었다. 그래서 나는 아마추어답게 이 의식의 사회적 기원과 이 모든 게 시어머니의 죽음을 세상에 알리는 과정일 뿐이라는 점을 상기시키려고 노력했다. 수염은 왜 길러야 하지? 머리는 왜 삭발을 해야 하고? 왜 특정한 옷을 걸쳐야 하는 거야? 이 질문들에 대한 대답은 힌두교 그 자체에 있었다. 지금은 사망 증명서 발급이라는 관료들의 업무가 된 그 일을 힌두교가 수행했던 것이다.

충분한 애도가 아니었다고 말할 수 없는, 남편의 인생을 뒤바꿔 놓을만한 11일 동안의 시간을 경험한 후(장례 11일째 되는 날 슈라다shraddha라는 천도재를 지낸다—옮긴이) 남편은 선의를 가진 사람들의 지시에 팽팽하게 맞서며 슬픔이 분노로 변하는 순간도 있었다.

"내 아내는 식물이 죽으면 울어요. 물을 주지 않아서, 정원사의 무관심 때문에, 나무꾼의 욕심 때문에 눈물을 흘리지요. 처음에는 불필요한 감상주의라고 조롱하곤 했어요. 이제야 그녀의 기분을 이해하게 되었습니다"라고 남편은 말했다.

그의 큰 삼촌이 끼어들었다. “어머니와 나무는 엄연히 다르지.”

“이제 막 엄마를 잃은 아들에게 그런 말을 하실 필요는 없죠.”

남편이 마저 대답했다. “제 아내는 죽은 식물에 대해 슬퍼할 때, 흰옷을 입지 않습니다. 죽은 식물을 위해 그저 슬퍼할 뿐입니다.”

나는 남편의 말에 감동받았지만 동시에 그 전통 때문에 슬펐다. 내가 아주 어렸을 때도 그런 생각을 한 적이 있다. 왜 죽은 식물의 생명을 애도하는 전통이 없을까?

그리고 왜 죽은 나무에 대한 부고는 내지 않는 걸까?

*

나는 그전까지 단 한 번도 점성술사를 찾아간 적이 없었다. 몇 달 동안 몸이 좋지 않았는데, 의사의 진단과 처방에도 불구하고 이런저런 질병이 재발하곤 했다. 부모님은 관용적인 불가지론자였지만, 오빠는 아니었다. 항상 조용하면서도 반항적이었던 오빠는 고통과 문제 그리고 불확실성에서 벗어날 수 있는 길을 제시하는 지식 체계를 독실하게 믿어 우리 모두를 놀라게 했다. 내가 아는 가장 단순한 사람 중 한 명인 오빠의 추론은 간단했다. 모든 시스템에는 시행착오를 통해 얻을 수 있는 이점이 있어야 한다는 것이다. 오빠는 나에게 함께 점성술사를 찾아가자고 주장했고 나중에는 강요하다시피 했다. 나는 오빠의 애정에 감동했고 결국 오빠를 따라나섰다.

그날 저녁 있었던 일에 대해 후회는 하지 않는다. 치료를 위해 내게 처방된 보석들과 귀한 돌들이 적힌 긴 목록을 받아 들고 짜증을 내며 집으로 돌아오게 되리라 예상했다. 그러나 내가 경험한 일은 나의 예상을 완전히 빗나갔다. 우리가 만난 '점성가'는 그간의 나의 편견을 완전히 뒤집는 사람이었다. 우리는 그의 관심사인 지리학에 관해 이야기했다. 어렸을 적 그는 한 장소를 방문하기 전에 경도와 위도 같은 사전 지식에 집착에 가까운 관심을 보였다고 했다. 강과 오염에 관한 이야기도 나눴고, 한 시간이 끝날 무렵에는 소음 공해에 대해 안타깝게 이야기했다. 나는 순간적으로 그에게 매료되었다. 그는 내가 지금 이대로도 완벽하다며 아무것도 추천하지 않았다. "사업 투자를 현명하게 잘하는 경향을 가진 사람들이 있듯이 어떤 사람들은 질병에 걸리기 쉬운 경향이 있습니다"라고 그는 말했다.

몇 년이 지나고 나서 그를 다시 보러 갈 필요를 느꼈다. 그해 여름은 끔찍했고 내 식물들은 더위를 견디기 힘들어 했다. 나는 식물이 필요로 하는 것에 더 세심하게 신경쓰고, 물을 더 자주 주고 식물성 비료를 주고 흙도 다듬었다. 정원사는 식물에 대한 걱정보다 자신의 일자리 보전에 더 관심이 컸다. 수년간 우리는 서로 다른 견해를 즐겁게 공유하는 그런 관계였다. 그는 아마추어인 나의 걱정을 비웃음이나 비꼬는 말로 해결해 주었고, 내가 교과서적인 지식과 과도한 감정을 섞어 이야기할 때면 자신이 가진 기술에 대한 일화적인 증거로 내 담론을 돌리려고 노력했다. 우리의 모든 노력이 물거품이 되고 테라스에 죽은 식물만 넘쳐날 것 같았던 그 시절, 정원사는 오랫동안 마음에 품고 있던 말을 툭 던졌다. "이 식물들의 운세에 문제가 있는 게 틀림없어요."

우연은 설명하기가 어렵다. 정원사가 식물의 운세에 관한 말을 꺼내고 며칠이 지나서 점성가 바파다를 우연히 만났다. 그와 마주친 장소는 우리 마을의 마하난다강 주변에 있는 식물 종묘장이었다. 종묘장을 소유한 프라단 부부의 딸이 나와 같은 학교에 다녔기에 나는 오랫동안 그분들을 알고 지냈다. 딸은 나보다 1년 늦게 졸업했다. 나는 그분들이 내게 절실히 필요한 식물 의사가 되어줄 것이라는 희망을 품고 찾아갔다. 문이 있는 건물에 들어섰을 때 한 손에는 난초를, 다른 한 손에는 자전거 헬멧을 들고 있는 그를 발견했다. 그가 나의 건강이 어떤지 물었고, 나는 나보다 내 식물의 건강이 나빠지고 있다고 말했다. 나는 그의 대답에 깜짝 놀랐다. "당신이 아픈 이유는 식물이 병들었기 때문이에요."

나는 우리 정원사에 관한 이야기를 꺼냈다. 우리 정원사는 모든 관엽식물의 운세를 알아보고, 식물을 살릴 수 있는 점성 비법을 요구한다고 말했다. 그런 일이 가능하다고 믿는지 그가 웃으며 내게 물었다. 나는 아니라고 말은 했지만,

자식을 살릴 수만 있다면 이성의 반대편으로 넘어가지 않을 부모가 어디 있겠는가? 바파다는 참을성 있는 사람이었고, 지금 생각하면 그 일요일 아침의 나를 향한 그의 관용에 감탄할 수밖에 없다. 토론하기에 죽음이 즐거운 주제는 아니지만 의심의 여지없이 심오한 주제다. 내가 죽은 후 식물이 맞이할 운명에 대해 끊임없이 걱정한다고 말하고 나니 불현듯 두려움이 엄습했다. 내가 소유한 모든 것을 어떻게 식물에게 남겨줄 수 있을까? 바파다와 나는 함께 웃었다. 프라단 부인은 나의 식물에 활력을 불어넣을 수 있는 몇 가지 팁을 제안했다. 그리고 바파다는 내게 사이드 무스타파 시라지의 식물 생명에 관한 단편소설을 읽어보았는지 물었다. 물론 나는 읽지 않았다.

*

그날 늦게 남편에게 이 이야기를 꺼냈을 때, 남편은 무스타파 시라지의 이야기를 담은 오래된 책 한 권을 내게 건네주었다. 책에 쓰인 헌사의 글을 보고, 나는 그 책의 주인이 나의 시어머니였음을 알아냈다. 마지막 페이지에는 녹색 잉크로 이렇게 쓰여있었다. "나는 더 이상 걸을 수 없다. 사람들에게 갈 수가 없다. 사람들이 나에게 온다. 나는 나무가 되어버렸다."

무스타파 시라지의 식물 이야기 중 가장 주목할 만한 것은 〈나무가 말했다〉이다. 한 마을에 열매도 꽃도 맺지 않는 나무, 고아, 불가촉천민, 외롭고 계급도 없고 문맹이며 탐욕스러운 나무, 그 나뭇가지에 매달려 자살도 하고 싶지 않을 만큼 절망적인 나무가 한 그루 있다. 이 나무가 좀 더 매력적인 식물이었다면, 마을 사람들이 이름을 알아내는 데 관심을 보였을지도 모르지만, 그들은 이 나무의 품종과 계층에 대해서는 전혀 호기심을 보이지 않는다.

이 나무를 다른 나무와 구분하는 단 한 가지가 있었는데 그것은 바로 나무답지 않은 행동이었다. 이 나무는 말을 했다. 하지만 모든 사람이 나무의 말을 들을 수 있는 것은 아니었다. 마음속 소리만 들을 수 있는 개처럼 이 나무의 말은 곧 죽음을 맞이할 사람들만 들을 수 있었다. 그리고 나무의 어휘는 "마우르, 마우르, 마우르…"와 같이 매우 제한적이었다. 뱅골어로 "마우르Mawr"는 "죽다"라는 뜻과 나무나 물체가 부러지거나 무너지기 직전의 삐걱거리는 소리를 뜻하는 의성어로, 두 가지 의미가 있다. 가난한 한 노파가 마른 나뭇잎을 줍기 위해 나무 근처에 갔을 때, 나무가 "마우르, 마우르, 마우르"라고 말했다. 노파는 자신에게 저주의 말을 하는 나무 근처에 있다는 사실을 깨닫고 두려움에 떨다가 그만 그 자리에서 즉사했다. 한 늙은 마을 주민은 "어떤 나무는 말을 할 수 있고, 어떤 나무는 화를 내고 성질을 부리고, 또 어떤 나무는 잔인하고 사악하다"라고 확신에 차서 말했다. 나무가 바람의 방언으로 말을 한다면 "마우르, 마우르,

마우르"는 무슨 소리였을까? "고대의 지혜"를 지닌 사람들은 "어떤 새들이 인간의 언어를 알아듣는 것처럼 어떤 나무들도 그렇게 할 수 있다"라는 답을 내놓았다.

그러나 세상은 냉소주의자들과 불신자들로 가득 차 있었다고 화자는 말한다. 사람들은 그 나무를 위협하고 조롱하고 심지어 발로 차기도 했다. 그 결과 나무는 단음절 어휘인 "마우르"만 사용했다. 그리고 다음날 나무를 괴롭히던 사람들은 죽고 말았다.

나무는 화자가 "사람들의 땅이 아닌 곳"이라고 반복적으로 부르는 장소에 살았다. 아이들은 열매나 꽃을 기대하지 않고 무조건 나무를 사랑했다. 나무도 아이들을 사랑했고 아이들에게 아무런 해를 끼치지 않았다. 나무의 초자연적인 행동에 유령과 마녀가 그 나무를 집으로 삼았을지도 모른다거나 하는 여러 추측이 난무했지만, 누가 알 수 있겠는가? 아니면 여러 종교의 혼종으로 인해 이렇게 변한 것일까? 힌두교 명절 이드와 무하람을 기리는 화려한 의식과 그로 인해 붐비는 행렬과는 별개로, 참을 수 없는 확성기 소리와 함께 투표라는 새로운 종교가 마을의 도덕적이고 건전한 생태계를 바꾸고 있었다. "그 나무는 아무런 힘도 없고, 가지와 뿌리를 다스려 기강을 잡아야 할 무산계급도 아니었다. 나무는 잃을 것이 없는 존재였다."

정치인들은 이 나무와 관련한 문제를 선거 이슈로 만들 기회를 포착했다. 한쪽 정당에서 뇌물을 써서 그 노파를 죽게 했다는 소문이 퍼졌다. 그런 장난 같은 소문 중에는 파나라는 도둑이 나무 근처에 숨어들었다는 이야기가 있었다. 그는 나무가 반복해서 "마우르, 마우르, 마우르"라고 말하는 소리를 들었고 얼마 지나지 않아 죽었다. 불가지론자인 한 경관이 경찰들을 이끌고 현장에 도착했다. 지방 의회에서 이례적인 조치로 그 나무를 "위험하다"라고 선언한 것 외에는 별다른 결과가 나오지 않았다. 나무 벌목에 반대하는 청원서가 마을에 돌기 시작했다.

이 모든 일은 한 젊은 의사의 사망 이후에야 드러나게 된다. 비교적 최근에 도시에서 들어온 의사는 애끓는 사랑으로 상심이 컸고, 자주 자살에 관한 이야기를 했다고 한다. 그는 나무를 향해 조롱을 했다. "안녕 브리하날라! 말을 해봐? 나는 어떤 거 같아? 영어 못 알아듣냐? 오케이. 그럼, 뱅골어는 알아들어? 자, 나한테 하고 싶은 말이 뭔지, 말해보란 말이야."

나무는 자신이 아는 유일한 언어인 "마우르, 마우르, 마우르"로 대답했다.

다음 날 아침 젊은 의사의 시신 옆에서 유서가 발견되었다. 유서에는 "내 죽음은 그 누구의 책임도 아니다"라는 내용이 쓰여있었다.

한 마을 주민이 젊은 의사가 했던 조롱을 반복하며 그 나무를 《마하바라타》에서 남자도 여자도 아닌 제삼의 성으로 변장했던 아르준의 이름을 따서 브리하날라라고 부르자,

"마우르, 마우르, 마우르" 하는 합창이 온 마을을 뒤덮었다. 그때 폭탄이 폭발하고, 사람들의 땅이 아닌 그곳에 유혈이 낭자했다.

점성가는 왜 나에게 이 이야기를 읽어보라고 했을까? 그가 수정구의 반대편에서 나에게 나무와 죽음의 관계에 대해 말하고 싶었던 걸까? 무스타파 시라지의 이야기가 무얼 **뜻하는지** 모르겠고, 나무에도 고유한 언어와 방언이 있는지 알 수 없었다. 아마도 바파다는 내가 나무를 고통받는 희생자로만 보지 않고 슬픔의 반대편으로 걸어가기를 원했던 것 같다.

또 다른 이야기에서는 농부이자 정원사라고 할 수 있는 한 노인이 매일 밤 마을 기차역에서 막내아들을 기다렸다. 그의 아내는 큰아들과 마찬가지로 뱀에 물려 죽었다. 그에게는 막내아들이 전부였다. 그러나 주변에서는 번듯한 회사에 다니는 아들에게 애정을 쏟는 그를 두고 여러 말들을 하며 성가시게 굴었다. 아들 역시 아버지의 지나친 감정을 실용적으로 필요로 할 때를 제외하고는 쓸모없게 생각했다. 늙은 아버지는 집안 살림을 도맡아 했다. 어느 날 아들은 아버지에게 도시에 사는 여자친구가 그를 찾아 마을을 방문할 것이라고 알렸다. 그러면서 아버지에게 자신의 별명을 불러서는 안 되고, 그가 자신의 아버지라는 사실을 알게 하는 어떤 행동도 해서는 안 된다고 했다. 그렇게 해준다면, 오늘 부르지 못한 아버지라는 말을 나중에 수천 번이고 불러주겠다고 했다. 그래서 아버지는 도시물을 잔뜩 먹은 아들을 당황하게 만들지 않으려 아들 앞에서 정원사 "말리"인 척하기로 했다. 아들은 아버지에 관한 모든 것을 불쾌하게 여기고 있었다.

아들은 아버지를 부끄러워했다. 그 첫 번째 이유는 아버지의 외모였다. "거칠고 못 배운 사람 같은 체구에 허리에 두르는 도티는 더러웠고 무릎까지 끌려 내려와 있고, 어깨에는 감차(인도 전통의 머리 장식 천—옮긴이) 같은 더러운 헝겊이 걸려있었다. 걸을 때는 구부정하게 허리를 굽혔는데, 나이 때문이라기보다는 땅에서 그를 잡아당기는 것처럼 보였다. 대지, 흙에 대한 끌림이 그를 꼽추로 만들었다. 그는 평생을 땅 표면에서 가장 깊은 역장 속으로 이동하고 다녔다. 이 노파, 사스티차란은 다시는 똑바로 설 수 없을 것이다. 그는 땅을 가꾸는 정원사였다." 그리고 언어 문제도 있었다. 그가 아들과 대화하려 할 때 아들의 입에서 가장 자주 나오는 반응은 다음과 같다. "가세요. 어서 가서 땅이나 파세요. 저에 대해 아무것도 모르시잖아요." 평일에는 도시에서 살다가 주말에만 찾아오는 아들이 하루만 자신의 직원처럼 행동해 달라고 부탁했을 때, 아버지는 마치 자신이 움직이지 않는 나무가 된 것처럼 느껴져 나뭇가지처럼 손을 흔들기만 할 뿐이었다.

무스타파 시라지는 아주 공을 들여서 남자친구를 따라 도시에서 온 소녀를 독자에게 알렸다. 소녀는 노인 눈에 아주 예뻐 보였지만, 동시에 위압적인 느낌도 풍겼다. 그녀는 교과서적인 지식을 정원으로 들여왔다. "이런 마을에서 프린스알버트장미가 자란다고요?" "말리씨, 여기서는 월하향을 재배하지 않나요?" 여자친구에게 깊은 인상을 남기고 싶었던 아들은 미리 짜놓은 대로 아버지를 직원 대하듯 말한다. "이 봐요, 늙은이. 저기 얇은 하얀 꽃잎이 달린 저 꽃은 뭐요?" 사스티차란이 아들과 그 소녀에게 그건 먹을 수 있는 꽃이라고 말하자 소녀의 짧은 감탄사가 이어진다. "진짜요? 꽃을 먹을 수 있다니, 믿어지세요?"라고 대답한다.

사스티차란을 궁금하게 만드는 이 소녀는 누구일까? 소녀는 노인의 적적하고 오래된 정원 보바바간을 순발력과 불안과 기쁨, 리듬, 건강과 웃음, 젊음과 조율로 가득 채우고 있었다. 갑자기 소녀는 정원사의 얼굴로 시선을 돌린다. 그의 얼굴에는 세월 속에 싸인 "거미줄, 지저분한 강물, 벌레 이빨, 새 둥지"가 눈물이 되어 녹아내리고 있다. "정원사님, 왜 울고 계세요? 스가타, 봐봐. 너희 집의 저 늙은 정원사가 눈물을 흘리고 있네."

그 눈물과 함께 진실이 터져 나올까 봐 당황했던 아들이 말한다. "이 노인이 정신이 좀 나갔어. 가끔 저렇게 눈물을 흘려." 여자친구 리투가 어쩌면 심리적 문제일 수 있다며 큰 소리로 궁금증을 드러내자, 아들은 예전에 있었던 뒷이야기를 하나 들려준다. "아주 오래전에 저 사람의 아들이 뱀에게 물려서 죽었어. 그러니 처음에는 여기 이 마을이 그리고 정글 전체가 그에게 어땠을지 상상이 가지? 그때부터 저렇게 반쯤 미쳐버렸어."

그다음 상상할 수 없는 일이 벌어졌다. 사스티차란은 날카로운 원예 도구인 쿠르피를 집어 들고는 목소리를 높여 말한다. "조심해! 저리 꺼져, 당장 떠나버려. 얼른 달아나라고. 안 그러면 내가 널 죽여버릴 테다." 놀란 그의 아들과 두려움에 휩싸인 소녀, 이 젊은 연인은 그곳에서 달아났다.

이야기의 제목은 〈꽃밭에서의 살인〉이다.

이 이야기 이후 나는 강렬한 호기심과 궁금증을 안고 〈증인으로서의 반얀트리〉라는 제목의 영화로 관심을 옮겨갔다. 나무는 모든 것을 지켜본 목격자다. 여전히 계급과 카스트, 관습에 얽매여 살아가는 한 마을에서 하층 카스트 출신의 한 청년이 브라만 출신의 과부와 로맨틱한 관계를 맺게 된다. 예측한 대로 이 관계는 비참한 결말을 맞이하게 된다. 청년은 살해되고 젊은 미망인은 실종된다. 이 관계, 그 시작과 절정, 과실과 절정은 오래된 반얀트리 아래에서 이루어진다. 따라서 제목은 가부장으로서의 나무, 목격자로서의 나무를 뜻한다. 이야기가 끝날 때 실종된 여인이 시아버지의 보호 아래 발견되기 때문에 "가부장"이라는 단어를 사용한 데에는 그럴 만한 이유가 있다.

이 어린 미망인 소녀는 흔히 "순다리나무 아래에서 온 소녀"라는 뜻으로 순다리탈라라고 불렸다. 나무를 보호하는 것은 이야기의 교훈에 결정적인 역할을 한다. 결국 늙은 시아버지는 외지인 마한바부에게 "내가 옳은 일을 했느냐"고 묻는다. 다음은 내가 인용한 문장이다. "마칸바부는 옳은 일을 했다고 말했다. 그러고는 갑자기 익숙한 반얀트리를 떠올렸다. 마을에는 많은 녹색 왕관으로 둘러싸여, 짙은 가지와 수많은 공중으로 드러난 뿌리를 가진 반얀트리 한 그루가 있다. 그 아래에는 그늘이 있다. 하지만 그 순간 나무가 갑자기 사람처럼 보이기 시작했다." 무스타파 시라지는 죽은 연인이 때로는 사람으로, 때로는 나무로 돌아와 보호해준다는 민담을 대대적으로 바꾸고 있다.

이 이야기들 속에서 죽음과 식물의 삶 사이의 관계는 참으로 기묘하다. 〈권총과 무화과나무〉는 다른 두 이야기와 마찬가지로 한 마을을 배경으로 한다. 그 마을에는 "보카"라는 청년이 살고 있는데, 그의 이름은 말 그대로 "바보"를 뜻한다. 한때는 순진하고 천진난만했던 소년 보카는 마을의 라이벌 가족에게 살해당할까 두려워 자신을 보호하기 위해 권총을 구입한다. 권총 사용법을 배우지 못한 그는 독학으로 권총을 익혔다. 그의 연습 사격의 "표적"은 오래된 무화과나무였다. "무화과나무는 우리 할아버지의 할아버지보다 더 나이가 많은 나무로, 고풍스럽고 명상적인 분위기를 풍긴다. 나의 할아버지는 철도원 직원이셨다. 할아버지는 무화과나무가 있는 베란다에 오셔서 이 세상의 모든 평화가 여기에 있다고 말씀하시곤 했다." 보카의 오랜 친구로 등장하는 화자는 보카가 나무를 향해 총을 쏘는 모습을 지켜보는데, 그 나무는 보카가 여름날 재주넘기를 하며 놀던 곳이다. 화자는 보카가 이 선량한 고목나무를 적으로 만들어버리는 장면을 보고 슬퍼진다. 그러나 화자는 불평하듯 몇 마디를 했다. "그래, 저기 서 있는 무화과나무를 네 적이라고 생각해라. 정중앙을 향해 제대로 쏴라."

화자의 의식은 보카와 그 나무 사이를 오간다. 그래서 보카에게 제대로 쏘라고 말하고는 곧이어 몇 마디를 보탰다. "그래, 어쩌면 나무는 모든 것을 이해하니까. 근데 나는 저 나무가 명상할 때처럼 평온한 미소를 짓는 걸 본 것 같아. 마치 아이야, 이리 오렴. 내가 가슴을 활짝 열고 기다리고 있을 테니 네가 하고 싶은 만큼 연습을 하렴, 이라고 하는 것 같았다." 나무의 순교 정신이 느껴졌다. "나는 무화과나무를 아주 좋아해. 그리고 보카를 보호할 준비가 되어있단다. 그것이 시골 나무들의 특징이야. 나무들은 사람들에게 그늘을 제공하고, 맛있는 과일도 내주잖아. 종일 산소도 공급해 주고 있어. 그리고 나무들은 기꺼이 자신들의 몸통을 표적이 되도록 제공해. 자, 보카, 나는 준비됐어. 이제 날 향해 쏴."

보카가 사격 기술을 연마하던 장소에 경찰 팀이 도착한다. 그들은 외로운 희생자 같은 불쌍한 무화과나무의 상처를 살펴본 후 자리를 뜬다. 화자의 형수가 그에게 무화과나무 아래서 보카가 툼리라는 소녀와 벌인 로맨스와 성적인 일탈에 관해 이야기해 준다. 그날 밤 모두가 폭발 소리에 놀라 잠에서 깨어난다. 다음 날 아침에 전해진 소식은 보카가 적들의 손에 살해당했다는 것이었다.

그 뉴스로 그날 하루는 불안 속에서 지나갔고 화자는 무화과나무를 찾아간다. "무화과나무는 연못의 수련 위에 왕관처럼 늘 그렇듯 평온하고 무심한 표정으로 서 있다. 고목이여, 당신은 실패했습니다. 당신은 마음도 내주고 몸도 활짝 열어두었지만, 아무 소용도 없었어요." 화자가 나무에 가까이 다가갔을 때, 울어서 부은 슬픈 눈으로 나무를 응시하고 있는 툼리를 발견한다.

> 화가 난 예수는 무화과나무에 저주를 내렸다. 불임으로 자식 없이 살아라.
> 람로찬 모한타의 딸, 툼리는 그 나무를 저주하고 있었다. 투이 마우르! 투이 마우르! 투이 마우르! 너는 죽는다! 너는 죽는다! 너는 죽어!

알랭 드 보통은 《일의 기쁨과 슬픔》이라는 책에서 스티븐 테일러의 작품을 세상에 알렸다. 친한 친구와 부모님의 죽음을 받아들이지 못한 테일러는 3년 동안 참나무를 그렸는데, 그 기간의 예술 이야기가 테일러의 책 《참나무》를 통해 우리에게 공개되었다. 한 그루의 나무, 3년, 그림 오십 점. 미국 시인 W. S. 머윈은 "당신 눈앞에서 사라지고 있지만 보이는 것이 무엇인지 말해주면, 당신이 어떤 사람인지 알려주겠다"라고 썼다.[125] 테일러의 그림을 볼 때 인간의 시간과 빨리 지나가는 죽음과 대비되는, 변하지 않을 것처럼 보이는 250년 수령의 참나무의 삶을 발견할 수 있다. 그는 왜 매일, 1000일도 넘는 시간 동안 같은 나무를 서로 다른 각도와 관점에서 그렸던 걸까? 테일러가 내린 답은 인간의 짧은 삶과 비교해서, 고목의 불변함과 관련이 있다. "친구와 가족을 잃으면 정체성을 잃게 되는데, 나는 갑자기 내가 누구인지 알지 못했다. 어느 날 이 들판에 들어가서 그냥 앉아서 그림을 그리기 시작했다. 유화와 수채화로 모든 각도에서 나무를 그리기도 하고 사진을 찍기도 했다. 당시에는 내가 왜 이 일을 하는지 생각하지 못했지만 지금 돌이켜보면 집에 있는 듯한 느낌을 받으려고 했던 것 같다. 나를 붙잡아주던 모든 것을 잃었으니까. 내가 대항하고 있던 것은, 나의 삶에서 중요한 사람들의 계속된 죽음이 가져온 중년의 위기였다. 참나무는 영속적인 느낌이 있다. 컨스터블의 그림에서, 버지니아 울프의 《올랜도》에서 그리고 《전쟁과 평화》에서도 상징적인 의미로 많이 등장한다. 나는 지금은 괜찮아졌다. 그러나 영국의 한 작은 지역을 영적으로 먹여 살리면서 구원을 얻었다고 생각한다."

물론 나무가 불멸의 존재는 아니지만 인간의 사후 보고서에서 종종 언급하듯이 "자연적 원인"에 의한 나무의 죽음은 나무를 살해하는 것보다 훨씬 덜 슬프다. 나이가 들면 자연스럽게 죽음을 떠올리게 되지만, 시기적절하지 않은 죽음은 감정을 고갈시키는 등의 감정의 경제학이 작동하는 것 같다. 그래서 나무를 죽이는 행위의 부도덕성에 대한 비유는 끝없이 그리고 시대를 초월하여 회자되고 있다.

나무로 다시 태어나다

꿈이나 민담 속에서 인간이 나무로 다시 태어나야 한다는 것은 너무나 당연해 보인다. 나는 목적지도 없이 버스에 올랐다. 한 남자가 내 옆에 앉았는데, 그는 빨간 옷과 도티를 걸치고 반다나 같은 천으로 헝클어진 머리카락을 묶어 머리 꼭대기에 틀어 올려 TV 속에서 본 현자같은 차림새를 하고 있었다.

그는 내게 말을 하기 시작했다.

"저는 소울메이트를 보면 바로 알아볼 수 있답니다." 그가 말했다.

나는 그가 내게 무슨 말을 하는 것인지 확신할 수 없었기 때문에 그냥 무시했다.

"당신과 나는 한때 이웃이었어요"라고 그는 계속 말을 이어갔다. 나는 그를 향해 고개를 돌렸다. 아니었다. 그는 우리 이웃집 창을 통해 본 적이 있는 사람의 얼굴이 전혀 아니었다.

"착각하시는 게 분명해요." 내가 말했다.

"이번 생을 얘기하는 게 아닙니다." 그가 미소를 지어 보이며 손을 들어 올려 자신의 머리 위쪽으로 뭔가를 가리켰다.

나는 대답을 하지 않았다. 그렇지만 마음이 좀 불편해졌다. 그의 말이 계속 이어졌기 때문이다.

"우리는 바이칸타푸르 숲의 이웃이었어요. 기억나는 게 하나도 없나요? 당신은 사라수였어요. 나도 그랬고요." 그는 나의 대답을 기다렸지만 나는 그의 물음에 넙죽넙죽 대답해 줄 필요성을 못 느꼈다. 그래서 바로 다음 정거장에서 서둘러 버스에서 내렸다. 하지만 그의 말은 제대로 과녁을 적중시켰다.

사라수로 살았던 과거의 나의 삶을 생각해 보고 싶어졌다. 나무가 되고 싶다는 생각과 이미 그런 삶을 살았다는 말을 듣는 것은 또 다른 문제였다. 그 후 나는 집 안에 있는 사라수로 만든 가구를 쳐다보는 일과 나무와 그 재생 메커니즘에 관한 책 읽기를 오가며 며칠을 보냈다. 《리그베다》에는 불의 신 아그니에 대한 찬송가가 있는데, 그 노래는 죽은 사람의 귀에도 들린다고 한다. "당신의 눈은 태양을 향하고, 당신의 숨결은 바람을 향하고, 당신의 본성대로 하늘이나 땅으로 가거나 그것이 당신의 운명이라면 물로 가소서. 당신의 팔다리로 식물에 뿌리를 내리소서." 엘리슨 뱅크스 핀들리의 《식물의 삶: 인도 전통 경계선의 존재들》이라는 책에서 인용한 말이다. 이 책에 따르면, 스승 자라트카라바아르타바가가 천문학자 야즈나발키아에게 경전《브리하다라냐카 우파니샤드》에서 인간이 죽은 후 어떻게 되는지 묻자 그는 "몸의 털은 허브(오사디 오일)로, 머리의 털은 나무(바나스파티 오일)로 변하고…"라고 설명한다.《베다》와《우파니샤드》에서 인간의 머리카락과 식물의 생명을 반복해서 비유하는 것을 보니 내가 가을 낙엽이 떨어지는 것을 머리카락이 떨어지는 것과 몇 번 비교했던 기억이 떠올랐다. (나의 아마추어 수준으로 어원을 통해 보니, 건조한 피부나 머리카락을 뜻하는 단어인 "루코rukkho"는 힌디어로 나무를 뜻하는 "루크rookh"와 친척 관계인 것 같다는 생각이 들었다).《아이타레야 우파니샤드》에서는 우주의 사람을 머리카락에서 식물과 나무가 나오는 사람으로 묘사하고 있다.《브리하다라냐카 우파니샤드》에서는 죽은 사람의 머리카락이 식물에 뿌려졌다고 말한다. 음모조차도 이 논리의 일부가 되어 길상초로 변한다. 우리가 머리카락을 자를 때 다치지 않는다고 믿는 것처럼, 베다 사상가들에 따르면 풀도 도끼가 나무를 칠 자리에 제대로 놓여야 다치지 않는다고 한다. 내 몸이 여러 가지가 될 수 있는 훌륭한 재활용 체인의 일원이 된다는 생각은 처음에는 재미있는 아이디어처럼 보였다. 뱅크스 핀들리의 말이 위로와 용기로 다가왔다. "우주를 순환하며 식물로서 지상 사람들의 먹이가 되는 위대한 존재에 대한 우파니샤드의 견해는《마하바라타》의 한 구절에 반영되어 있다." 그런 다음 그녀는 서사시에서 고행자 다우미야가 유디

스티라왕에게 이렇게 말하는 구절을 인용한다. "피조물들이 처음 창조되었을 때, 그들은 큰 굶주림을 겪었고 태양은 그들을 동정하여 아버지처럼 행동했다. 태양은 북쪽으로 가면서 광선으로 열의 수액을 흡수한 다음 남쪽으로 돌아오면서, 태양은 대지로 스며들었다. 그 후 그가 들판이 되었을 때, 허브의 신은 하늘에서 열을 모으고 물과 함께 허브를 발아시켰다. 따라서 태양은 지상에 가서 달의 열정에 의해 사정하여 희생적인 여섯 가지의 꽃 허브로 탄생하고, 따라서 태양은 지상의 살아있는 사람들의 음식으로 태어나는 것이다."

신들과 그들의 적들조차도 이러한 재생의 순환을 경험했다. 뱅크스 핀들리는 인드라(천둥과 비를 관장하는 베다교의 으뜸 신—옮긴이)의 적인 브리트라가 폭력을 당한 후 "부러진 갈대" "도끼에 가지가 잘린 나무" "죽은 브리트라는 폭력을 당한 식물에 비유된다"는 이야기를 들려준다. 고대 서사시 《라마야나》에 등장하는 악마들은 "뿌리가 잘린 나무처럼 기형적으로 변형되어 생명을 잃고 땅에 (누워) 쓰러져 있다."

한스 페터 슈미트는 비폭력의 기원에 관한 훌륭한 에세이에서 《샤타파타 브리마나》를 인용하여 당시 보편적이었던 윤회 사상에 대해 중요한 점을 지적했다. "사람이 이 세상에서 어떤 음식이든 먹는다면, 그(음식) 대가로 저세상에서는 그를 먹어 치운다." 슈미트는 "한때 나무를 베던 나무꾼은 나무가 되어 예전에 잘려나간 나무 신세에서 이제는 사람이 된 나무꾼에 의해 베임을 당하고 있다." 그리고 "한때 식물을 먹던 사람은 이제 식물이 되고, 식물에서 변한 사람에게 먹히는 신세가 된다"라는 예를 들었다.[126] 《샤타파타 브리마나》의 이 인용문에서 알 수 있듯이 나무꾼이 도끼를 나무에 대거나 풀을 베기 전에 짧은 기도를 하는 것도 이 때문이다.

> "오, 대지여, 신에게 바칠 공물을 생산하는 이여! 내가 당신의 식물의 뿌리를 다치게 하지 않기를!"… 그는 (칼로 파헤친 흙을) 집어 들면서 말한다. "당신의 식물의 뿌리를 다치게 하지 마소서!"

*

랜스 E. 넬슨은 에세이 〈하나님의 지상 몸 정화〉에서 인도 힌두교의 종교와 생태학에서 나쁜 업보의 결과로 나무로 태어나는 것에 대해 썼다. "악업의 결과로 영혼은 식물로 태어나서 추수를 당하고 음식으로 조리가 되고 먹히는 고통을 견뎌낸다. 나무와 다른 식물은 … 윤회를 통해 죄의 결과를 경험할 수 있는 몸으로 역할을 한다."[127] 업보의 척도에서 식물이 가장 낮은 위치에 있는 것은 오감이라는 영광스러운 감각을 식물이 상실했기 때문이다.

엘리슨 뱅크스 핀들리는 사후에 나무가 되는 사람들의 이야기를 무작위로 나열하고 있다.

《아타르바 베다》의 초기 문헌에는 숲의 나무 모양으로 다시 태어난 아수리(여성 악마라는 뜻의 산스크리트어—옮긴이)나 악마를 나병 치료제의 재료로 사용했다는 이야기가 등장한다. 샤크티 굽타는 후대의 다양한 힌두교 이야기를 기록한다. 파르바티가 어떤 신들을 저주하여 나무로 다시 태어나게 했다는 신화와 다섯 자매(망고, 타마린드, 무화과나무, 자바사과나무, 질경이)에 관한 가다바 부족의 이야기 등이 있다. 다섯 자매는 자신들이 낳은 수많은 아이를 보고 남편들이 놀라서 달아나자 나무로 다시 태어났다고 한다. 못생긴 공주에 관한 후대 포르투갈의 전설도 있는데, 그녀는 자살을 하고 화장된 재에서 담배 식물로 탄생하였다. 남편이 저지른 잔혹한 행위로 인해 사티(고대 인도에서는 아내가 남편의 시체와 함께 산 채로 화장되는 풍습이 있었다—옮긴이)가 되어 자신의 장작더미에서 비슈누파의 홀리바질로 다시 태어난 툴라시라는 여성에 관한 신화도 있다. 판데이는 태양의 딸 수리야 바이의 신화에 주목하고 있는데, 마법사의 박해에서 탈출한 수리야는 황금 연꽃이 되지만 마법사가 지른 불로 꽃이 타자 재에서 망고나무가 나오고 익은 열매에서 다시 수리야 바이가 나온다는 신화다. 그리고 네팔의 설화 마주푸리아에는 성직자의 딸이 황금색 꽃이 피는 참파카나무가 되었다는 이야기가 기록되어 있다.

왜 고통을 겪는 희생자들이 다른 동물이나 다른 사람 혹은 그 무엇도 아닌 나무가 되는지에 대해서, 이런 부활로 재탄생하는 기술에는 분명한 근거가 있어야 마땅하다. 부활이라는 체계에 관하여 어떤 확실한 믿음이 있는 걸까? 정말 어떤 시스템이 존재하는 걸까? 아니면 완전히 무작위로 다른 생애에서 우리는 다른 생명이 되는 걸까? 우리가 안타깝게도 다른 생애에 대해서는 아는 바가 없으므로 이러한 황당한 질문에 대한 모든 답변은 추측의 본질에만 국한될 뿐이다. 행운인지 불행인지, 전생의 기억을 고스란히 갖고 태어난 소수의 사람을 제외하고 말이다. 나는 그런 인간 본질에 대한 지식에 호기심이 생겨났다.

불교와 자이나교 문학은 식물이나 나무로 다시 태어나는 것이 전적으로 행복한 경험만은 아니라고 말한다. 자이나교의 경전《우타라드야야나》에서 한 사람은 나무로서 겪은 고통스러운 삶, 끊임없이 불안한 삶, 찢기고 부서지는 삶과 몸의 고통에 대해 회상한다. 경전《타트바르타》에서 또 다른 사람은 자신이 시물나무로 살면서 겪은 삶을 자세히 얘기한다. "나는 나무로 살면서 도끼와 손도끼 등을 든 목수들한테 잘려서 자빠지고, 베이고, 널빤지로 잘리고, 껍질이 벗겨져 나갔었지요. 그것도 아주 셀 수도 없을 만큼 많이요."

흠, 나는 여전히 나무가 되길 원하는 걸까?

*

책의 앞부분에서 언급했듯 오비디우스의 《변신 이야기》에 나오는 인간이 나무로 변신하는 이야기는 나무가 되고 싶은 나의 욕구를 자극하고 부채질했다.[128] 그 이야기의 대부분에서 여성, 심지어 남성들도 폭력에서부터 벗어나기 위해 나무로 변했다. 나무로 변하고 싶다는 나의 욕망에 불을 붙인 것은 육체적이라기보다는 감정적인 충동과 같은 것이었다. 그리고 남자와 여자가 나무로 다시 태어나기 위해 죽는다는 설화가 있다. 개울에서 아름다운 물고기 두 마리를 발견하고 집으로 데려온 두 형제의 이야기도 있다. 그 물고기들은 여자로 변했고 형제는 그 여자들과 결혼하지만, 요리를 준비하다 생선 한 마리를 태운 형은 자신의 아내 얼굴에 화상의 상처가 있는 것을 보고 동생의 아내를 원한다. 형은 동생을 살해하려 여러 번 시도를 벌인 끝에 숲속 동굴에 가두어버린다. 몇 달이 지나고 동생은 굶어 죽었다. 그러나 아내는 남편이 죽었다는 시숙의 말을 믿지 않았다. 그래서 형은 동생의 아내를 동굴로 데려가 동생의 시신을 보여준다. 아내는 곧이어 안쪽에서 문을 걸어 잠그고는 동굴 안에서 죽어간다. 형의 아내는 남편의 행적에 의심이 커지자 그의 뒤를 밟아 숲으로 들어간다. 며칠이 지나 동굴에 다다랐던 그녀는 서로의 품에 안긴 두 그루의 나무를 발견한다. 그녀는 오래지 않아 그건 나무로 다시 태어난 시동생과 그의 아내라는 사실을 깨닫는다. 그녀는 한 그루의 나무에서 나뭇잎을 떼다가 자신의 얼굴을 닦는다. 그러자 정작 그녀 자신은 볼 수 없었지만, 얼굴에 있던 화상 흉터가 사라진다. 이를 보고 있던 남편은 의구심에 그녀를 찔러 죽인다. 여자는 이내 새로 변해 나무에서 쉴 곳을 찾는다.

나무로 변하는 것은 어떤 식으로든 살아있기를 원하는 죽은 자들에게는 충분히 안전한 피난처로 보인다. 거의 모든 문화권에는 이런 이야기의 다양한 버전과 변형이 있다. 가장 최근에는 인간과 나무의 변형에 관한 이야기를 담은 로버트 쿠버의 《야생 능금나무》가 있다.[129] 한 여성이 출산 중 사망하여 디키-보이라는 아들만 남편 품에 남기고 떠난다. 매일 술에 절어서 살던 남편은 이웃 중에 그를 원하는 여자가 없었기 때문에 누구와도 어울리기를 거부하는 한 여자와 결혼한다. 사람들은 그녀를 뱀프라고 불렀는데, "마을 남성의 절반을 잠자리로 데려갔다"는 이유와 남자를 조종하는 그녀의 방식 때문이다. 뱀프가 이전 결혼에서 얻은 딸 마를린은 디키-보이의 놀이 친구가 되었다. 남편은 어린 소년이 죽은 아내를 떠올리게 한다는 이유로 그를 사랑하면서도 원망했다.

디키-보이에게는 마법의 능력이 있는 것 같았다. 한 번은 야생 능금나무 꼭대기까지 올라가는 바람에 소방대를 불러 구조를 해야 했다. 그의 이복누이는 그가 정상에 오를 수 있었던 것은 야생 능금나무 덕분이라고 말했다. 그도 그럴 것이 그 나무 아래는 소년의 엄마가 묻혀있었다. 또 한 번은 마를린이 개를 갖고 싶다고 하니 디키-보이가 거의 진짜 개로 변해버렸다. 그런 기이한 사건은 그 집에서는 일상적인 일이었다. 디키-보이에게는 많은 재주가 있었는데 그중 하나가 잃어버린 물건을 찾는 능력이었다. 하지만 소년은 갑자기 죽고 말았다. 마을 사람들은 의붓아들을 더는 참을 수 없게 된 뱀프가 죽였다고 확신했지만 경찰은 그녀의 소행이라는 어떠한 증거도 찾아내지 못했다. 소년은 즉시 야생 능금나무 아래에 묻혔다. 그의 아버지도 곧 그를 따라 그곳에 묻혔다. 뱀프는 일종의 정신 질환을 앓게 되었고 모든 것을 두려워했는데, 특히 야생 능금나무를 무서워했다.

이후 토지를 물려받은 마를린은 그 땅을 야생동물 보호구역으로 바꾸고는 의붓오빠의 뼈를 파내어 다시 살려냈거나, 적어도 친구들에게 그렇게 했다고 말한다. "마를린은 나무를 보호하기 위해 농가를 증축하여 지붕에 나무를 위한 구멍을 뚫었다. 혹은 나무가 저절로 자리를 옮겨 들어왔을지도 모른다. 그 나무에 열린 사과는 독이 있다고 알려졌지만, 새들은 사과를 쪼아 먹으려는 하피(고대 그리스 로마 신화에 나오는 여자의 머리와 몸에 새의 날개와 발을 가진 괴물—옮긴이)처럼 나뭇가지로 모여들었다. 새소리가 점점 더 커져 그 어느 때보다 더 많은 새들이 나무에 모여들었다."

나는 강박관념에 사로잡혀 있었기에 이 모든 변화가 폭력 특히 여성에 대한 폭력으로 인해 발생했다는 사실을 깨닫기까지 시간이 걸렸다. 강간, 살인 또는 고의적인 죽음. 나무로 태어나기 위해 죽는 것이라면 인간은 그 잔인함을 벗게 될까?

*

나무는 사람보다 더 많은 사후 생을 갖는다. 장작과 가구가 가장 흔한 두 가지다. 집 옆 제재소에서 나무가 다듬어지는 과정을 지켜보면서, 더 강력한 존재가 내 피부와 머리카락, 발가락과 창자를 긁어내어 필요에 따라 적합한 것으로 만들어버릴 사후 세계를 상상하니 불안감이 엄습했다.

나무가 고통 없이 쉽게 죽는다고 우리 삶의 소품과 부속물이 되도록 내버려 둔다는 사실에 나무를 대신해 화가 났다.

나무는 이런 대우를 받을 이유가 없다. 그들은 어떤 범죄도 저지르지 않았다. 그런데도 사형을 당하고 있다.

인간은 다른 사람들을 죽이는 방식으로 나무도 죽일까? 이 두 가지 암살의 차이점은 무엇일까? 동물은 식량을 얻기 위해 식물을 죽일 수 있지만 인간은 목재를 얻기 위해 나무를 죽이는 유일한 동물이다. 어린 소년과 나무의 관계를 그린 《아낌없이 주는 나무》는 여러 버전이 있어서 유아도 읽을 수 있다. 벵골어 작가 나라얀 산얄은 이 이야기를 벵골 어린이들을 위한 삽화로 각색했다. 《아낌없이 주는 나무》라는 제목은 나무 어머니라는 뜻의 "가흐 마Gachh Ma"로 바꾸었고,[130] 미국 시인이자 작가인 쉘 실버스타인의 1964년 삽화 동화책[131]에 나오는 사과를 벵골 어린이들에게 친근한 망고로 바꾸는 등 약간의 수정을 가했다. 어린 소년은 망고나무를 좋아하고 망고나무와 함께 놀면서 성장한다. 떨어진 망고 잎으로 왕관을 만들어 숲의 왕이 되고, 나뭇가지에서 그네를 타고, 줄기에 올라가고 숨바꼭질도 하고, 놀다가 피곤하면 망고나무에 기대어 쉬었다. 물론 나무에 매달린 새콤한 망고, 달콤한 망고, 덜 익은 망고, 잘 익은 망고, 너무 익어버린 망고를 따서 먹기도 한다.

시간이 흘러 "코카"라고 불렸던 이 소년은 훌쩍 자랐다. 나무 어머니는 소년을 그리워했다. 그러던 어느 날 청년이 되어 나타난 소년은 망고나무에게 돈을 달라고 부탁했다. 나무 어머니는 청년에게 망고를 따서 내다 팔면 된다고 했다. 오랜 시간이 흐르고 더 이상 젊지 않은 모습으로 돌아온 그는 이번에도 돈이 필요했다. 나무 어머니는 남자에게 자신의 가지를 자르면 된다고 했고, 남자는 즉시 가지를 잘라 떠나버렸다. 시간은 어김없이 흘러 여러 해가 지났고, 이제는 제법 나이 든 모습으로 돌아온 남자가 또다시 돈을 요구했다. 나무 어머니는 줄기를 자르면 된다고 했고, 남자는 아무런 죄책감도 없이 쉽게 줄기를 잘랐다. 남자가 다시 돌아왔을 때 나무가 그에게 줄 것이 더는 남아있지 않았다. 그래서 남자는 줄기가 잘려나간 나무 밑동에 앉았다. 그의 주변에는 한때 나무가 우거졌지만 지금은 황량해진 지형뿐이었다. 남자는 뜨거운 햇볕을 피할만한 그늘 하나 없다는 사실에 화가 났고, 그때 갑자기 묘목을 심고 있는 어린 소년이 남자의 눈에 들어왔다. 나무 어머니는 눈은 잃었지만 귀는 살아있었다. 나무 어머니는 어린 소년을 다시 도울 수 있게 되었다는 사실에 기뻤다.

어머니를 죽이는 것은 인간에게 가장 극악무도한 범죄 중 하나임에 틀림이 없다. 하지만 나무 어머니가 배은망덕한 아들의 손에 살해당하는 장면에 경멸감은 우리를 스쳐 지나간다. 평생 소외된 사람들에 대한 글을 써온 마하스웨타 데비는 그녀의 인기 소설《아르준》에서 이러한 차이를 비판한다. 목재 산업으로 생계를 유지해 온 마을을 배경으로, 이 곳에서 일어나는 벌목(불법 벌목을 포함한)을 통해 인간을 죽이는 것과 나무를 죽이는 것의 차이를 보여준다. "하루가 끝날 때면 난 돈이 필요해요. 나무를 베라고 하면 나무를 베고, 사람을 베라고 하면 사람을 베겠어요."

"당신이 만약 푸룰리아에서 태어나면 정글의 나무를 베어야 한다는 규칙과 그로 인해 감옥에 가야 하는 규칙 사이에서 살아야 한다." 나무를 베면 처벌하는 정부와 나무를 베지 않으면 처벌하는 목재 마피아 사이에서 푸룰리아의 부족민은 고통에 시달리고 있다. 어느 날 목재 상인이 다가오는 선거를 이유로 아르준나무를 베어 버리라는 명령을 내린다. 그러나 이 나무는 마을 사람들이 신성시하는 특별한 나무였다. "좀 어린나무였을 때도 사람들은 사냥을 떠나기 전에 그 나무 그늘에서 숭배의 의식을 하곤 했다. 수령이 더해도 나무는 정말 아름다웠다. 희끗희끗한 몸통에, 머리는 하늘을 향해 뻗어있고, 보름달이 달빛과 나무 사이의 모든 차이를 녹여버리는 모습이었다. 점차 마을 사람들은 아르준나무가 그들과 같은 운명을 겪고 있다는 것을 알기 시작한다." 선거와 투표 시스템은 두려움의 대상이었다. 아르준나무는 마을의 신이라는 "그램 데보타"로 변신하고, 이웃 마을의 부족들이 북과 음악 소리로 나무에 숭배한다. 목재상과 선거 관계자들이 적어도 일시적으로 패배한다. "아르준나무의 잎은 사람의 혀를 닮았다."

나는 어떻게 나무가 되었나

나의 침실 창문 밖에는 파파야나무 한 그루가 있다. 그 나무는 내게 엄마와 같아서 나무의 존재를 엄마처럼 아주 당연하게 받아들였다. 이것은 흔하게 널리 퍼진 맹목적인 식물 사랑 같은 뻔한 비유가 아니다. 앞서 말했듯 나는 대나무와 망고, 풀과 잭프루트의 이파리 등 다양한 식물과 나무가 바람에 반응하는 모습을 기록하는 데 많은 열정을 쏟았다. 하지만 나는 강한 바람에 흔들리는 파파야 잎의 반응은 기록하지 않았다. 북서풍이 불던 4월의 어느 날 나는 침실의 커다란 창을 조금 열고 그 옆에 앉아서 파파야나무를 바라보았다. 손가락처럼 뾰족하게 뻗은 손 모양의 파파야 잎이 바람을 막기 위해 잎의 가장자리를 말아 스스로 보호하고 있었다. 잠시 후 바람의 방향이 바뀌었고, 내 머리카락이 바람에 쓸려나가는 것 같은 느낌이 들었다. 손을 방패 삼아 막아보려 했다. 그때 내 손이 파파야 잎과 거의 똑같은 방식으로 움직이고 있다는 것을 깨달았다.

거센 바람을 견디고 그곳에 앉아서, 피부 밑에 숨겨져 있지만 손가락을 움직일 때마다 눈에 띄게 드러나는 손의 뼈를 관찰했다. 그때 뼈를 떠올리며 만약 뼈를 부러뜨려 나무 모양으로 재배열할 수 있다면 어떨까 상상했다.

난달랄 보스가 사람의 팔꿈치 옆에 V자 모양의 나뭇가지를 그린 그림이 떠올랐다. 나는 온몸에 번지는 흥분을 감추지 못한 채 생각 실험을 계속했다. 인간 구조의 어떤 것도 소중하게 느껴지지 않았고, 심지어 인간의 아름다움의 근원인 좌우대칭도 대단하게 느껴지지 않았다. 머릿속에서 두 손, 두 발, 두 어깨 이 모든 것이 부서지더니 작은 가지가 뻗어 나왔다. 가장 작은 나뭇가지는 나의 새끼손가락의 뼈가 모여 만들어진 것이었다. 피부를 나무껍질이라고 상상하는 것은 어렵지 않았다. 겨울이 체질상 안 맞거나 탈수증이 있으면, 피부가 나무껍질처럼 벗겨질 수도 있으니까.

*

나는 내 생각이 때때로 죽음으로 향하고 있다는 것을 의식하고 있다. 그래서 삶이라는 캔버스를 채우기 위한 치유법을 찾고 있다. 이것은 내가 사후 세계에 대해서 어느 정도로 관심이 있는지를 설명해 준다. 나는 나무가 자살하는지, 나무도 순교를 하는지와 같은 엉뚱한 생각을 하곤 했다. 인터넷에서 인간과 다른 동물의 사후 유골을 나무로 만들 수 있는 〈에스투디 몰리네〉라는 스페인 디자인 스튜디오를 발견했다. "바이오스 유골함은 사람들이 죽음을 보는 방식을 바꾸어 삶의 끝을 자연을 통한 변화와 삶으로의 복귀로 전환 시킨다. 그것은 아마도 인간의 삶에서 가장 중요한 순간 중 하나인 죽음에 접근하는 현명하고 지속 가능하며 생태 친화적인 방법이다." 두 개의 캡슐로 나뉜 유골함은 윗부분에 씨앗을, 아랫부분에 유골을 담을 수 있으며, 유골함이 깨지면 씨앗이 독립적으로 뿌리를 내리기 시작한다. 이탈리아 디자이너 안나 치텔리와 라울 브레첼이 발명한 "캡슐 문디"라는 비슷한 제품도 있다. "묘비를 남기는 것보다 나무를 남기는 것이 확실히 더 나은 선택입니다"라고 웹사이트에 명시하기도 했다.[132]

나는 슬픔 없는 나무, 익소라가 되기로 마음 먹었다.

한때 죽음과의 만남을 입안에 모래알을 머금고 있는 것과 같다고 생각했다. 이제 그 모래는 내 입에서 내 발, 내 뿌리까지 아래쪽으로 이동했다. 일시적이라도 나무처럼 살고 싶었던 사람들의 습관과 행동을 닮기 위해 나는 인생의 많은 시간을 부단히 노력했다. 그래서 나는 나무 옆에 앉았고, 나무를 사랑했고, 어린 나무들을 품어주었고, 숲에서 살았고, 이제는 죽음의 침묵을 식물의 침묵이라는 어휘와 동일시하기에 이르렀다. 나무처럼 나도 필요 이상의 것은 원하지 않았다. 빛과 나의 관계를 나무와 빛의 관계처럼 상상해 보기도 했고, 속도와 과잉을 거부하고 나무의 시간에 맞춰 살려고 노력했다. 그러나 나 자신이 완전히 나무 같다고 느끼지는 않았다.

어느 날 해가 질 무렵 새 한 마리가 날아와 내 어깨 위에 내려앉는 일이 일어나기 전까지는 그랬다. 나는 미동 없이 앉아있었다. 새에 대해서는 아는 바가 없었지만 나는 확신할 수 있었다. 바이쿤타푸르 숲의 가장자리에서 나는 마침내 나무가 될 준비가 되었다.

이야기를 끝맺을 때마다 나의 모국어로 이렇게 말한다.

Aamar kawthati furolo
Notay gachhti murolo

나의 이야기는 끝이 났고
시금치 이파리는 접혔고,
줄기는 휘어서 말렸다.

주

1 One of Salvador Dalí's most recognizable works: *The Persistence of Memory*, 1931.

2 First compiled by Dakshinaranjan Mitra Majumder, *Thakurmar Jhuli* (Grandmother's Bag of Stories), 1907 (first published).

3 Glenn W. Erickson, "The Philosophy of Forestry", *Princípios*, 1998, pp. 95-114.

4 Bertolt Brecht, *The Threepenny Opera*, Eric Bentley (ed.), Grove Press, 1964.

5 John Muir, *John of the Mountains: The Unpublished Journals of John Muir*, originally written in July 1890, first published in 1938.

6 D. H. Lawrence, *The Complete Poems of D. H. Lawrence*, Wordsworth editions, 1994.

7 Banaphool, *What Really Happened: Stories*, Arunava Sinha (trans.), Penguin Books, 2010.

8 Annette Giesecke, *The Mythology of Plants: Botanical Lore from Ancient Greece and Rome*, J. Paul Getty Museum, 2014.

9 같은 책.

10 같은 책.

11 같은 책.

12 Stephanie Paris, *Leveled Texts: Echo and Narcissus*, Teacher Created Materials, 2014.

13 Giesecke, *The Mythology of Plants*.

14 A. K. Ramanujan, *A Flowering Tree and Other Oral Tales from India*, University of California Press, 1997.

15 Ellison Banks Findly, *Plant Lives: Borderline Beings in Indian Traditions*, Motilal Banarsidass, 2008.
16 같은 책.
17 A. K. Ramanujan (ed. and trans.), *Speaking of Siva*, Penguin Books, 1973.
18 Hal Borland, *Countryman: A Summary of Belief*, Lippincott, 1965.
19 Andrei Tarkovsky and Kitty Hunter-Blair, *Sculpting in Time: Reflections on the Cinema*, University of Texas Press, 1987.
20 Margaret Atwood, *Surfacing*, Anchor Books, 1998.
21 Nandalal Bose, *Vision and Creation*, Nandalal Bose Birth Centenary Publication Series, K. G. Subramanyan (trans.), Visva-Bharati, 1999.
22 같은 책.
23 같은 책.
24 O. Henry, "The Last Leaf ", *The Best Short Stories of O. Henry*, Random House, 2010.
25 같은 책.
26 Manuel Lima, *The Book of Trees: Visualizing Branches of Knowledge*, Princeton Architectural Press, 2014.
27 같은 책.
28 Gilles Deleuze and Félix Guattari, *A Thousand Plateaus: Capitalism and Schizophrenia*, University of Minnesota Press, 1987.
29 Lima, *Book of Trees*.
30 Deleuze and Guattari, *A Thousand Plateaus*.
31 Lawrence, *Complete Poems*.
32 같은 책.
33 Tetsuro Watsuji, *A Climate: A Philosophical Study*, Print Bureau, Japanese Government, 1961.
34 Roy Sorensen, *Seeing Dark Things: The Philosophy of Shadows*, Oxford University Press, 2011.
35 같은 책.
36 같은 책.
37 같은 책.

38 같은 책.

39 Satyendra Kumar Basu and Rammohan Dutta, *Trees of Santiniketan*, Visva-Bharati, 1957.

40 같은 책.

41 같은 책.

42 같은 책.

43 Rabindranath Tagore, *Bonobani in Rabindra Rachnavali*, Volume 8, Visva- Bharati, 1986.

44 같은 책.

45 Basu and Dutta, *Trees of Santiniketan*.

46 같은 책.

47 *Silpi, Volume 1*, V. R. Chitra and T. N. Srinivasan (eds.), 1946.

48 *Prakriti Paath*, environment studies primer used at Patha Bhavan; see page 96.

49 같은 책.

50 Tagore, *Rabindranath Tagore: Perspectives in Time*, Mary Lago and Ronald Warwick (eds.), Springer, 1989, p. 146.

51 *The English Writings of Rabindranath Tagore: Poems*, Sisir Kumar Das (ed.), Sahitya Akademi, 2004.

52 같은 책, p. 137.

53 Sharanya Manivannan, *The High Priestess Never Marries: Stories of Love and Consequence*, HarperCollins India, 2016.

54 Nitoo Das, "At Age Eleven". Accessed on 16 December 2016: northeastreview.wordpress.com.

55 Adrienne Lang, "The Tree", *The Gallery and Other Stories*, Senior Capstone Projects, p. 291, 2014.

56 Mohinder Singh Randhawa, *The Cult of Trees and Tree-worship in Buddhist- Hindu Sculpture*, All India Fine Arts and Crafts Society, 1964.

57 Kahlil Gibran, "On Marriage", *The Prophet*, Penguin Books, 2002.

58 Ramanujan, *A Flowering Tree*.

59 Das Gupta, *Science and Modern India: An Institutional History, c.1784-*

1947, Pearson Education India, 2011, p. 978.

60 *Indian Journal of History of Science, Volume 43*, Indian National Science Academy., 2008, p. 69.

61 Gupta, *Science and Modern India*, p. 978.

62 같은 책, p. 980.

63 Sir Patrick Geddes, *The Life and Work of Sir Jagadis C. Bose*, Asian Educational Services, 1920.

64 Gupta, *Science and Modern India*, p. 981.

65 Professor Jagdish Chandra Bose, *The Uphill Way*, speech delivered to the students at Presidency College, Calcutta. Accessed on 16 December 2016: http://resources.boseinst. ernet.in:8080/xmlui/bitstream/handle/123456789/74/CH-40-p.194-198-The-uphill-way.pdf?sequence=41.

66 "Automatism in Plant and Animal", *The Modern Review, Volume 3*, Ramananda Chatterjee (ed.), 1908.

67 같은 책, p. 382.

68 같은 책, p. 518.

69 같은 책, p. 518.

70 같은 책, p. 522.

71 같은 책, p. 525.

72 같은 책, p. 519.

73 Jagadish Bose, *Awbyaktoh*, Dey's Publishing, 2007.

74 같은 책.

75 같은 책.

76 같은 책.

77 같은 책.

78 같은 책.

79 같은 책.

80 같은 책.

81 같은 책.

82 Satyajit Ray, "Pikoo's Diary", *The Collected Short Stories*, Penguin Books, 2015.

83 Tagore, "The Broken Nest", *Three Women*, Arunava Sinha

(trans.), Penguin Books, 2010.
84 같은 책, "The Two Sisters".
85 같은 책.
86 같은 책, "The Arbour".
87 같은 책
88 Tomas Tranströmer, *The Half-finished Heaven: The Best Poems of Tomas Tranströmer*, Robert Bly (trans.), Graywolf Press, 2001.
89 *Indian Literature, Vol 47*, Issues 4-6, Sahitya Akademi, 2003.
90 Bibhutibhusha.na Bandyopadhyaya, *Aranyak*, Rimli Bhattacharya (trans.), Seagull Books, 2002.
91 David Wagoner, "Lost", *Traveling Light: Collected and New Poems*, University of Illinois Press, 1999, p. 10.
92 Bandyopadhyaya, *Aranyak*.
93 Charles R. Brooks, *The Hare Krishnas in India*, Motilal Banarsidass, 1992.
94 Yossi Ghinsberg, *Lost in the Jungle: A Harrowing True Story of Adventure and Survival*, Skyhorse Publishing, 2009.
95 Bandyopadhyaya, *Aranyak*.
96 같은 책.
97 Margarida Mendes in interview with Michael Marder, "Plants Are the Perfect Self- Drawing Diagrams", *Los Angeles Review of Books*, 5 May 2015.
98 Mathew Hall, *Plants as Persons: A Philosophical Botany*, SUNY Press, 2011.
99 Bandyopadhyaya, *Aranyak*, p. 32.
100 Michel Serres, *Genesis*, Genevieve James and James Nielson (trans.), University of Michigan Press, 1995.
101 Bandyopadhyaya, *Aranyak*, p. 196.
102 Jean Giono, *The Man Who Planted Trees*, Shambala, 1999.
103 같은 책.
104 같은 책.
105 Rahi Gaikwad, "The Man Who Grew Forests", *The Hindu*, 18 December 2015.

106 Ananya Borgohain, "Son of the Soil", *The Pioneer*, 17 May 2015.
107 같은 책.
108 Lawrence, *Complete Poems*.
109 William Shakespeare, *Arden Shakespeare Complete Works*, Bloomsbury Publishing, 2014.
110 Dipak Kumar Barua, *The Bodhi Tree and Mahabodhi Mahavira Temple at Buddha Gaya*, Bodhgaya Temple Management Committee, 2013.
111 Buddhaghosa, *Samantapasadika: Buddhaghosa's Commentary on the Vinaya Pi.taka, Volume 1*, Pali Text Society, 1966.
112 B. D. Kyokai, *The Teaching of Buddha*, Sterling, 2006.
113 John S. Strong, "Gandhakuti: The Perfumed Chamber of the Buddha", *History of Religions 16/4*, 1977.
114 Barua, *The Bodhi Tree*.
115 *The Satapatha-Brahmana, Volume 2*, Atlantic Publishers.
116 Jayaratna Banda Disanayaka, *Water in Culture: The Sri Lankan Heritage*, Ministry of Environment and Parliamentary Affairs, 1992.
117 Barua, *The Bodhi Tree*.
118 같은 책.
119 Gunapala Piyasena Malalasekera (ed.), *Encyclopaedia of Buddhism*, Government of Ceylon, 1989.
120 Thomas William Rhys Davids, *Buddhist India*, Motilal Banarsidass, 1903.
121 Barua, *The Bodhi Tree*.
122 Madhusudan Sakya, *Current Perspectives in Buddhism: A World Religion, Volume 1*, Cyber Tech Publications, 2011.
123 Karunaratne Gunapala Senadeera, *Buddhist Symbolism of Wish-fulfilment*, Sri Satguru Publications, 1992.
124 Maya Angelou, "When Great Trees Fall", *I Shall Not Be Moved: Poems*, Random House, 1990.
125 Stephen Taylor, *Oak: One Tree, Three Years, Fifty Paintings*, Princeton Architectural Press, 2011.

126 *Satapatha-Brahmana*.

127 Lance E. Nelson, *Purifying the Earthly Body of God: Religion and Ecology in Hindu India*, SUNY Press, 1998.

128 Ovid, *Metamorphoses*, David Raeburn (trans.), Penguin Books, 2004.

129 Robert Coover, "The Crabapple Tree", *The New Yorker*, 12 January 2015.

130 Narayan Sanyal, "Gachh Ma".

131 Shel Silverstein, *The Giving Tree*, HarperCollins, 1964.

132 https:// www.capsulamundi.it.

참고문헌

Angelou, Maya, "When Great Trees Fall", *I Shall Not Be Moved: Poems*, New York: Random House, 1990.

Atwood, Margaret, *Surfacing*, Anchor Books, 1998.

Banaphool, *What Really Happened: Stories*, Sinha, Arunava (trans.), New Delhi: Penguin Books, 2010.

Bandyopadhyaya, Bibhutibhushan, *Aranyak*, Bhattacharya, Rimli Bhattacharya (trans.), Kolkata: Seagull Books, 2002.

Barua, Dipak Kumar, *The Bodhi Tree and Mahabodhi Mahavira Temple at Buddha Gaya*, Bodh Gaya: Bodhgaya Temple Management Committee, 2013.

Basu, Satyendra Kumar, *Trees of Santiniketan*, Kolkata: Visva-Bharati, 1957.

Berkeley, George, *A Treatise Concerning the Principles of Human Knowledge*, New York: Dover Publications, 2003.

Bose, Jagadish Chandra, *Awbyaktoh*, Kolkata: Dey's Publishing, 2007.

——, *Rachana Samagra*, Kolkata: Dey's Publishing, 2013.

Bose, Nandalal, *Vision and Creation*, Nandalal Bose Birth Centenary Publication Series, Subramanyan, K. G. (trans.), Kolkata: Visva-Bharati, 1999.

Brooks, Charles R., *The Hare Krishnas in India*, New Delhi: Motilal Banarsidass, 1992.

De Botton, Alain, *The Pleasures and Sorrow of Work*, London: Vintage, 2010.

Deleuze, Gilles and Guattari, Félix, *A Thousand Plateaus: Capitalism and Schizophrenia*, Minneapolis: University of Minnesota Press, 1987.

Erickson, Glenn W., "The Philosophy of Forestry", *Princípios 5 (6)*, Department of Philosophy, Ann Arbor: University of Michigan Press, 1998.

Findly, Ellison Banks, *Plant Lives: Borderline Beings in Indian Traditions*, New Delhi: Motilal Banarsidass, 2008.

Ghinsberg, Yossi, *Lost in the Jungle*, New York: Skyhorse Publishing, 2009.

Giesecke, Annette, *The Mythology of Plants: Botanical Lore from Ancient Greece and Rome*, Los Angeles: J. Paul Getty Museum, 2014.

Gibran, Kahlil, *The Prophet*, London: Penguin Books, 2002.

Giono, Jean, *The Man Who Planted Trees*, Boston: Shambala Publications, 1999.

Hall, Matthew, *Plants as Persons: A Philosophical Botany*, Albany: SUNY Press, 2011.

Henry, O., *The Best Short Stories of O. Henry*, New York: Random House, 2010.

Lawrence, D. H., *The Complete Poems of D. H. Lawrence*, Hertfordshire: Wordsworth Editions, 1994.

Lima, Manuel, *The Book of Trees: Visualizing Branches of Knowledge*, New Jersey: Princeton Architectural Press, 2014.

Malalasekera, G. P. (ed.) *Encyclopaedia of Buddhism*, Colombo: Government of Ceylon, 1961-2002.

Manivannan, Sharanya, *The High Priestess Never Marries: Stories of Love and Consequence*, New Delhi: HarperCollins, 2016.

Moon, Beth, *Ancient Trees: Portraits of Time*, New York: Abbeville Press Inc, 2014.

Nelson, Lance E., *Purifying the Earthly Body of God: Religion and Ecology in Hindu India*, Albany: SUNY Press, 1998.

Ovid, *Metamorphoses*, David Raeburn (trans.), London: Penguin Books, 2004.

Ramanujan, A. K., *A Flowering Tree and Other Oral Tales from India*,

Berkeley: University of California Press, 1997.

Randhawa, Mohinder Singh, *The Cult of Trees and Tree-Worship in Buddhist-Hindu Sculpture*, All India Fine Arts and Crafts Society, 1964.

Ray, Satyajit, *Our Films, Their Films*, Hyderabad: Orient BlackSwan, 2001.

——, *The Collected Short Stories*, New Delhi: Penguin Books, 2015.

Senadeera, K. G., *Buddhist Symbolism of Wish Fulfilment*, New Delhi: Sri Satguru Publications, 1992.

Serres, Michel, *Genesis*, Genevieve James and James Nielson (trans.), Ann Arbor: University of Michigan Press, 1995.

Shakespeare, William, *Arden Shakespeare Complete Works*, London: Bloomsbury Publishing, 2014.

Sorenson, Roy, *Seeing Dark Things: The Philosophy of Shadows*, New York: Oxford University Press, 2011.

Strong, *History of Religions, Volume 16, No. 4*, May 1977.

Tagore, Rabindranath, *Three Women*, Arunava Sinha (trans.), New Delhi: Penguin Books, 2010.

——, *Red Oleanders: A Drama in One Act*, London: Macmillan, 1973.

——, *Rabindranath Tagore: Perspectives in Time*, Mary Lago and Ronald Warwick (eds.), Springer, 1989.

Taylor, Stephen, *Oak: One Three, Three Years, Fifty Paintings*, New Jersey: Princeton Architectural Press, 2011.

Tranströmer, Tomas, *The Half-Finished Heaven: The Best Poems of Tomas Tranströmer*, Robert Bly (trans.), Minneapolis: Graywolf Press, 2001.

Wagoner, David, *Traveling Light: Collected and New Poems*, Chicago: University of Illinois Press, 1999.

옮긴이

남길영 숙명여자대학교 영어영문학과 및 동 대학원을 졸업한 뒤, 기업체 및 대학에서 강의를 해오며 전문 번역가의 길을 걷고 있다. 옮긴 책으로는 《캐릭터의 탄생》《교황 연대기》《Dear Dad: 아빠 사랑해요》《남자의 고전》《내 이름은 버터》《토니 스피어스의 천하무적 우주선》《토니 스피어스와 수상한 물방울》《잭과 천재들1: 지구의 끝 남극에 가다》《잭과 천재들2: 깊고 어두운 바다 밑에서》 등이 있다.

황정하 연세대학교 전산과학과를 졸업하고, 현재는 전문 번역가로 활동하고 있다. 옮긴 책으로는《살인자들과의 인터뷰》《개로 길러진 아이》《나이 들어 외국어라니》《진단명 사이코패스》《자전거 세계여행》《뉴욕타임스가 선정한 교양 7》《앙코르: 장엄한 크메르 문명》 등이 있다.

내 속에는 나무가 자란다

초판 1쇄 발행 2024년 1월 26일

지은이 수마나 로이
옮긴이 남길영 황정하
책임편집 양하경
디자인 주수현

펴낸곳 (주)바다출판사
주소 서울시 마포구 성지1길 30 3층
전화 02-322-3675(편집) 02-322-3575(마케팅)
팩스 02-322-3858
이메일 badabooks@daum.net
홈페이지 www.badabooks.co.kr

ISBN 979-11-6689-207-3 03890